*Veit Müller*

# Zwischen den Zeilen lauert der Tod

Kriminalroman



Oertel+Spörer

*Handlungen und Figuren sind frei erfunden.*
*Ähnlichkeiten mit lebenden oder toten Personen*
*sind rein zufällig und nicht beabsichtigt.*

***Bibliografische Information der Deutschen Nationalbibliothek***

*Die Deutsche Nationalbibliothek verzeichnet diese Publikation in der Deutschen Nationalbibliografie; detaillierte bibliografische Daten sind im Internet über http://dnb.d-nb.de abrufbar.*


*Postfach 16 42 · 72706 Reutlingen*

*Umschlaggestaltung: Atelier Lehmacher, Friedberg*
*Schrift: 10/12 p Stempel Garamond*
*DTP: Raff digital GmbH, Riederich*
*Druck und Bindung: Oertel+Spörer Druck und Medien-GmbH+Co., Riederich*
*Printed in Germany*
*ISBN-10: 3-88627-245-1*
*ISBN-13: 978-3-88627-245-7*

# 1

„Es muss mehr Blut fließen."
Pit Meininger beugte sich über den Tisch. Schweißperlen standen auf seiner Stirn. Jetzt war er nur noch Zentimeter von meinem Gesicht entfernt. Mit seiner Hand wischte er sich übers Gesicht.
„Wie wär's mit einem Mord?"
Ich schwieg.
„Oder warum nicht gleich zwei?", fuhr er unbeirrt fort.
Er schaute mir direkt in die Augen. Ich zuckte unwillkürlich zurück.
Jetzt übertrieb Pit aber. Ich hatte doch schon gemordet. Und das reichte mir. Das war genug. Warum jetzt noch einmal Blut vergießen?
Aber er hatte schon Recht. Die Geschichte war nicht rund, hatte einen Hänger. Und schließlich war er doch der Experte. Pit Meininger war Literaturprofessor in Heidelberg. Ich kannte ihn aus gemeinsamen Studientagen in Tübingen. Während ich immer auf der Stelle trat, hatte er Karriere gemacht. Promoviert, habilitiert und jetzt Professor, gratuliere, das kann sich sehen lassen. Ich dagegen saß noch hier, immer noch im gleichen Nest, und schrieb als Freier Journalist spannende Artikel von Vereinsfesten für die Lokalpresse. Und das schon seit gut zehn Jahren.
„Luke, mach was. Du kannst das. Geh noch mal alles durch", forderte er mich auf.
Luke, das bin ich, oder genauer Luka, und noch genauer Luka Blum. Gerade weise, gerade 40 geworden. Vergangene Woche habe ich die ersten grauen Haare bei mir entdeckt. Schrecklich. Deprimierend. Um die Hüfte habe ich ein Bier zu viel, was mir nicht gerade gefällt. Meiner Freundin, die ich einmal vor Jahren hatte, übrigens auch nicht. Gut. Nächste Woche fange ich an, Sport zu treiben. Ich hab's mir vorgenommen. Seit einem halben Jahr.
Manche nennen mich, wie Pit, Luke, andere Lucky, aber lucky, nein, das bin ich wirklich nicht. Zumindest was meinen Job angeht. Die Zeiten sind sehr schlecht. Zeitungen müssen sparen. Also streichen sie zuerst bei den Honoraren für die Freien. Aber alle spüren die Wirtschaftskrise im Land. Es ist nicht lange her, da musste sogar die Frankfurter Allgemeine Redakteure entlassen. Und in der Süddeutschen fehlte einmal das Streiflicht. Dort stand nur ein Protest über die Schließung einer Redaktion. Alle klagen über Einbrüche bei den Anzeigen. Das Geld fehlt.

Und mir fehlt es auch. Noch habe ich genügend Aufträge, um mich über Wasser zu halten. Doch die Zukunft ist nicht gerade rosig. Früher habe ich für mehrere Blätter und Agenturen gearbeitet. Heute kommen die Aufträge meist nur von einer Zeitung, und wenn die ausbleiben, seh' ich recht alt aus.
Also, was tun?
„Versuch, dir ein zweites Standbein zu schaffen“, sagte mir Pit vor einigen Monaten, und er meint es immer gut mit mir.
Leicht gesagt, schwer getan. Was kann ein Journalist außer schreiben? Nicht viel. Also suchte ich mir ein zweites Standbein, um nicht umzukippen, und erklärte mich einfach zum freien Schriftsteller. Aber einen Schriftsteller, der noch kein Buch geschrieben, geschweige denn veröffentlicht hat, den kann man wohl nicht gerade erfolgreich nennen. Also setzte ich mich vor Monaten mit meinem recht verkaterten Kopf an meinen Computer und schrieb los. Nach einer Seite gab ich bereits auf. Meine Geschichte führte nirgendwo hin. Und ich hatte Kopfweh.
Doch ich gab nicht auf. Ist nicht meine Art. Und schließlich war ich durch, bis zur letzten Seite. Und ich war zufrieden. Bis ich die ganze Geschichte Pit gegeben hatte.
„Guter Anfang, guter Schluss“, meinte er nur trocken. „Aber da müssen wir schon noch einiges dazwischen ändern.“
Und ich änderte. Einiges. Aber nicht alles. Und ich dachte, das war's. Doch jetzt war es ihm auf einmal nicht blutig genug. Einen Literaturprofessor, der die Gewalt liebt, zumindest auf dem Papier, den findet man auch nicht alle Tage. Vielleicht bringt das sein Job mit sich. Mit seinen Kollegen hat er es jedenfalls nicht immer leicht. Vielleicht kommen einem dabei manchmal Mordgedanken.
Ich lehnte mich langsam zurück und sah ihn an und dann auf sein Glas, das vor ihm stand. Es war leer. Ich griff zur Rotwein-Flasche, um nachzuschenken. Doch auch sie war leer. Bis auf den letzten Tropfen. Ich stand auf, ging in den Keller und holte noch eine Flasche Dornfelder. Schließlich sollten wir nicht auf dem Trockenen sitzen.

*

Das war gestern. Bis um zwei hatten wir zusammen gesessen, geredet, gemordet und getrunken. Dann waren wir ins Bett gewankt. Ich habe, Dornfelder sei Dank, tief und fest geschlafen. Pit war der Erste, der heute Morgen aufgestanden war. Bereits um halb acht. Welche Kondition, das ist schon bewundernswert.

Er saß jetzt bereits im Zug zurück nach Heidelberg. Und ich hier am Tisch mit einer Tasse schwarzem Tee und einem dicken Brummschädel. Ich stand gerade auf, um zum Kühlschrank zu gehen, da klingelte das Telefon. Ich nahm den Hörer ab, eine vertraute Stimme meldete sich.

„Bist du schon wach, du Penner?", bellte es mir entgegen.

Es war 11 Uhr morgens.

„Klar, Mann", entgegnete ich unwirsch. Und zog mir die Schlafanzughose zurecht.

„Das klingt aber nicht so. Deine Stimme ist leicht angekratzt."

„Ach, was." Aber Micha Becker hatte ja so Recht. Ich durfte gar nicht an die beiden vergangenen Tage denken. Vorgestern erst war ich mal wieder im Irish Pub in Tübingen, meiner Stammkneipe, versumpft. Vier Pints of Guinness waren zu viel gewesen. Definitiv. Leider hab ich das erst nach dem zweiten Whiskey gemerkt. Und gestern dann die lange, blutige Literatur-Sitzung mit Pit. Mann, mir ging's heute wirklich schlecht. Aber ich riss mich zusammen.

„Was willst du, Micha?", fragte ich leise. „Du störst, ich bin gerade mitten in der Arbeit, schwierige Geschichte, habe schon Stunden recherchiert, brauche jede Menge Konzentration."

„Ja, ja, schon recht", fertigte er mich ab. „Hab einen Auftrag für dich, wenn du dich losreißen kannst." Micha lachte.

Ich merkte, er glaubte mir kein Wort.

Micha Becker war Redakteur beim Lokalblatt. Mein bester Kontakt zur Zeitung und zu meinen Aufträgen. Also immer wie ein rohes Ei behandeln. Will ja morgen noch was zu beißen haben.

„Für dich tu' ich doch alles", säuselte ich. „Was gibt's denn?"

Ich klemmte den Hörer zwischen Schulter und Ohr, so dass ich die Hände frei hatte, um mir noch eine Tasse kräftigen Tee zu machen. Den brauchte ich jetzt dringend, um wach zu werden. Und um den sicher fiesen Auftrag damit hinunterspülen zu können.

„Morgen Abend. Gemeindehalle in Waldhausen", sagte Micha. „Hauptversammlung des Schützenvereins. Da bist du doch Experte."

„Yeah, klar“, entgegnete ich. „Ich nehme gleich auch meine ganzen Knarren mit. Zum Fachsimpeln unter Experten.“
Micha lachte wieder. Er wusste, dass ich als eingeschworener Pazifist noch nie eine Schusswaffe in der Hand gehalten hatte. Viel zu gefährlich, das Zeug. Wahrscheinlich würde ich mir nur noch selbst in den Fuß schießen.
Oh Mann, ich malte mir den Schützen-Abend schon aus. Bericht des ersten Vorsitzenden, Bericht des Schriftführers, Bericht des Kassiers, Bericht des was auch immer. Zwei, drei Stunden kann das dauern. Mindestens. Das letzte Mal, als ich dort war, hatte der Schriftführer die glorreiche Idee, den Jahresrückblick mit Dias zu bewerkstelligen. Über eine Stunde saß ich da und zog mir Bilder von Menschen an Feuerwaffen und von Schützenfesten rein, meist Bilder mit feucht-fröhlich Feiernden, die immerzu Bierkrüge in die Kameralinse hielten und dabei breit grinsten. Und bei jedem Foto johlte die ganze Truppe. War echt super gewesen. Und in diesem Jahr wird es sicher auch nicht viel anders werden. Meine Vorfreude kannte keine Grenzen.
„Wie viel willst du denn?“, versuchte ich mich von meinen trüben Gedanken abzulenken.
„So 90 Zeilen mit Bild. Der Schützenverein im Nachbardorf hatte vergangene Woche genauso viele Zeilen. Wenn der Artikel nicht ebenso groß wird, sind deine Schießfreunde eifersüchtig und ich kann mir am nächsten Tag am Telefon die Klagen anhören. Und noch etwas. Es gibt übrigens jede Menge Ehrungen. Denk dran, alle schön nebeneinander aufstellen und nach den Namen fragen, die sind wichtig. Namen sind Leser.“
„Schön nebeneinander stellen, ja ich weiß, wie die Orgelpfeifen.“
„Kannst sie ja übereinander stellen.“ Micha lachte.
„Oder ich fotografier sie einmal von hinten“, gab ich zurück.
„Ja, oder mal nur die Füße. Kreativität ist gefragt. Mach ’n Hammerbild.“
„Alles klar; du kriegst es morgen. Schick dir ’ne Mail und ein Super-Digi-Bild von den stolzen Schützen mit Ehrennadel.“
„Gut so“, sagte Micha nur. Er wollte schon auflegen, doch ich hielt ihn davon ab.
„Habt ihr sonst noch was diese Woche?“, fragte ich schnell. Mit dem einen Auftrag kam ich nicht weit. Sonst kann ich mir diese Woche kein Guinness im Pub mehr leisten. Ich hatte zwar noch zwei Geschichten in Reserve, die ich in den kommenden

Tagen in Angriff nehmen wollte. Doch aktuelle Stories sind mir lieber.
„Gibt noch einen Prozess am Freitag im Amtsgericht. Sag dir noch Bescheid."
„Okay", murmelte ich.
Nun legte Micha auf und ich war wieder allein mit mir und meinem Tee, nach anglo-irischer Art mit viel Milch. Und allein mit meinem Kater. Und der rührte nicht nur von den beiden durchzechten Nächten her. Vorgestern, im Pub, hatte ich wieder Nelly getroffen. Nelly, Mann, sieht die gut aus. Hab mich natürlich mal wieder ordentlich zum Narren gemacht. „Wenn eine alte Scheuer brennt, dann brennt sie lichterloh", sagte man früher bei mir zu Hause. Und ich brannte. Lichterloh. Also hatte ich mich im Pub ordentlich vor Nelly wie ein Hahn aufgeplustert und mich wahrscheinlich kräftig dabei blamiert. Was will die schon von so einem alten Typen mit angegrautem Haar wie mir.
Nelly. Wie alt wird sie sein? So Anfang, Mitte dreißig, schätze ich, vielleicht sogar jünger. Sie kommt aus Irland und arbeitet hier bei Bosch in der Entwicklung. Irland ist mein Lieblingsland. Alles so schon grün dort und braun wie Guinness. Hab schon einige Urlaube auf der Insel verbracht und auch ein Jahr im Trinity College in Dublin studiert.
Nelly kennt sich mit Computern perfekt aus. Und das ist gut so. Geht gerne in Pubs. Das ist noch besser. Und sie hat lauter süße, kleine Sommersprossen im Gesicht, Tausende, Millionen. Das ist das Beste.
Würde sie gerne alle einmal zählen. Allein, bei mir zu Hause.
Hab sie vor zwei Monaten mal auf einem Termin kennen gelernt. Auf einer Vernissage in Kusterdingen. Dort war sie, weil sie die Künstlerin kannte. Hab mich natürlich gleich in sie und ihre braunen Augen verliebt. Und hab's sogar geschafft, sie anzuquatschen. Mehr war leider nicht drin gewesen, musste damals gleich weiter zum nächsten Termin hetzen.
Das Los des Journalisten kann schon hart sein. Ich seufzte vor mich hin. Schluss mit den trüben Gedanken.
Ich habe sie dann nicht viel später im Irish Pub wieder getroffen. Sie war dort mit einer Clique von Arbeitskollegen gewesen. Irgendwie habe ich es damals geschafft, auf den Barhocker an ihrer Seite zu gelangen und wie zufällig und natürlich völlig verkrampft ein Gespräch mit ihr zu beginnen. Sie hat sich

sogar an mich erinnert, und das hat mich gleich forscher werden lassen. Aber dann habe ich sofort im nächsten Satz von ihr erfahren, dass sie für ein paar Wochen nach Irland fährt, was mich damals verständlicherweise nicht gerade begeisterte.
Doch dann hat sie mich glatt überrumpelt. Noch bevor ich auf ihre Reisepläne reagieren konnte, fragte sie mich plötzlich, ob sie mir nicht etwas aus Irland mitbringen solle, irgendetwas, was es hier nicht zu kaufen gäbe.
Sie hatte mich damit völlig sprachlos gemacht.
„Na, klar“, war mein erster Gedanke gewesen.
Schließlich war dies doch die Chance für mich gewesen, sie wieder zu sehen, ohne aufdringlich zu wirken. Ich hatte angestrengt überlegt, doch mir war nichts eingefallen. Ein Blackout. Passiert sogar manchen Politikern. Weil ich so nervös geworden war und nichts gesagt hatte, hatte sie wieder das Reden übernommen.
„Wie wär's mit diesen leckeren Wheat-Bits?“, hatte sie mich gefragt und mir dabei tief in die Augen geschaut.
Meine Körperhaare stellten sich jetzt schon wieder auf. Ich kannte diesen ungenießbaren Müsli-Ersatz zur Genüge. Allein schon bei dem Gedanken daran dreht sich bei mir der Magen um. Wenn man auf die Dinger Milch schüttet, muss man sie sofort essen, sonst wird daraus eine zähflüssige Masse, die sich nur noch als Mörtel zum Vermauern von Ziegelsteinen eignet.
Doch weil meine kleinen, grauen Zellen damals ihre Arbeit eingestellt hatten, war mir keine Alternative geblieben. Ich hatte einmal kräftig geschluckt und unter Bauchgrimmen nur gesagt: „Ja, gute Idee.“
Ich erfand damals schnell irgendeine Geschichte, warum mir die Kekse so gut schmecken und warum sie so unheimlich gesund sind. Als Journalist ist man eben gut im Geschichtenerfinden.
Und das hatte mir auch bei Nelly geholfen. Sie war einfach gutgläubig, hatte mir die Geschichte abgenommen und mich sanft angelächelt.
Und ich war glücklich. Ich hatte es geschafft und mich mit ihr wieder verabredet. Nach ihrer Reise. Mit Weizenkeksen. Im Irish Pub in Tübingen.
Das war vor ein paar Wochen gewesen. Und vorgestern hatte ich sie wieder gesehen.
Doch jetzt saß ich hier mit dickem Kopf in meiner Küche und schüttete mir noch einmal ordentlich Milch in den Tee. Ich

nahm die volle Tasse, die kurz vor dem Überschwappen war, mit in mein Arbeitszimmer und fuhr den Computer hoch.
Ich rief meine E-Mails ab und startete mein Textprogramm. Wie sollte es weitergehen?
Ich schaute über den Schreibtisch hinweg auf meinen Drucker. Natürlich war im Schubfach wieder einmal kein Papier. Ich öffnete die Schreibtischschublade und zog einige Blätter heraus. Es waren die letzten und deshalb fiel mein Blick jetzt auf das Chaos, das unter den Blättern zum Vorschein kam.
„Ich muss dringend einmal meinen Schreibtisch aufräumen", dachte ich beim Anblick des Sammelsuriums, das jetzt vor mir lag. Alte Fotos, Büroklammern, ein halbleeres Tintenfass, ungültige Ausweise und, ich stutzte, ein etwas abgegriffenes Springmesser. Wie kam das hierher? Ich hatte es vor vielen Jahren einmal in einem Urlaub in Italien erworben. Weil damals jeder von meinen Freunden so etwas in der Hosentasche hatte und es praktisch war, um recht cool Melonen zu schneiden oder Bierflaschen zu öffnen. Das Messer zeigte mir, wie lange ich mir diesen Bodensatz meiner Schublade schon nicht mehr angesehen hatte. Ich nahm das Messer heraus, drehte es in der Hand hin und her und entdeckte, dass ich auf einer Seite meine Initialen eingeritzt hatte.
Das Messer brachte mich auch auf eine Idee für meine Geschichte.
Blutiger sollte es werden, hatte Pit doch gesagt. Ich legte das Springmesser zurück in die Schublade und rückte wieder vor den Computer.
„Ein perfekter Mord, an einsamer Stelle, mit einem Messer, das kannst du haben", sagte ich laut vor mich hin. Die Energie war in meine Gehirnzellen zurückgekehrt.
Ich starrte auf den Bildschirm vor mir und schrieb los.

2 Langsam zog sich der Mann die Maske vom Gesicht, um besser sehen zu können. Aus dem dichten Buschwerk heraus, das ihm gute Deckung gab, beobachtete er das Fenster. Es war still. Plötzlich ging das Licht im Zimmer an. Durch das jetzt hell erleuchtete Fenster sah er eine junge Frau, nur noch mit Büstenhalter und einem Höschen bekleidet. Sein Blick sog ihren hellen Körper ein. Sie hatte eine gute Figur. Kein Gramm Fett war an ihr. Die Wäsche schmiegte sich wie eine zweite Haut an ihren wohlgeformten Körper. Offensichtlich machte sie sich fertig, um ins Bett zu gehen. Sie verschwand wieder aus seinem Blickfeld und er sah nur das helle Fenserviereck.

Unruhig bewegte sich der völlig dunkel gekleidete Mann in seinem Versteck hin und her. Er wollte nicht mehr länger warten, doch er musste sich gedulden. Sein Herz klopfte schneller.

Eine Hand steckte in seiner Jackentasche. Mit den Fingern umklammerte er ein Messer, drehte es nervös immer wieder hin und her, zog es aus der Tasche und ließ es aufspringen. Ein Lichtstrahl aus dem Fenster ließ die Klinge kurz aufblitzen. Er drückte das Messer wieder zu und steckte es zurück in seine Jackentasche, aber ohne es loszulassen.

Unvermittelt stand die junge Frau direkt am Fenster und schaute in die Nacht. Erschrocken zog sich die schwarze Gestalt zurück, ganz in die Dunkelheit der Büsche. Hatte sie ihn gesehen? Das konnte nicht sein. Sie hätte sonst sicherlich aufgeschrien. Er stand ganz still, rührte sich nicht. Dann atmete er tief durch. Langsam tastete sich der Mann wieder nach vorne durch die Zweige und starrte zum Fenster. Die Vorhänge waren jetzt zugezogen, er sah nicht mehr, was sich dahinter im Zimmer abspielte. Allerdings drang noch Licht durch die Vorhänge nach draußen.

Er wartete. Alles war immer noch ruhig.

Er schloss die Augen, ließ die Frau durch seine Gedanken laufen. Sie war schön. Ihr Körper, ihre Rundungen, ihr Busen, ihre Beine, alles zog ihn an. Ihre langen, hellblonden Haare fielen ihr bis auf die Schultern, bewegten sich bei jedem Schritt mit.

Wie vielen Männern hatte sie schon den Kopf verdreht? Wie vielen Männern hatte sie anschließend die kalte Schulter gezeigt, wie vielen hatte sie eine derbe Abfuhr erteilt? Ein kurzes Gefühl von tiefem Hass stieg in ihm auf. Er fing an, leicht zu zittern, doch er hatte sich schnell wieder im Griff. Jetzt nur keinen Fehler begehen, in ein paar Minuten war alles vorbei.

Er sah sich um. Es war immer noch alles dunkel vor dem Haus. Sofort waren seine Gedanken wieder bei der Frau. Sie sollte niemanden mehr verletzen können. Nur er wollte sie noch besitzen. Für einen einzigen Augenblick. Niemand anderes würde je mehr auf sie hereinfallen. Sollte sie doch schreien, wenn sie ihn sah. Sollte sie ihn doch mit ihren großen Augen anstarren. Er wollte ihre Angst, ihren flehenden Blick sehen. Der Gedanke erregte ihn.

Sie mochte Mitte zwanzig sein, vielleicht auch jünger. Wahrscheinlich war sie heute Abend von einer Party gekommen. Fröhlich war sie die Straße entlanggeschlendert, mit einer modischen Tasche über der Schulter. Sie hatte trotz der frischen Temperaturen ein luftiges Sommerkleid getragen, unter dem ihre schlanken Beine hervorragten. Als sie an seinem Versteck am Straßenrand vorbeigekommen war, konnte er ihr Parfüm deutlich riechen. Er hatte ihr einen Vorsprung gelassen, war ihr in großem Abstand gefolgt. Als sie die Gartentür aufschlossen hatte, war er auf der anderen Straßenseite gestanden und hatte ihr zugesehen. Sie ist es, dachte er sich. Und ich habe sie ausgewählt. Sie gehört mir. Sie wird niemandem mehr wehtun können. Seine Muskeln spannten sich an. Er war bereit. Er lauschte in die Nacht. Kein Laut war zu hören. Die Eltern des Mädchens waren offensichtlich nicht zu Hause. Er hatte niemanden gesehen, keine Stimmen gehört, als sie nach Hause gekommen war. Offensichtlich hatte sie eine kleine Wohnung im Untergeschoss, zumindest ein eigenes Zimmer, denn sie war sofort nach unten gegangen.

Mit vorsichtigen Schritten, um kein Geräusch zu verursachen, trat er aus dem Gestrüpp heraus. Von der Straße her konnte ihn niemand sehen. Die Büsche um das Haus standen zu dicht. Auch von den Nachbarhäusern war so nichts zu sehen. Ein ideales Versteck für einen Spanner. Er grinste, bis sein Grinsen langsam auf seinen Lippen gefror.

Es war jetzt kurz nach Mitternacht. Das Licht im Zimmer des Mädchens war aus. Kein Lichtstrahl fiel mehr durch die Vorhänge. Nur der Mond beleuchtete jetzt noch die Büsche und ließ sie mit seinem silberweißen Licht gespenstisch aussehen. Er wartete noch eine Viertelstunde. Sie rannte ihm nicht weg. Er konnte sich Zeit lassen. Er zählte leise die Minuten. Jetzt musste sie schlafen.

Er hielt sich im Schatten, als er sich der Hauswand näherte. Als er neben dem Fenster stand, hielt er noch einmal kurz inne und malte sich aus, wie sie in ihrem Bett lag. Er stellte sich vor, wie sie ihn erwartete, nackt, mit ausgebreiteten Armen und Beinen. Feucht, voller Begierde. Sie wird überrascht sein, wenn sie den Stich spürt, wenn sie das Blut fühlt, wie es über ihren Körper läuft.

Er wollte bei dem Gedanken loslachen, doch er zuckte zusammen. Ein Geräusch? Er bewegte sich nicht, versuchte keinen Laut zu verursachen. Hielt kurz den Atem an. Da war etwas, in der Dunkelheit, sicher, da war etwas. Sollte er jetzt alles aufgeben, davonrennen? Nein. Sie gehört mir, niemand darf mich stören, nicht jetzt. Er umklammerte wieder das Messer in seiner Tasche.

Er trat einen schnellen Schritt in die Dunkelheit, und sah ein Tier davonhuschen. Eine Katze oder ein Marder. Er atmete tief durch und ging zurück zum Fenster, probierte vorsichtig, ob es offen war. Nichts bewegte sich. Leise glitt die dunkle Gestalt nun an der Häuserwand entlang. Schließlich erreichte er drei Stufen, die nach unten führten. Ein Kellereingang.

Plötzlich huschten Lichter vorbei. Er hörte den leisen Motor eines Autos, das die Straße entlang fuhr. Aber es hielt nicht an. Seine Hände zitterten leicht. Angst kroch in ihm hoch. Mit zwei Schritten war er an der Kellertür, die wohl noch aus der Zeit stammte, als das Haus gebaut worden war. Die Tür hatte noch ein altes Bartschloss und ein Fensterkreuz mit vier Glasscheiben. Er schüttelte ungläubig den Kopf. Warum waren die Menschen nur immer so leichtsinnig und unvorsichtig?

Er rüttelte kurz an der Klinke, doch die Tür war verschlossen. Im Mondlicht konnte er allerdings erkennen, dass der Schlüssel von innen steckte. Er wickelte seinen Schal um seine Faust und zerschlug das Glas der Kellertür.

Hatte sie etwas gehört? Nichts rührte sich im Haus. Sie musste einen festen Schlaf haben. Durch die zerbrochene Scheibe griff er zum Schlüssel und öffnete die Tür. Jetzt war er im Keller. In der Dunkelheit versuchte er sich zu orientieren. Wo lag ihr Zimmer? Aus der Innentasche seiner Jacke holte er eine kleine Stabtaschenlampe. Er leuchtete den Kellerraum ab, bis zur Tür, durch die er hindurch wollte. Er knipste die Lampe aus und tastete sich nach vorne. Er stieß an einen Kanister und fluchte leise.

Schließlich war er an der Tür. Sie war offen. Langsam drückte er die Klinke nach unten und schob die Tür behutsam auf. Er stand in einem Gang, der zu einer Treppe führte. Von diesem Gang gingen zwei Türen nach rechts ab. Er überlegte kurz. In welchem Zimmer lag sie? Er wartete kurz, dann ging er zur hinteren Tür und legte seine Hand auf die Klinke. Langsam drückte er sie nach unten und dann nach vorne. Die Tür öffnete sich fast lautlos. Er lauschte ins Zimmer und hörte gleichmäßiges Atmen. Sie schlief.

Er wartete einen kurzen Augenblick, bis sich seine Augen an die Dunkelheit gewöhnt hatten. Er war überrascht, wie hell der Mond das Zimmer beleuchtete, obwohl die Vorhänge doch zugezogen waren. Er trat an ihr Bett und sah sie im Halbdunkel vor sich liegen.

Sein Blick wanderte von ihren nackten Beinen, die unter der Decke hervorlugten, bis hinauf zu ihrem Gesicht. Ihre Augen waren geschlossen. Gerade als sie sich zur Seite drehen wollte, griff er an.

Es war eine einzige Bewegung. Er holte das Messer in einem Schwung aus seiner Jackentasche, ließ die Klinge herausschnellen, kniete sich aufs Bett und zog das Messer mit einem kräftigen Schnitt über die Kehle der jungen Frau. Nur ein kurzes Zucken, ein Röcheln. Blut lief aus der Wunde am Hals, mit großen Augen starrte sie ihn fragend an. So hatte er es gewollt, und doch schreckte er jetzt zurück. Er stach einmal zu. Und noch einmal. Dann zog er das Messer aus ihrem Körper, wischte das Blut an der Bettdecke ab und ließ die Klinge des Messers wieder in den Griff schnellen.

Hatte sie sich nicht noch einmal bewegt? Nein. Er richtete sich auf und schaute auf ihren Körper herab. Das Blut hatte das Betttuch erreicht. Er war sich sicher, sie war tot. Er griff in seine Tasche und holte eine kleine Kette heraus. Es war ein Freundschaftskettchen, das man normalerweise um das Handgelenk band. Auf dem Kettchen standen ein Name und ein kurzer Spruch. Er drückte es in die starre, aber noch warme Hand der Frau.

3 Ich sah auf die Uhr.
„Mist, schon so spät."
Es war kurz vor acht Uhr abends. Ich musste los. Meine Schützen warteten.
Jedes Mal, wenn ich im Internet bin, vergesse ich die Zeit. Eigentlich sollte ich mir eine Flatrate leisten.
„Jetzt aber los. Verbindung trennen und fertig", brummelte ich vor mich hin. „Und noch runterfahren."
„Sie können jetzt Ihren Computer ausschalten."
Als der Bildschirm schwarz wurde, sprang ich auf, steckte einen Block und Kugelschreiber ein und lief zur Wohnungstür.
Draußen sog ich die Nachtluft tief ein. Es war noch recht mild, obwohl es schon Anfang Oktober war.
„Die Jahreszeiten gleichen sich immer mehr aneinander an", ging es mir durch den Kopf.
Ich blickte die Straße hinunter, ein Haus reihte sich ans andere. Auch in diesem Viertel hatte der Bebauungsplan wieder ganze Arbeit geleistet. Alles schön in Reih und Glied. Nichts darf aus der Art fallen. Gleiche Dachform, gleiche Dachneigung, keine auffälligen Farben, einheitliche Gauben. Alles gleich langweilig. Da blieb für Phantasie nicht viel Spielraum.
Seit fünf Jahren wohnte ich schon in diesem Viertel. Im ersten Stock eines Dreifamilienhauses. Ich hatte mir die Eigentumswohnung gekauft, nachdem meine letzte feste Beziehung in die Brüche gegangen war und wir unsere Hauspläne samt Familie in den Wind geschrieben hatten.
Mein Gott, waren wir einmal ineinander verliebt gewesen. Oder ich zumindest. In sie. Wie eine Klette hatte ich an ihr gehangen. Sie sollte es sein. Für immer. War wohl zu viel für sie. Der Gedanke an Lena schmerzte immer noch etwas. Sie war einfach ausgezogen. Es hatte keinen Streit gegeben. Sie war einfach weg. Von einem Tag auf den andern. Nie vergeben, nie vergessen.
„Wahrscheinlich hält es sowieso keine Frau bei mir aus."
Dies war nun wieder eine Gedenkminute für mein Selbstmitleid, das mich von Zeit zu Zeit befällt.
„Ach, früher", schoss es mir durch den Kopf.
Aber Schluss. Keine Zeit für so etwas jetzt. Ich ließ mit meiner Fernbedienung ganz cool die Autotür aufspringen, stieg ein und fuhr los. Mit 50 durch die verkehrsberuhigte Zone. Keine Zeit für Verkehrsregeln, ich muss zu den Schützen. Schnell

war ich auf der vierspurigen Bundesstraße durchs Neckartal. Richtung Stuttgart. Ich drückte das Gaspedal durch. Als ich ein Auto überholte, saß mir gleich wieder einer dieser Raser im Nacken und benutzte die Lichthupe. Ich ließ ihn noch etwas zappeln und fuhr dann zur Seite.
Zehn Minuten nach acht war ich da. Der Parkplatz war voll. Ich fand aber noch eine kleine Lücke unter einem Halteverbotsschild. Ich warf mein Presseschild unter die Windschutzscheibe und hoffte auf einsichtige Polizisten.
Als ich zum Eingang der Gemeindehalle kam, hörte ich schon ein lautes „Liebe Schützenkameraden, ich begrüße euch sehr herzlich zu unserer heutigen Jahreshauptversammlung" durch den Saal wummern.
Ich war noch rechtzeitig gekommen. Gut. Keine Essentials verpasst. Als ich in den kleinen Saal kam, sah mich der Oberschütze am Pult und rief für alle laut hörbar herüber: „Ah, die Presse ist auch schon da. Ich begrüße Herrn Blum von der Lokalzeitung." Einige Leute klatschten sogar, was mir mehr als peinlich war.
In diesem Ort gab es nur noch ein Blatt. Die Konkurrenz hatte sich schon vor Jahren verabschiedet. Da ich dieses Gebiet schon seit einiger Zeit beackere, war ich hier bekannt wie ein bunter Hund.
Also drehten sich alle um und sahen mich an. Am liebsten hätte ich auf dem Absatz kehrt gemacht und wäre gegangen. Aber ich schmunzelte nur vor mich hin und grüßte in die Runde. Einer der Schützen, es musste der neue Pressewart sein, holte mich an der Tür ab und führte mich zu meinem Platz, ganz vorne, direkt vor dem Pult.
„Na, Klasse, jetzt kann ich mich später nicht mal leise davonschleichen", dachte ich.
„Schreiben Sie was Schönes", raunte er mir zu. Diesen Satz höre ich jedes Mal bei solchen Veranstaltungen. Ich nickte, lächelte freundlich und dachte mir meinen Teil.
Das wird sicher ein langer Abend.
„Ich bin kein großer Redner und will mich deshalb kurz fassen", hörte ich von vorne. Das kam mir doch bekannt vor. Über eine halbe Stunde später war der Oberschütze samt seiner auf Hochglanz polierten Uniform mit seiner Begrüßungsrede endlich fertig und ging nahtlos und gnadenlos in seinen Jahresbericht über. Immer wieder driftete ich mit meinen

Gedanken ab, unterdrückte ein Gähnen, um meine Langeweile nicht zu offensichtlich werden lassen. Ich kritzelte irgendetwas vor mich hin und sah in die Gesichter, die mir gegenüber saßen. Als Antwort erhielt ich ein paar schwäbische Worte, die ich nicht verstand, ein herzhaftes Glucksen, und ich nickte zustimmend dazu, obwohl ich keine Ahnung hatte, worum es eigentlich ging.
Eine weitere halbe Stunde später kamen der stellvertretende Vorsitzende, der Schriftführer, der Kassier und der Jugendleiter mit ihren Berichten. Dann wusste ich, dass es dem Schützenverein noch gut geht, dass es aber immer schwieriger mit dem Nachwuchs wird und dass eigentlich keiner mehr im Verein irgendein Amt übernehmen will. Endlich standen die Ehrungen auf dem Programm. Inzwischen hatte ich mir schon unter skeptischen Blicken mein zweites Wasser bestellt, während vor meinen Tischnachbarn Weizenbiere oder Gläser voller Trollinger standen.
„Und heute ehren wir auch noch lang verdiente Schützenkameraden, die seit 25 Jahren in unseren Reihen sind und sich verdienstvoll für diesen unseren Verein eingesetzt haben", rieselte es vom Pult herunter.
Das war mein Stichwort. Ich schnappte mir meine Digitalkamera, positionierte die Männer in Reih und Glied nebeneinander und fotografierte drauflos. Die Namen kann ich morgen abfragen, sagte ich mir. Ich wollte mich gerade in der allgemeinen Ehrungshektik aus dem Staub machen, als mich jemand am Ärmel festhielt.
„Halt, es gibt noch e Veschper", säuselte mir jemand schwäbisch-charmant ins Ohr. „Setz dich no und trenk au mol a Bier", fuhr der leicht angesäuselte Schützenbruder fort. Auch gut, Alkohol kann ich jetzt langsam gut gebrauchen. Und schon stand das Bier vor meiner Nase wie auch das obligatorische Ripple mit Kartoffelsalat, neben Soße eines der Grundnahrungsmittel der Schwaben.
Inzwischen war es halb elf geworden. Die Ehrungen waren jetzt auch vorbei und die Schützen gingen zum gemütlichen Teil des Abends über, den ich mir aber ersparen wollte. So viel Gemütlichkeit vertrug ich nun auch wieder nicht. Also stürzte ich das Bier in wenigen Zügen hinunter, drückte das Ripple in mich hinein und verabschiedete mich mit einem unverbindlichen Lächeln und einem leisen „Dankeschön", deutete dabei auf Essen und Trinken, und verdrückte mich endgültig.

Glück gehabt, kein Strafzettel an der Windschutzscheibe. Ich stieg ein und fuhr Richtung Heimat.
Wie von einem Magnet angezogen, machte ich einen kleinen Umweg zum Irish Pub. Vielleicht war Nelly wieder dort. Ich brauchte noch etwas Aufmunterung nach diesem Schützenabend.
Ich stellte meinen Wagen in einer Seitenstraße ab. Von hier waren es nur ein paar Schritte zum Pub. Die Straßenlaternen beleuchteten den Bürgersteig nur schwach. Die Häuser an der Straße lagen im Dämmerlicht. Nur wenige Fenster waren noch erleuchtet. In einer Einfahrt vor mir bewegte sich etwas. Ich verlangsamte unwillkürlich meine Schritte. Als ich näher kam, zog sich eine Gestalt in die Dunkelheit zurück. Plötzlich hatte ich ein mulmiges Gefühl. Ich fühlte mich beobachtet.
„Unsinn", sagte ich leise vor mich hin. Ich bin hier in einer kleinen Universitätsstadt. Hier lauern keine schwarzen Männer, die einem etwas überziehen wollen, so etwas gibt's nur im Krimi. Trotzdem zögerte ich einen Augenblick. Eine leichte Unruhe stieg in mir auf. Es gab noch einen kleinen Seitenweg zum Pub. In den bog ich kurzfristig ab und begann sofort zu rennen.
„Du spinnst", dachte ich, während ich den Weg hinunterhetzte, aber ich hielt erst an, als ich in Sichtweite des Pubs war. Der kleine Zwischenspurt hatte mich außer Puste gebracht. Ich drehte mich um. Ich sah nichts. Niemand verfolgte mich, niemand wollte etwas von mir. Ich glaube, ich sollte mit dem Schreiben meines Kriminalromans etwas aussetzen, langsam bilde ich mir Dinge ein, die gar nicht vorhanden sind. Mit aufgesetzter Gemächlichkeit ging ich weiter zum Pub.
Als ich in die Kneipe eintrat, schlugen mir warme, stickige Luft und viel Rauch und Lärm entgegen. Mein Durst wurde nur noch schlimmer dadurch.
Ich blickte mich um. Nelly war nicht da. Schade. Ich setzte mich an die Bar, hier hat man eher das Gefühl, dass man nicht alleine ist, als wenn man an einem großen Tisch mit fremden Leuten herumlungert, die nicht mit einem reden wollen. Ich bestellte bei der hübschen, jungen Bedienung mit dem eng anliegenden und bauchfreien T-Shirt, sicher eine Studentin, ein Guinness.
Es dauerte einige Minuten, bis das Bier kam. Ich setzte sofort das Glas an und spürte den cremigen Schaum an meinen Lippen.

„Hi, was macht das Geschäft, rasender Reporter?“, bellte es plötzlich hinter mir, gefolgt von einem überbordenden, glucksenden Lachen, wie immer einen Tick zu laut. Gleichzeitig verspürte ich einen leicht schmerzenden Begrüßungsschlag auf meinem Rücken.
Ich zuckte zusammen, drehte mich um und blickte in die großen blauen Augen von Vanessa. Ich hatte sie vor vielen Jahren während meines Studiums kennen gelernt. Sie ist ebenso wie ich in dieser Stadt hängen geblieben. Schon damals hat sie mich etwas genervt, weil sie immer so laut und aufdringlich mit ihrer reichlich sonoren Stimme sprach und einen nicht mehr aus ihren Fängen ließ. Sie hatte immer etwas zu erzählen. Der große Vorteil war, man musste dabei nicht selbst etwas sagen.
Vanessa schüttelte leicht den Kopf, ihr tiefschwarz gefärbtes, wallendes Haar machte die Bewegung mit und strich über ihren Rücken. Und diese Bewegung machte sie fast alle paar Minuten.
„Was verschlägt dich hierher?“, fragte sie.
Bevor ich antworten konnte, hatte sie das Gespräch übernommen und mir von ihrem Verflossenen erzählt, von den Spaghetti, die sie mittags gekocht hatte, und in welches Theaterstück sie am Wochenende gehen wollte. Vanessa war ganz in die Theaterszene abgetaucht, aber eher als eine Art Groupie. Denn einen Job hatte sie dort nicht.
„Kommst du mit?“, fragte sie plötzlich.
„Wohin?“ Ich war wieder aus meiner Zuhör-Trance erwacht.
„Ins Theater, natürlich, du Heini.“ Und wieder gluckste sie so laut hörbar, dass sich die beiden Nebensitzer umdrehten und herüberschauten.
Erneut kam ich zu keiner Antwort, weil sie mir alles Mögliche über den Intendanten, den sie bei der letzten Premiere getroffen hatte, erzählte. Gerade als sie anhob, über den guten, alten Shakespeare zu referieren, öffnete sich die Tür und Nelly kam in den Pub.
„Oh, shite“, sagte ich wohl etwas zu laut.
„Was?“, fragte sie.
„Wie?“, sagte ich.
Und da war es schon passiert. Nelly, meine Sommersprossen-Nelly, ging an mir vorüber, ohne sich nach mir umzudrehen, ohne mich anzusehen. Sie sprach den Mann hinter der Theke an, fragte ihn offensichtlich etwas, was, konnte ich allerdings

nicht verstehen. Er schüttelte mit dem Kopf, gestikulierte mit den Händen und schob schließlich wieder den Zapfhahn nach unten, um das nächste Bier einzuschenken.
Nelly ging wieder an mir vorüber. Diesmal aber sah sie mich. Sie drehte sich zu mir um, ging zwei, drei Schritte auf mich zu. Sie winkte kurz mit der Hand, hauchte mir ein zauberhaftes „Hallo“ entgegen, schaute kurz Vanessa an und ging mit einem „Oh, sorry“ weiter.
Ich saß nur da und bekam keinen Ton heraus. „Sag was“, machte ich mir Mut. Aber ich blieb still. Der Blick aus dem lächelnden Sommersprossengesicht heraus hatte mich schachmatt gesetzt. Ich brauchte auch nichts zu sagen, denn jetzt redete wieder Vanessa auf mich ein.
„Ja, hallo, hier, hörst du mir überhaupt noch zu oder schaust du jetzt nur noch den Frauen nach, du alter Macho“, sagte sie, gluckste und plapperte weiter. In manchen Nächten könnte man zum Mörder werden.
Nelly war wieder weg. Ich presste meine Hand fest um das Bierglas vor mir, knurrte kurz und kippte frustriert das Guinness in mich hinein.

# 4

Wenn das so weitergeht, habe ich bald ein Alkohol problem. Ich wachte zum Glück in meiner Wohnung auf. Mit einem Brummschädel.

Die Ereignisse von gestern nahmen langsam wieder Konturen an, vor allem rundliche, schwarzhaarige, redselige. Mit einem Pint allein hatte ich Vanessa und den kurzen Auftritt Nellys nicht ertragen können. Weil ich schließlich zu viel intus hatte, war ich zu Vanessa ins Auto gestiegen und hatte meine Karre stehen lassen. Und ich hatte mich überreden lassen, noch mit zu ihr zu kommen, for old times sake. Alkohol verschleiert vieles. Als ich das Gefühl hatte, „das wird zu eng jetzt", hatte ich mich aus dem Staub gemacht und war nach Hause gelaufen oder vielmehr gewankt. Glaubte ich jedenfalls.

Vanessa und ich hatten vor vielen Jahren noch zu Studienzeiten einmal eine kurze, aber heftige Affäre gehabt. Die hatte nach einer Party mit allzu viel Bowle begonnen. Im Überschwang ihrer romantischen Gefühle hatte sie sich sogar eine kleine Freundschaftskette mit meinem Vornamen gekauft, die sie mir dann um die Ohren geworfen hatte, als alles aus gewesen war. Doch die Wut war schnell verraucht, als sie einen Neuen hatte. Allerdings bin ich seit dieser Zeit vorsichtiger geworden mit Party und Alkohol.

Nun lag ich hier in meinem Bett und versuchte mich, ohne allzu viele Bewegungen, aufzurichten. Schön langsam, sagte ich mir.

Der nächste Gedanke sorgte gleich wieder für ein starkes Pochen hinter meinen Schläfen. Es lag noch der Artikel über die Jahreshauptversammlung des Schützenvereins vor mir und der verlangte die größte Konzentration. Deshalb brauchte ich jetzt einen Tee. Stark, wie immer anglophil mit viel Milch, aber ohne Zucker. Und mit Teebeuteln, die ich von meinem letzten Schottlandurlaub mitgebracht habe. Die erzeugen eine so starke Brühe, dass sogar die Zehennägel auf Habt-acht-Stellung gehen.

Ich schaltete den Wasserkocher an und schlurfte vorsichtig zum Briefkasten, um die Zeitung zu holen. Mal sehen, was die Konkurrenz so alles schreibt. Inzwischen kochte das Wasser und ich rührte den braunen Sud an und kontrollierte, ob der Löffel schon stehen blieb.

Mit der vollen Tasse ging ich zu meiner Stereoanlage und schaltete das Radio an. Etwas Hintergrundmusik war gut jetzt. Ich setzte mich an den Tisch und nahm mir die Lokalseiten vor. Als ich gerade bei der Spalte „wöchentliche Langeweile" mit dem Titel „Hier spricht Ihr Abgeordneter" angekommen war, blätterte ich sofort eine Seite weiter und lauschte gleichzeitig mit halbem Ohr dem Trailer für die Nachrichten im Radio. Mal hören, ob die Welt noch steht, bevor ich vor die Tür trete.

Im nächsten Augenblick war ich hellwach. Hatte ich richtig gehört? Der Nachrichtensprecher hatte gerade etwas von einem Mord erzählt, der in unserer lieben, harmlosen Unistadt geschehen sein soll. Die Meldung war kurz, weil es noch nicht so viel zu vermelden gab. Die tote Frau war am frühen Morgen von ihren Eltern erstochen aufgefunden worden. Die Leiche hatte im Untergeschoss des Hauses gelegen. Die Tochter hatte dort offensichtlich in einer kleinen Einliegerwohnung im Elternhaus gewohnt.

Ich stutzte. Gleichzeitig breitete sich ein mulmiges Gefühl in mir aus.

Mir kam diese Geschichte irgendwie bekannt vor.

Doch jeden weiteren Gedanken unterbrach das Schrillen des Telefons, das mir meine Kopfschmerzen wieder bewusst machte. Es war Micha Becker.

„He, Penner, schon wach?"

„Schwätzer", brummte ich.

„Ich muss wissen, wie viel du schreibst, wegen der Platzbestellung. Hat das geklappt mit den Bildern?"

„Ja, ja", stotterte ich etwas geistesabwesend. Die Radionachrichten steckten noch in meinen Gedanken.

„He, schläfst du noch?", meckerte Micha. „Was schreibst du?"

„Über die Schützen", gab ich etwas ziellos zur Antwort.

„Ja, weiß ich, wie viel?"

„So 90 Zeilen plus Bild, haben wir doch ausgemacht, oder?"

„Okay, bis dann", sagte Micha und wollte gerade auflegen.

„Hast du von dem Mord gehört? Ist gerade in den Nachrichten gekommen", fragte ich Micha.

„Na klar, ist die Hölle los dort am Tatort. Alles voller Polizei. Die sind natürlich alle aus dem Häuschen. Hab einen Fotografen hingeschickt. Soll mir ein paar schicke Bilder machen, Hammerbilder."

„Weißt du schon Näheres?", wollte ich wissen.

„Nicht viel."

„Was denn, komm erzähl was?"

„Hab nicht viel Zeit, muss in die Morgenkonferenz. Nur so viel: Die Eltern haben ihre Tochter in ihrem Zimmer tot aufgefunden. Gerade einmal 24 ist das Mädchen gewesen. Muss recht hübsch gewesen sein, wie man sagt. Muss wohl ein ziemlicher Schock für die Eltern gewesen sein. Wie ich gehört habe, ist der Kerl offensichtlich durch den Keller in das Zimmer des Opfers gekommen und hat ihr wohl die Kehle durchgeschnitten. Die Kleine hatte offensichtlich ihre eigene Einliegerwohnung im Haus ihrer Eltern."

Das wusste ich schon. Ich hörte gar nicht mehr richtig zu.

„Mehr Infos gibt's noch nicht. Ach ja, irgendwas vom Täter haben sie auch bei dem Mädchen gefunden. Jetzt muss ich aber los. Bis später. Schick alles per E-Mail. Und ruf mich nochmals wegen des Prozesses an, den du machen sollst."

Ehe ich noch etwas sagen konnte, hörte ich das Klicken am anderen Ende der Leitung. Da hockte ich nun, reichlich verwundert. Gestern hatte ich an meinem Krimi weiter geschrieben und heute war er praktisch passiert. Oder so ähnlich zumindest.

Das war doch nicht möglich oder? Sicher ein Zufall. Oder hatte ich nur einen Allerweltseinfall geschildert, der sowieso in jedem Krimi vorkommt? Aber offensichtlich war die Idee doch sehr realistisch gewesen.

„Ich muss sehen, ob ich noch mehr herausbekomme", sagte ich mir. Aber jetzt galt es zuerst meinen Artikel auf die Reihe zu bringen.

Ich ging in mein Büro und setzte mich im Schlafanzug an meinen Schreibtisch, der Vorteil eines freien Journalisten. Am Abend zuvor hatte ich, ehe ich ins Bett gefallen war, noch irgendwo meine Unterlagen in meinem Durcheinander im Büro abgelegt. Ich kramte meine Lose-Blätter-Sammlung durch und entdeckte schließlich die Aufzeichnungen auf dem Boden neben meinem Schreibtisch. Sie mussten wohl irgendwann heruntergefallen sein.

Ich hob sie auf und schaltete meinen Computer an. Ehe ich mich in die Jahreshauptversammlung der Schützen stürzte, surfte ich noch eine Dreiviertelstunde lang durchs Internet. Ich las in der Irish Times und dem Scotsman und sah mir alle möglichen schrägen Seiten an. Außerdem zog ich mir noch einige Songs herunter. Trotz Napsterverbot gibt es noch Musikforen, in denen man sich die neuesten Songs holen kann.

Nur die Stellen muss man halt kennen. Aber auch bei denen muss man inzwischen auf der Hut sein, seit sich die großen Musikverlage der Detektivarbeit verschrieben haben und arme Musiksauger wie mich verfolgen und vor den Kadi ziehen wollen. Dabei sind sie mit ihren hohen Preisen für die Silberlinge doch irgendwie selbst schuld, wenn die Leute nach billigeren Quellen für ihre Lieblingsmusik suchen.
Schließlich stieg ich aus dem Internet aus und schrieb los.
Zwei Stunden brauchte ich, um die Jahreshauptversammlung niederzukämpfen. Aber ich hatte es geschafft, mit allen Ehrungen.
Die Übermittlung des Artikels kann noch warten, dachte ich mir. Gerade war mir eine neue Geschichte eingefallen, wie ich meinen Krimi etwas aufpeppen konnte.
Hey, Pit, du sollst nicht sagen, dass ich keine ausgefallenen Ideen habe, besonders wenn ich an gestern Abend und Vanessa denke. Und im Roman kann ich jeden um die Ecke bringen, oder jeden zumindest ordentlich quälen, der mir nicht passt. Auch Frauen mit schwarzen Haaren und einer lauten Stimme, die nervt.
Ich schloss meinen Schützen-Text, öffnete eine neue Datei und schrieb los.

# 5

Das Publikum bekam nach der Shakespeare-Premiere im Landestheater wieder einmal nicht genug. Der Beifall ebbte erst nach dem zehnten Mal ab, obwohl es nur eine mittelmäßige Aufführung gewesen war. Immer und immer wieder waren die Schauspieler auf die Bühne getänzelt und hatten sich ihren Applaus abgeholt. Der Kritiker der örtlichen Zeitung, der wie üblich auf seinem Stammplatz vorne in der Mitte saß, runzelte die Stirn, drehte seinen Kopf zur Seite und schaute durch seine große Brille etwas pikiert in die jubelnde Menge. So viel überbordender Applaus löste bei ihm Unbehagen aus, denn Massengeschmack war nicht seine Sache.

Vanessa klatschte dagegen begeistert und leicht überdreht. Sie hatte sich für die Premiere einen Jungen geangelt, der zehn Jahre jünger war als sie, und hatte ihn mit ins Theater geschleppt.

Jetzt saßen die beiden im Theaterlokal und sprachen über die Aufführung. Sie hörte nicht mehr auf zu reden und ging die ganze Inszenierung von Anfang bis Ende durch. Er sah sich im Lokal nach Hilfe um, die ihn aus dieser Situation retten könnte.

„Wie denkst du darüber?", fragte sie Carsten plötzlich aus heiterem Himmel.

„Wie?" Er war mit den Gedanken ganz woanders, hatte ihr schon lange nicht mehr zugehört.

Der Kellner half ihm aus dieser peinlichen Situation.

„Kann ich Ihnen noch etwas bringen?"

„Nein, danke", sagte er sofort.

„Oh ja, bitte, noch ein Glas Sekt", flötete sie. Theaterpremieren regten sie immer zu teuren Getränken an.

Er stöhnte leise vor sich hin.

„Nein, ich will immer noch nichts", antwortete er dem ungeduldig wartenden Kellner.

In diesem Augenblick trat ein anderer Mann an den Tisch, den er noch nie zuvor gesehen hatte.

„Hallo", sagte Bernd König, er war Regieassistent am Landestheater und hatte ein Auge auf Vanessa geworfen.

Das war die Chance für Carsten, sich davonzustehlen.

„Du, ich glaube, ich bin müde. Ich muss noch eine Hausarbeit fertig schreiben. Ich geh jetzt besser." Carsten stand auf, ohne auf eine Antwort zu warten, und ging zur Theke, um zu bezahlen. Vanessa wollte ihn jetzt nicht mehr zurückhalten. Sie hatte ein neues Opfer gefunden.

„Ja, tschüss, ich seh' dich dann", verabschiedete sie Carsten und wandte sich sofort Bernd zu, der Vanessa eindringlich anstarrte.
„Warst du in der Premiere?", fragte sie ihn.
„Klar." Bernd hatte den ganzen Tag im Theater verbracht. Morgens waren die Proben für die nächste Produktion gewesen. Am Nachmittag hatte er mit den Dramaturgen die Texte fürs Programmheft durchgesprochen. Und abends ließ er sich die Premiere natürlich nicht entgehen. Man muss sich sehen lassen, wenn man es zu etwas bringen will, man muss sich aufdrängen. Doch jetzt war er nur noch müde, sogar zu müde für Vanessa. Auch wenn er sie mit allem, was er hatte, anhimmelte. Aber er ließ sich auf den Stuhl neben ihr fallen, streckte sich kurz und hörte Vanessa zu, wie sie über die Premiere sprach. Doch lange hielt er es nicht mehr aus, zumal am nächsten Tag weitere wichtige Proben anstanden. Er setzte sich auf und überlegte kurz, wie er Vanessa überreden konnte, sich bald wiederzusehen.
„Willst du nicht das nächste Mal zu einer Probe mitkommen? Ich schmuggle dich durch die Hintertür."
Das ließ sich Vanessa nicht zweimal sagen.
„Einverstanden." Auch sie hatte an Bernd ein gewisses Interesse. Und bei einer Probe heimlich dabei zu sein, gab ihr wieder genügend Gesprächsstoff für später.
„Also dann bis Dienstag, 10 Uhr, am Hintereingang. Du weißt ja, wo das ist?"
„Ja. Mach's gut."
Jetzt hatte auch Vanessa für einen Tag genug erlebt. Kein Verehrer war mehr in Sicht. Und allein am Tisch in der Kneipe zu sitzen, dazu hatte sie keine Lust. Sie packte ihre Sachen zusammen und verließ das Theaterlokal Richtung Metropol-Parkhaus.
Sie war allerdings nicht die einzige Person, die zu diesem Zeitpunkt das Theaterlokal verließ. Am Tisch gegenüber war ein sportlich gekleideter Mann mit Turnschuhen und einer kleinen Kette um den Hals ebenfalls aufgestanden und zum Ausgang geeilt. Draußen vor der Tür sah er aus den Augenwinkeln, wie Vanessa die Straße entlanglief.
Er zog seine schwarze Lederjacke an und machte sich ebenfalls auf den Weg. Auf der Straße hielt er kurz an und sah sich nach allen Seiten um. Es war inzwischen nach Mitternacht und es waren um diese Zeit nicht mehr sehr viele Menschen unterwegs.

Vanessa kramte in ihrer Handtasche nach ihrem Autoschlüssel. Sie wollte sich im Parkhaus nicht lange aufhalten, Parkhäuser waren ihr ein Gräuel, auch wenn es jetzt überall auf den unteren Etagen Frauenparkplätze gab.
Sie ging durch die Dunkelheit, mit dem Autoschlüssel in der Hand, Richtung Parkhaus. Weil sie so zielstrebig voranschritt, sah sie den Mann nicht, der ihr in einigem Abstand folgte.
Als sie schließlich vor dem Parkscheinautomaten stand, sprach sie jemand von hinten unvermittelt an. Sie erschrak. Sie hatten den Mann nicht kommen sehen.
„Können Sie mir einen Zehn-Euro-Schein wechseln? Der Automat nimmt keine Scheine mehr an." Seine Stimme schnarrte ein wenig und er sprach merkwürdig langsam. Er hielt ihr den Zehn-Euro-Schein hin.
In Vanessa stieg langsam Angst auf. Obwohl der Mann recht normal aussah, fühlte sie sich nicht wohl in ihrer Haut. Sie umklammerte den Griff ihrer Handtasche fester. Sie hatte zwar genug Wechselgeld in ihrem Geldbeutel, aber weil sie den Mann schnell los werden wollte, sagte sie: „Nein, tut mir Leid, aber gleich um die Ecke gibt es ein Lokal, dort können Sie sich sicher die zehn Euro wechseln lassen."
Sie kümmerte sich nicht weiter um den Mann, der sie nun von oben bis unten musterte. Vanessa schaute starr nach vorne, zog ihren Parkschein aus dem Park-Automaten und ging mit schnellen Schritten weiter. Das Parkhaus war jetzt menschenleer.
„Immer, wenn man jemanden braucht, ist niemand da", schoss es ihr durch den Kopf.
Plötzlich hörte sie hinter sich Schritte. Sie drehte sich nicht um, weil sie nicht wissen wollte, was sich hinter ihr abspielte. Vielleicht hätte sie es doch tun sollen. Vielleicht hätte sie die Gefahr dann sehen und noch rechtzeitig reagieren können.
„Jetzt keine Panik", dachte sie. Nur schnell zum Auto, dort wähnte sie sich in Sicherheit. Ihre Schritte wurden schneller und hallten durch das leere Parkhaus. Sie steckte den Schlüssel ins Türschloss ihres Wagens und öffnete die Tür. Gerade als sie einsteigen wollte, fiel sie in ein schwarzes Loch.

# 6

„Money in my pocket but I just can get no love“, dröhnte es aus den Lautsprechern meiner Stereoanlage. Simply Red. Es hatte mich wieder erwischt. Seit meine Liebe vor fünf Jahren über Bord gegangen war, überfiel es mich in regelmäßigen Abständen. Dann saß ich auf meinem Sofa und starrte ins Leere. Und sank immer tiefer. Meine augenblickliche Situation machte es auch nicht besser. Nichts lief mehr, ab und zu eine Frau zum Anhimmeln, aber nicht mehr. Außerdem traute ich mich nicht mehr so recht an die Frauen ran, Angst vor einer Abfuhr wahrscheinlich. Also fristete ich mein Dasein als alternder Junggeselle mit allen Illusionen, die einen am Leben halten.

Lena und ich waren drei Jahre zusammen gewesen. Wir hatten uns ganz romantisch kennen gelernt, mit Spaziergang im Sonnenuntergang und so. Kitsch, aber wahr. Ging alles ganz schnell dann. Innerhalb von ein paar Wochen zogen wir zusammen. Die ersten Monate waren außergewöhnlich. Das habe ich selten zuvor erlebt. Jedes Mal Herzklopfen, wenn man sich sah. Stundenlang kuscheln im Bett. Traumhaft. Vielleicht wurde es dann zu eng. Jeder von uns beiden versuchte sich etwas Freiraum zu verschaffen. Und wohl weil ich spürte, dass ich sie langsam verlor, wurde ich eifersüchtig, was der Beziehung den Rest gab.

Schließlich sahen wir uns immer seltener, obwohl wir in einer Wohnung zusammen wohnten. Und irgendwann stellten wir fest, dass wir uns verloren hatten. Die logische Folge: Trennung. Sie ging von heute auf morgen.

Danach versuchte ich mich in alle möglichen Abenteuer zu stürzen, wachte aber immer wieder mit einem Brummschädel auf. Und in meinem Beruf lief es nicht besser. Mein Gott, hatte ich einmal Illusionen. Was wollte ich als Journalist nicht alles erreichen. Sensationen aufdecken. Jetzt tingelte ich fürs Lokalblatt als Freier von Termin zu Termin, zu jeder Tages- und Nachtzeit, Jahreshauptversammlungen, Gemeinderäte, Gerichtsverhandlungen. Nichts war es mit Sensationen. Journalistischer Alltag, Fließbandarbeit. Hauptsache, es kamen irgendwelche Aufträge herein. Mit dem, was dabei herausspringt, kann ich mich gerade über Wasser halten. Aber wie lange noch?

Doch Augen zu und durch. Das war nun die Zeit für ein Glas Dornfelder. Zurück zu den Wurzeln. Ich komme aus der Pfalz

und dort gibt es jede Menge Dornfelder. Tiefrot und schwer. Das Studium hat mich vor vielen Jahren hierher ins Schwäbische verschlagen. Aber Schwabe werde ich nie, das ist sicher. Auch wenn der Lemberger nicht zu verachten ist.
Als Pfälzer hat man zwei Leidenschaften: Man ist erstens FCK-Fan und damit sehr leidensfähig, und zweitens trinkt man gerne Wein, weiß wie rot. Und das ordentlich, wenn's drauf ankommt. Und es kommt darauf an, wenn die Stimmung ganz tief hängt, dann hilft nur ein Glas Wein über das Schlimmste hinweg. Altes Hausmittel.
Und gleich geht es mir besser. Ich denke an Nelly. Sie hat mir mit ihrer lockeren und fröhlichen Art den Kopf verdreht. Ich mag sie. Aber ich traue mich nicht, ihr etwas davon zu sagen, weil ich Angst habe, sie dann zu verlieren. Und die Treffs im Pub bedeuten mir viel. Dann bin ich nicht zu Hause und starre die Wände an. Ich fühle mich wohl, wenn sie da ist. Und es gefällt mir, mit ihr zu reden. Das möchte ich in keinem Fall aufs Spiel setzen.
Im gleichen Augenblick stieß ich das Weinglas um. Verdammt. Willkommen in der Realität. Die Rotweinflecken kriege ich doch nie mehr aus dem Teppich. Ich holte den Spüllappen und Salz und versuchte mein Glück. Besonders erfolgreich war ich nicht. Da kommt später die Stehlampe drüber.
„Wie spät ist es eigentlich?" Über den schweren Gedanken hatte ich die Zeit vergessen. Ich sah auf mein Handgelenk, doch da war keine Uhr. Ich stand auf, ging ins Schlafzimmer. Dort war meine Armbanduhr jedoch auch nicht. Allerdings stand dort mein Wecker. Es war schon kurz nach halb neun Uhr abends. Okay.
Ich brauchte noch etwas frische Luft.
Ich beschloss, einen kleinen Abendspaziergang zu machen. Ich zog mir einen Pullover über und ging zu meiner Wohnungstür. Als ich sie öffnete, ging gerade das Licht im Treppenhaus aus und ich hörte, wie unten gerade jemand aus dem Haus ging.
Ich drückte wieder auf den Lichtschalter im Treppenhaus, das sofort hell erleuchtet war, und ging die zwei Treppen hinunter. Die Haustür war nicht richtig verschlossen. Ich sah nach unten und entdeckte einen kleinen Keil, der verhinderte, dass sich die Tür ganz schloss. Ich wollte den kleinen Keil gerade mit meinem Fuß wegkicken, als mir einfiel, dass ich vor ein paar Wochen selbst einmal ein kleines Holzstück in die Tür

gesteckt hatte. Auf diese Weise hatte ich vorgesorgt, dass ich das schwere und unhandliche Fernsehgerät, das ich gerade gekauft hatte, ungehindert durch die Haustür nach oben in meine Wohnung tragen konnte. Wahrscheinlich hatte jetzt gerade einer der Hausbewohner dieselbe Idee gehabt.
Ich sah mich um, konnte aber niemanden entdecken.
„Er wird sicher gleich kommen", dachte ich. Da ich meinen Mitbewohner nicht verärgern wollte, ließ ich den Keil stecken und trat auf den Gehweg vor meinem Haus.
Ich blieb kurz stehen und atmete tief die Abendluft ein. Es war etwas frisch geworden, doch die kühle Frische half mir wieder zu klaren Gedanken zu kommen. Ich lief durch das Wohnviertel und an einem Kinderspielplatz mit einem hohen Klettergerüst und einer großen Röhre als Rutsche vorbei. Normalerweise waren hier tagsüber immer Kinder, doch um diese Uhrzeit war der Spielplatz leer. Wahrscheinlich lagen die Kinder schon alle im Bett.
Doch auch die Erwachsenen hatten wohl schon mit dem Tag abgeschlossen, denn es war niemand mehr auf der Straße. Wo sollten sie auch hin? Hier im Viertel gab es nichts. Um etwas zu erleben, musste man schon das Auto nehmen und in die Stadt fahren. Ich lief eine halbe Stunde durch das Viertel, schaute hin und wieder in die Fenster der Häuser und versuchte mir vorzustellen, welche Dramen sich gerade hinter diesen Wänden abspielten. Als es mir draußen zu kühl wurde, ging ich zurück zu meinem Haus.
Es wunderte mich, dass der Keil noch immer in der Tür steckte. Diesmal nahm ich ihn heraus und legte ihn beiseite. Ich wollte nicht, dass die Haustür die ganze Nacht über offen stand.
Als ich im Treppenhaus stand, spürte ich ein Unruhe in mir aufsteigen. Ich konnte mir nicht erklären, warum. Ich schaute die Treppe hinunter, die in die Kellerräume führte. Doch dort war es dunkel und ich hörte auch keine Geräusche. Ich ging nach oben.
Ich steckte meinen Schlüssel in die Wohnungstür, ich bekam sie aber nicht sofort auf. Der Schlüssel hakte. Ich versuchte es noch einmal, diesmal drehte sich der Schlüssel und die Tür sprang auf. Ich ging ins Wohnzimmer. Es lag ein Geruch in der Luft, den ich nicht genau bestimmen konnte. Doch noch ehe ich mir weiter Gedanken machen konnte, klingelte das Telefon.

Ich nahm den Hörer ab und meldete mich. Doch im gleichen Augenblick legte der Anrufer auf.
„Idiot“, sagte ich laut in den Hörer hinein.

*

Am Freitag übernahm ich für Micha den Prozesstermin. Ein Raubüberfall mit schwerer Körperverletzung. Ein Drogenabhängiger hatte versucht, einen Geldbeutel zu rauben, und der Überfallene hatte sich gewehrt und dafür Prügel bezogen. Für den Angeklagten ging es um einiges, denn er hatte die Tat in einer Bewährungszeit begangen. Die Verhandlung schreckte mich ein wenig auf. Der Lebenslauf des Angeklagten ähnelte in groben Zügen meinem eigenen. Ich fragte mich, warum er auf die schiefe Bahn geraten war und ich nicht. Wenn in meiner Vergangenheit irgendetwas anders verlaufen wäre, wäre ich dann auch zum Verbrecher geworden? Hätte ich dann auch Drogen genommen und Leute überfallen?
Ich schrieb den Artikel innerhalb einer Stunde runter, schickte ihn per E-Mail an Micha und rief ihn an, um ihm zu sagen, dass ich fertig bin und dass der Prozess nächste Woche weitergeht. Schließlich kamen wir noch einmal auf den Mord von Anfang der Woche zu sprechen.
„Weißt du was Neues?“, fragte ich.
„Nicht viel. Aber ein Punkt ist auch interessant für dich.“
„Wie?“
„Ja. Du kennst das Opfer auch.“
Ich hatte mir noch gar keine Gedanken über den Namen des Opfers gemacht.
„Wer war sie?“, fragte ich leicht beunruhigt.
„Erinnerst du dich noch an Ulrike? Vor drei Jahren? Die junge Studentin, die mit dir auf ein paar Termine gegangen ist?“
Ich dachte nach, hatte aber einen Aussetzer. Doch dann dämmerte es mir. Im Rahmen eines Seminars über Publizistik war Ulrike auf die Zeitung zugekommen. Sie sollte praktische Erfahrungen sammeln und darüber eine Seminararbeit schreiben. Weil sie umwerfend gut aussah, hatte der Chefredakteur ihr das Kurzpraktikum nicht verweigern können. Auch Chefredakteure sind nur Menschen. Normalerweise ist es nicht so einfach, ein Praktikum zu bekommen, doch bei der hübschen Ulrike war es einfach.

In der Redaktion war man nicht so sehr darüber erfreut. Sie hielt eher den Betrieb auf, weil sie zu viel wissen wollte. Und weil die Redakteure in der Zeitung keine Zeit für sie hatten, hatte Micha mich gefragt, ob ich das Mädel mitnehmen könne. Ich sagte zu und schleppte sie zu einigen Terminen. Auch mir gefiel sie. Natürlich produzierte ich mich, um zu zeigen, wie wichtig und toll mein Job ist. Und wie schwierig es ist, gute Geschichten zu schreiben. Ich habe sie auch zu einigen Gerichtsverhandlungen mitgeschleppt. Hat sie tapfer hingenommen.

„Was, die Tote, das ist Ulrike?“, fragte ich.

„Ja“, meinte Micha kurz. „Du hast doch gesagt, du hättest sie später noch mal wiedergesehen.“

Stimmt, das hatte ich vergessen. Vor gut einem Jahr war sie mir in einer Diskothek begegnet, in die es mich in einem Anfall von Jugendwahn verschlagen hatte. War allerdings ein ziemlicher Reinfall gewesen. Die Musik war mir viel zu laut und alles um mich herum nur junges Gemüse, das sich wunderte, was so jemand wie ich hier verloren hatte. Also habe ich gar nicht erst jemanden angesprochen, um mich nicht lächerlich zu machen. Ich saß also in der Ecke, starrte etwas verloren in meinen Longdrink und grübelte über meine beziehungslose Gegenwart. Aus dieser Situation rettete mich Ulrike. Sie hatte mich erkannt und mich prompt angesprochen. Wir unterhielten uns zuerst über belanglose Dinge, genauer gesagt schrien wir uns an, weil die Musik viel zu laut war

„Ich habe sie kurz in der Disco gesehen. Stimmt“, log ich, denn so kurz war es denn doch nicht gewesen. Ich lud sie zu einem Drink ein. Sie erzählte mir von ihren Schwierigkeiten mit ihren Eltern und davon, dass sie nun im Untergeschoss gleich neben dem Keller im Haus ihrer Eltern wohne. Da sei sie unabhängiger, meinte sie. Ihre Eltern bekämen nicht mit, wie oft ihr Freund sie besuche. Eine eigene Wohnung wollte sie aber nicht, das war ihr zu teuer. Mietwohnungen kosten in Tübingen viel Geld und wenn die Eltern schon am Ort wohnen, kann man sich die Miete auch sparen. Sie sah an dem Abend wieder sehr gut und mit ihrem engen Rock und bauchfreien T-Shirt sehr sexy aus. Wir waren uns sogar etwas näher gekommen. Ich mochte sie und sie mochte mich, nur ganz platonisch natürlich.

Jetzt war Ulrike also tot. Auf so grausame Weise ermordet. Ich war einen Moment sprachlos und starrte vor mich hin.

„He, bist du noch dran“, fragte Micha, als er nur noch das Knistern in der Leitung hörte.
„Ja, ja“, sagte ich in Gedanken. Ich stellte mir die Situation vor, wie der Täter in ihr Zimmer geschlichen war. Wie er sie mit dem Messer getötet hatte.
Und plötzlich standen mir wieder Schweißperlen auf der Stirn. Die Geschichte ähnelte doch stark meiner eigenen, die ich für den Kriminalroman geschrieben hatte. Das war unmöglich. Und jetzt kannte ich das Opfer auch noch. Spielen sich Dinge in meinem Unterbewusstsein ab, von denen ich keine Ahnung habe?
„Mit dir kann man heute nicht reden“, unterbrach Micha meine Gedanken.
„Hat man schon Hinweise auf den Täter?“, fragte ich, um wieder ins Gespräch zu kommen.
„Nein. Es gibt kein Motiv bisher. Es war jedenfalls kein Sexualverbrechen und Feinde hatte sie offensichtlich auch keine. Die Polizei ermittelt noch in ihrem Bekanntenkreis. Aber eine heiße Spur ist noch nicht dabei, wie ich gehört habe.“
„Ja gut, sag mir, wenn's was Neues gibt“, forderte ich Micha auf.
„Ach übrigens, hast du eventuell am Samstagabend Zeit, einen Termin zu machen?“, fragte mich Micha.
„Nein, ich geh ins Theater“, log ich erneut.
„Oh, du tust was für die Bildung. Ist ja höchste Zeit.“
„Ja klar. Davon hast du ja nicht viel“, frotzelte ich.
„Ne, mit Theater hab ich nicht viel am Hut“, sagte Micha.
„Also bis nächste Woche.“
Ich verabschiedete mich von ihm, saß noch eine Weile auf meinem Sofa und dachte nach. Das Gesicht Ulrikes und wie sie wohl in ihrem Zimmer gelegen hatte, ging mir den ganzen Abend nicht aus dem Kopf.
Ich schaltete den Fernseher ein und schaute mir eine Late Night-Show an, um auf andere Gedanken zu kommen.
Viel half es nicht. Schließlich stand ich auf, ging in mein Arbeitszimmer und setzte mich mit einem Glas Dornfelder an den Computer. Ich feilte an ein paar Zeilen meiner Geschichte herum, ehe ich noch eine Zeit lang durch die Nacht surfte.

7 Als Vanessa wieder erwachte, lag sie zu Hause in ihrem Bett. Ihr Kopf zerplatzte fast, und nur langsam war sie in der Lage, ihre Gedanken zu ordnen.
„Wie bin ich hierhergekommen“, überlegte sie. Für einen Moment verlor sie wieder das Bewusstsein.
Als sie wieder zu sich kam, fiel der Schleier langsam von ihren Augen. Sie erinnerte sich an die Theaterpremiere, ans Theaterlokal und an das kurze Gespräch mit Bernd, den sie nächste Woche treffen wollte. Schließlich fiel ihr auch wieder die für sie sonderbare Begegnung im Parkhaus ein, dann aber fehlte ihr jede Erinnerung. Was war passiert?
Sie fühlte, wie langsam Leben in ihre Arme und Beine kam. Sie wollte sich bewegen, aufrichten, aber es ging nicht. Es war doch so einfach. Nur den Körper nach vorne bewegen. Sie wunderte sich, warum ihr dies nicht gelang. Sie versuchte es noch einmal, aber wieder war sie nicht in der Lage, ihren Oberkörper aufzurichten. Jetzt bemerkte sie, dass ihre Arme seltsam ausgestreckt waren, wie ihre Beine auch. Ihre Handgelenke und Knöchel schmerzten. Und erst jetzt stellte sie fest, dass sie auf dem Bauch lag, weshalb ihr auch das Atmen schwer fiel.
Sie wollte sich umdrehen, aber auch das misslang. Sie drehte langsam den Kopf und sah jetzt, dass sie an Händen und Füßen mit Klebeband gefesselt war. Und noch etwas fiel ihr auf, was einen Angststoß durch ihren Körper sandte. Sie war völlig nackt. Wer hatte sie gefesselt, wer hatte sie ausgezogen? Sie zerrte an den Fesseln, doch sie waren fest um ihre Hand- und Fußgelenke gebunden. Sie kam nicht los. Sie wollte schreien, doch der Knebel in ihrem Mund ließ jedes Wort ersticken. Mit aller Kraft zerrte sie wieder an ihren Fesseln, da durchfuhr ihren Körper ein wilder Schmerz, und noch einer, und noch einer. Jemand schlug mit aller Wucht mit irgendeinem Gegenstand auf ihren Rücken.
„Au“, schrie sie laut auf. Die brennenden Schmerzen waren kaum auszuhalten.
Sie glaubte, ein leises Lachen zu hören. Erst als sie sich nicht mehr rührte, nur still da lag, hörten die Schläge auf.
Eine Weile blieb sie so liegen. Sie wartete.
Dann bewegte sich das Bett. Die fremde Person kniete sich auf sie, nahm dann ihren Rücken zwischen die Beine. Mit einer Hand drückte die Person Vanessas Kopf tief ins Kissen, zweimal, dreimal.

„Was wollen Sie von mir?“, wollte sie sagen, doch heraus kam nur ein unverständliches Gestammel aus ihrem Mund.
Es musste ein Mann sein. Sie fühlte es. Diese Kraft konnte nur ein Mann besitzen. Er drückte wieder ihren Kopf ins Kissen und stützte sich dabei mit der anderen Hand neben ihrem Kopf ab. Als sie die Augen öffnete und den Kopf etwas drehte, sah sie seinen Arm und sein Handgelenk. Sie wollte sich alles einprägen, um der Polizei später Hinweise geben zu können. Doch würde sie überhaupt wieder freikommen? Würde sie diesen Überfall überleben? Angst stieg in ihr hoch. Was hatte sie noch zu erwarten?
Er trug eine Armbanduhr, das sah sie. Und sie überlegte. Irgendwoher kannte sie diese Uhr. Sie hatte dieses Modell erst vor kurzem gesehen. Es war kein außergewöhnliches, aber doch auffälliges Modell, weil es die Zeit analog und digital gleichzeitig anzeigen konnte. Und weil die Uhr viele verschiedene Funktionen hatte. Und sie hatte mit jemandem vor nicht allzu langer Zeit über so eine Uhr gesprochen. Nur mit wem? Sie versuchte sich zu erinnern.
Nun stieg der Mann wieder von ihr herunter. Er schien sie von hinten zu beobachten. Sie fühlte sich hilflos und gedemütigt.
Vanessa konnte den Mann nicht sehen. Er hatte sich wohl absichtlich so hinter sie gestellt, dass sie ihn nicht mit ihrem Blick erfassen konnte. Sie hätte gerne ihre Blöße bedeckt, doch sie konnte sich nicht bewegen. Sie wollte den Kopf drehen, um noch mehr von der Gestalt des Mannes auszumachen, doch sie sah ihn nicht. Er musste jetzt direkt am Fußende ihres Bettes stehen. Dann spürte sie wieder diesen Schmerz. Diesmal peitschte der Mann ihre Beine, mehrmals.
Dann war es wieder still. Als sie vor den Schlägen zur Seite gesehen hatte, war ihr Blick auf eine Jacke gefallen, die auf einem ihrer Sessel gelegen hatte.
„Es ist nicht meine Jacke“, dachte sie. „Sie muss von ihm sein. Ich muss mir jedes Detail merken“, sagte sie sich immer wieder vor. „Die Jacke. Braun, aus Leder.“ Und sie musste jetzt etwas tun, damit die Angst nicht weiter von ihr Besitz ergriff. „Irgendetwas, denk’ nach, streng’ dich an“, sagte sie zu sich.
Sie drehte wieder langsam den Kopf zur Seite und sie sah die Jacke wieder.
„Nein, das kann nicht sein“, durchfuhr es sie plötzlich. Sie kannte die Jacke. Und sie wusste, wem sie gehörte.

„Nein. Nein. Nein“, stammelte sie.
Sie zerrte wieder wie wild an ihren Fesseln. Das Klebeband schnitt dabei tief in ihre Handgelenke.
Und jetzt war ihr auch klar, wo sie die Uhr gesehen hatte. Beides, Jacke und Armbanduhr, gehörte doch Luka, den sie vor kurzem im Pub getroffen und den sie mit zu sich nach Hause genommen hatte. Das kann nicht sein, das kann einfach nicht sein. Der Mann kann nicht Luka sein, oder doch?
Zu einem weiteren Gedanken kam sie nicht mehr. Sie spürte kurz den Schmerz, dann das Blut in ihren Haaren. Sie verlor das Bewusstsein.

8 Es war Sonntagmorgen. Ich hatte sehr schlecht geschlafen. Die Sache mit Ulrike hatte mich die ganze Nacht über nicht mehr losgelassen. Wenn ein erst anonymes Opfer ein Gesicht erhält, wird das Geschehen plötzlich erlebbar. Ich hatte sogar von Ulrike geträumt.
Etwas zerschlagen wühlte ich mich aus meiner Bettdecke. Mein Blick fiel auf meinen Wecker, der direkt neben dem Bett stand. Es war erst acht. Normalerweise schlafe ich sonntags bis zehn oder elf. Ich hasse Sonntage. Schon seit ich ein Kind bin. Die Atmosphäre an einem Sonntag hat etwas Morbides. Die Straßen sind leer, sind ohne Leben, die Spazierwege voll. „Hütchen, Schühchen, Täschchen passend, ihre Männer unterfassend", hat einmal Franz-Josef Degenhardt treffend über den Sonntag und die Stolzierlawine in der kleinen Stadt gesungen. Meist versuchte ich deshalb, an Sonntagen zu arbeiten oder gar nicht erst aus dem Haus zu gehen, mich mit einem Stapel von Videos zuzudecken und mich vor den Fernseher zu legen.
Ich wackelte müde ins Bad, stellte mich unter die Dusche und ließ das Wasser eine Viertelstunde lang auf mich herunterprasseln. Vielleicht spülte das Wasser meine Gedanken weg.
Als ich hinter meiner Küchentheke stand, fiel mir ein, dass ich vergessen hatte, Tee einzukaufen. Meine letzten Reste waren alle aufgebraucht. Ich schaute auf eine Teetasse, die in der Spüle stand. Der Teebeutel von gestern lag noch in der Tasse und sah recht viel versprechend aus. Der gibt sicher noch einmal eine Tasse her. Ich stellte den Wasserkocher an und ging zum Kühlschrank. Auch der war nicht gerade gut bestückt. Ich holte ein Stück Schinken aus der Wurstklappe und legte es auf eine Scheibe vertrocknetes Brot, die ich mir zurechtgelegt hatte. Kein Prachtmahl, aber ich hatte sowieso keinen großen Hunger.
Nach dem Frühstück ging ich aus dem Haus, setzte mich ins Auto und fuhr ziellos in der Gegend herum. Viele Häuser zogen an mir vorbei. Ich achtete nicht darauf, durch welche Straßen ich kam.
Doch plötzlich, völlig überrascht, wachte ich aus meinen Gedanken auf. Ich war in der Straße, in der Ulrike gewohnt hatte. Wie war ich hierhergekommen? Irgendetwas hatte mich angezogen, es konnte doch kein Zufall sein, dass ich ausgerechnet hier landete. Mein Herz klopfte laut.
Langsam fuhr ich die Straße entlang. Es war ein altes Wohngebiet

mit lauter Einzelhäusern. Damals waren die Grundstückspreise noch nicht so hoch gewesen. Damals konnte man sich, wenn man ein Haus baute, noch ein ordentliches Stück Garten leisten. Heute war das unmöglich, bei Preisen von 500 Euro und mehr pro Quadratmeter. Heute stehen die Häuser ganz dicht beieinander. Kein Platz für Gärten. Zu teuer. Und der Nachbar ist so nah, dass er Gesundheit ruft, wenn man niest.
Nachverdichten ist das Losungswort. Um nicht so viel Landschaft zu verbrauchen. Dabei schafft man sich aber auch jede Menge sozialen Sprengstoff, weil man so eng aufeinander hockt, dass man von der Terrasse freie Sicht auf Nachbars Küchentisch hat.
Vor Ulrikes Haus hielt ich kurz an. Nichts deutete auf das schreckliche Geschehen hin. Vor ein paar Tagen starb hier auf brutale Weise ein Mensch, und die Sonne schien und die Vögel zwitscherten völlig unbekümmert. Das Haus sah so aus, wie ich es mir nach ihren Erzählungen vorgestellt hatte. Alles war mir vertraut, so als ob ich schon einmal hier gewesen wäre.
Das Haus schien leer zu sein. Wahrscheinlich hielten es die Eltern nicht mehr hier aus und waren zu Verwandten geflüchtet. Ich überlegte mir, ob ich aussteigen sollte. Meine Hand ging zum Türgriff. Ich zögerte. In dem Augenblick sah ich ein Auto im Rückspiegel, das sich mir näherte. Ich gab Gas und fuhr davon.
Als ich nach einigen Kilometern die Bundesstraße erreichte, bog ich Richtung Stuttgart ab. Ich entschloss mich, meinen Sonntag mit Kultur zu füllen. Ich wollte in die Staatsgalerie nach Stuttgart.
Es war inzwischen schon elf Uhr. Ich fuhr mit 140 Stundenkilometern am Abzweig nach Walddorfhäslach und dem auffälligen Firmenrundbau, der wie ein gerade gelandetes Ufo aussah, vorbei. 120 waren an dieser Stelle eigentlich nur erlaubt. Gerade als ich überlegte, ob ich vom Gas gehen sollte, rasten ein BMW und ein Mercedes an mir vorbei. Die beiden jagten sich nach Stuttgart. Keiner wollte offensichtlich eine PS-Schwäche zeigen und sie beschwerten ihren Bleifuß mit dem bisschen Gehirn, das ihnen übrig geblieben war.
In dem Augenblick klingelte mein Handy. Ich kramte es während der Fahrt aus der Tasche, drückte auf das blaue Hörersymbol und sagte „Hallo."
Ich hörte zuerst nichts.

„Hey, melde dich, du Depp, sonst bau ich noch einen Unfall", blökte ich ins Telefon. Dann meldete sich eine Stimme.
Stimme war eigentlich zu viel gesagt. Es war eher ein Krächzen.
„Ich habe die Geschichte mit Vanessa für dich weitergeschrieben. Du solltest mal bei deiner kleinen Freundin vorbeischauen."
Das war alles und ehe ich noch „Was?" sagen konnte, hörte ich ein Klicken. Er hatte aufgelegt.
Ich hielt mein Auto in einer Parkbucht an.
„Was war nun das?", sagte ich laut. Erhalte ich jetzt anonyme Anrufe? Ich nahm mein Handy in die Hand und sah auf dem Display nach, ob ich den Anrufer anhand seiner Nummer identifizieren konnte. Doch das Handy lieferte mir keine Nummer.
Ich saß in meinem Auto und überlegte mir, was ich nun tun sollte. Was meinte er mit Vanessa und was meinte der Anrufer mit „meine Geschichte weitergeschrieben". Niemand konnte doch von dieser Episode wissen. Ich hatte sie neu in meine Crime Story eingefügt und ich hatte mit niemandem darüber gesprochen. Und der Anrufer hatte Recht. Ich war mit meiner Episode nicht fertig geworden. Und ich hatte in meinem Roman das Opfer vorläufig Vanessa genannt, weil es mir so leichter gefallen war, die Romanfigur zu beschreiben. Erst später wollte ich sie umbenennen.
Was war hier los? In welcher Geschichte stecke ich jetzt unversehens drin?
Als Erstes ließ ich mir über die Auskunft die Telefonnummer von Vanessa geben. Ich rief sie an, aber sie meldete sich nicht.
Sollte ich den anonymen Anruf einfach ignorieren und weiter nach Stuttgart fahren? In meinem Bauch machte sich allerdings ein mulmiges Gefühl breit. Was wird hier gespielt?
Vielleicht sollte ich kurz bei Vanessa vorbeifahren, um mich zu beruhigen, dachte ich.
Ich startete mein Auto, verließ die Parkbucht und steuerte die nächste Ausfahrt an. Nach kurzer Zeit war ich wieder auf dem Weg Richtung Tübingen. Es dauerte nicht lange und ich kam zur Abfahrt Nordstadt. Ich verließ die vierspurige Bundesstraße und fuhr zu Vanessas Wohnung.
Fünf Minuten später war ich dort. Nichts sah anders aus als sonst, als ich das Haus passierte. Fünfhundert Meter weiter stellte ich meinen Wagen ab. Was machte ich eigentlich hier?

Nur wegen dieses verrückten anonymen Anrufs breche ich meine Fahrt nach Stuttgart ab. Ich wollte schon umkehren, als mich erneut ein eigenartiges Gefühl in der Magengegend packte. Ich entschloss mich, doch zu Vanessas Wohnung zu gehen.
Vor dem Haus war ein kleiner Vorgarten. Ehe ich durch die Gartentür trat, schaute ich mich um. Fast Sonntagmittag und niemand ist unterwegs.
An der Tür waren drei Klingeln. Eine gehörte zu Vanessas Drei-Zimmer-Wohnung. Zu ihrer Studienzeit hatte sie die Wohnung mit zwei Kommilitoninnen geteilt. Die waren später nach ihrem Studium ausgezogen, Vanessa war alleine zurückgeblieben, auch wenn ihr die hohe Miete, vor allem am Anfang, nicht leicht gefallen war.
Ihre Wohnung lag im Erdgeschoss, das sich eineinhalb Meter über das Gartengelände erhob. Auf der Rückseite hatte sie deshalb zwar einen Balkon, aber keinen Zugang zum Garten. Im Dachgeschoss wohnte ein junges Paar und in der Einliegerwohnung war vor kurzem ein Ex-Student ausgezogen, der sein Studium geschmissen hatte. Einen Nachmieter gab es offensichtlich noch nicht, wie Vanessa erzählt hatte.
Ich drückte auf Vanessas Klingel. Es regte sich nichts im Haus. Wahrscheinlich ist sie irgendwo in der Stadt unterwegs, oder sie schläft noch. Es müsste jetzt kurz vor zwölf sein. Etwas spät für den Schönheitsschlaf. Vielleicht hat sie's ja nötig.
Ich sah mir die Fenster ihrer Wohnung an. Keine Bewegung, nichts.
Neben dem Haus war eine Garage, die auch zu Vanessas Wohnung gehörte. Das Garagentor war zu. Ich rüttelte etwas am Griff und merkte, dass das Tor nicht verschlossen war. Ich hob es etwas an und blickte durch einen Spalt ins Innere. Ihr Wagen war da, also musste sie doch zu Hause sein. Oder sie ist mit dem Bus in die Stadt gefahren. Sieht ihr aber gar nicht ähnlich. Normalerweise meidet sie Busse, die sind ihr zu voll.
Vielleicht ist sie auch verreist. Aber sie sagte doch, dass sie ins Theater wollte. Oder hat sie Männerbesuch?
Ich schob das Kipptor etwas weiter nach oben und glitt schnell ins Garageninnere. Hinter mir schloss sich das Tor von selbst bis auf einen kleinen Spalt am Boden. Durch den fiel etwas Licht ins Innere, so dass ich ganz gut sehen konnte. Ich blickte in Vanessas Wagen, sah aber nichts Auffälliges. Nur so viel, dass die Wagentür nicht verschlossen war.

Wenn mich jetzt jemand hier erwischt, hätte ich sicher einige Erklärungsnot, was ich hier eigentlich mache. Ich grinste etwas, als ich mir diese peinliche Situation ausmalte. Allerdings machte sich gleichzeitig auch weitere Unruhe in mir breit.
Nichts wie weg, war mein nächster Gedanke. Doch ich konnte nicht. Es war plötzlich völlig dunkel geworden. Ich tastete mich zum Garagentor, das geschlossen war. Wahrscheinlich war es unter seinem Gewicht ganz nach unten gegangen. Ich wollte das Tor wieder etwas öffnen, doch ich rüttelte vergebens. Es war eingeschnappt. War das möglich? Oder hatte jemand das Tor von außen verschlossen?
Ich tappte durch die Dunkelheit, immer an der Wand entlang. Meine Hand suchte nach einem Lichtschalter. Aber ich fand keinen.
Ich wusste, dass die Garage noch einen Zugang zum Treppenhaus hatte. Ich muss hier raus, langsam wird's mir unheimlich. Ich tastete mich weiter durchs Dunkel hin zur Tür und hatte Glück. Die Tür war offen. Mit zwei Schritten war ich im Treppenhaus. Ich atmete tief durch.
Ein paar Treppenstufen führten nach oben zu Vanessas Abschluss, auf der anderen Seite ging es nach unten zum Eingang. Es war kein Geräusch zu hören. Offensichtlich war niemand im Haus.
Ich wusste nicht, warum ich nun die paar Stufen nach oben ging und nicht so schnell wie möglich das Haus verließ. Irgendetwas hielt mich hier.
Ich stand an der Abschlusstür. Ich wollte noch einmal auf die Türklingel drücken, als ich merkte, dass die Tür nicht richtig verschlossen war. Ich nahm den Knauf der Tür in die Hand und drückte ihn sacht nach innen. Mit einem leisen Knirschen öffnete sich die Tür.
„Hallo“, sagte ich gedämpft in den Spalt hinein. „Vanessa, bist du da?“
Ich ging in die Wohnung hinein und stand im Flur. Ich lief ein paar Schritte bis zum Wohnzimmer. Hier war jedenfalls niemand. Es war ein ziemliches Durcheinander. Hier muss mal wieder aufgeräumt werden, dachte ich. Ich schlich leise zurück in den Flur und ging zum Schlafzimmer. Die Tür war verschlossen. Ich stockte ein wenig. Was sollte ich tun? Wenn ich jetzt die Tür öffne und sie liegt mit einem Mann im Bett? Dann stehe ich wie ein begossener Pudel da.

Aber mit einem Mal war ich fest davon überzeugt, dass da in diesem Zimmer kein Mann im Bett lag und dass mit Vanessa irgendetwas geschehen war.
Ich drückte die Klinke nach unten und schob die Tür vorsichtig auf.
Mich durchfuhr ein heftiger Schmerz und es wurde mir speiübel. Da lag Vanessa auf dem Bett mit dem Gesicht nach unten. An ihrem Kopf war alles voller Blut und sie war völlig nackt. Ich ging einen Schritt auf sie zu. Sie rührte sich nicht. Ich muss sofort die Polizei rufen, fuhr es mir durch den Kopf, vielleicht lebt sie noch.
In diesem Augenblick hörte ich in der Ferne Sirenen. Noch weit weg, aber ich war mir sicher, dass sie hierherkamen. Wie sollte ich ihnen meine Anwesenheit erklären? Das Herz klopfte mir bis zum Hals. Dann ging alles sehr schnell. Ich drehte mich um und wollte zur Tür, als mein Blick auf eine Armbanduhr auf dem Nachttisch fiel. Ich zuckte zusammen. Ich kannte die Uhr, es war meine. Ich vermisste sie seit Tagen. Wie kommt die hierher? Hatte ich sie, als ich vor kurzem bei ihr war, vergessen? Ich erinnerte mich nicht.
Es ging alles wie in Trance. Ich schnappte mir die Uhr, rannte aus dem Zimmer in den Flur und verließ so schnell wie möglich die Wohnung. In Sekunden war ich aus der Wohnungstür und stand mit wenigen Schritten auf der Straße. Niemand war zu sehen, aber die Polizeisirenen klangen jetzt deutlicher. Ich lief schnell zu meinem Auto. Als ich im Wagen saß und den Motor startete, sah ich schon die Blaulichter. Erst ein Polizeiauto, dann ein zweites. Ich fuhr in die entgegengesetzte Richtung davon.
In meinem Kopf hämmerte es. Was ist hier geschehen? Ich fuhr Richtung Bebenhausen. Ich kam an dem Kloster vorbei, doch ich hatte keinen Blick für die beeindruckende Zisterzienser-Abtei. Ich war viel zu schnell.
„Fahr langsamer, sonst wirst du noch geblitzt“, sagte ich leise vor mich hin. Meine Hände, die sich am Lenkrad festgekrallt hatten, zitterten.
Ein paar hundert Meter weiter bog ich auf den Ausweichparkplatz ab, der Touristen dient, wenn sie Bebenhausen besuchen wollen und alle anderen Parkplätze besetzt sind. Aber an diesem Tag stand kein anderes Auto da. Offensichtlich hatten die Leute heute etwas anderes vor. Ich hielt an und konnte gerade noch die Tür öffnen, ehe ich mich übergeben musste.

Ich war völlig fertig. Nach einer Viertelstunde hatte ich mich etwas gefangen. Ich versuchte ruhig zu bleiben und meine Gedanken zu ordnen. Irgendetwas läuft hier verdammt schief. Und es hat mit mir zu tun. Ich versuchte zu rekapitulieren. Ich schrieb an einem Kriminalroman und jetzt holte er mich selbst ein. Ich hatte mich in meiner eigenen Geschichte verfangen.
Um den Roman spannender zu machen, hatte ich neue Szenen eingefügt. Zuerst einen Mord an einer jungen Frau. Und der war fast genau nach diesem Muster geschehen. Und jetzt die Geschichte mit Vanessa? Sie war offensichtlich überfallen worden. Und jemand hatte sie entsetzlich zugerichtet. Auch ich hatte davon in meinem Roman geschrieben, hatte alles recht blutig ausgemalt. Allerdings war bei mir der Überfall in einem Parkhaus gewesen. Hätte ich doch nur mein Opfer nicht Vanessa genannt.
Es gab aber doch etwas, das sich von dem gerade Erlebten unterschied. Sie war in meiner Geschichte nicht nackt gewesen und ihre Wohnung hatte in meiner Version auch keine besondere Rolle gespielt. Ich hatte die Szene so nicht zu Ende geschrieben. Hatte den Schluss noch offen gelassen. Allerdings muss ich zugeben, dass ich die Szene so abändern wollte, dass der Überfall sich auch noch auf Vanessas Wohnung ausdehnte. Und dies war nun in Wirklichkeit geschehen. Gibt es jemanden, der meine Gedanken lesen kann?
In dem Augenblick fiel mir der Anruf auf meinem Handy wieder ein. Was hatte der Mann gesagt? Hatte er nicht gesagt: „Ich habe die Geschichte weitergeschrieben." Und dann meine Armbanduhr auf Vanessas Nachttisch. Ich war völlig verwirrt. Es gab nur zwei Möglichkeiten. Entweder spielt mir hier jemand ganz übel mit, aber wer und warum? Oder ich bin selbst völlig verrückt und kann Fiktion und Wirklichkeit nicht mehr voneinander trennen?

# 9

Ich wachte nassgeschwitzt auf. Wo war ich? Ich schaute auf meine Handgelenke. Aber die waren in Ordnung. Und meine Beine konnte ich auch bewegen. Langsam wurde mir klar, wo ich war. Zu Hause. Wo auch sonst? Ich lag auf meinem Bett und langsam kam die Erinnerung zurück. Nach dem schrecklichen Erlebnis am Vormittag war ich völlig durcheinander wieder zu meiner Wohnung gefahren. Meine Nerven lagen blank.

Ich hatte vor drei Stunden Beruhigungstabletten genommen, die ich immer im Haus habe, weil ich vor Jahren unter heftigen Panikattacken gelitten hatte. Heute nahm ich sie manchmal, um mir einfach ein euphorisches Gefühl zu verschaffen, wenn ich extrem down war. Aber nach diesem Erlebnis am Vormittag hatte ich sie wirklich gebraucht. Eine halbe Stunde, nachdem ich sie eingenommen hatte, war ich auf meinem Bett eingeschlafen. Die Erlebnisse hatten meine Gedanken völlig durcheinander gewirbelt. Nachdem ich weggedriftet war, hatte ich irre Träume. Vanessa saß in einem Traum über mir und schlug mit einem Handy immer auf meinen Kopf, während Ulrike völlig blutverschmiert dahinter stand und mit hohlen Augen unaufhörlich lachte. Ich diesem Augenblick war ich völlig gerädert aufgewacht. Der Traum war mir so real und gleichzeitig völlig wirr erschienen.

Jetzt kauerte ich auf der Bettkante und dachte immer noch nach. Die ganze Zeit hatte ich über mein langweiliges Leben geklagt, aber so sollte es auch nicht sein. Verdammt, ich musste etwas unternehmen, bevor die Ereignisse mich ganz überrollten. Meine Situation war nicht gerade gut. Die Polizei ermittelte sicher schon im Umfeld der beiden Toten. Und irgendwann fiel doch sicher auch mein Name. Schließlich kannte ich Ulrike und ich kannte Vanessa.

„Und dann stehen die Ermittler plötzlich vor meiner Tür und klingeln“, dachte ich.

Es klingelte.

Vor Schreck wäre ich fast von der Bettkante gefallen. So schnell? Mein Gott, was mache ich jetzt? Ich schlich ins Badezimmer. Von dort konnte ich auf die Stufen vor dem Haus sehen. Gerade als ich durch den Vorhang spähte, klingelte es wieder, diesmal Sturm.

Ich sah nach unten und als die Person zwei Schritte zurück trat, blickte ich in zwei mir bekannte und völlig verheulte Augen, so weit ich das von hier oben erkennen konnte. Es war Bernd König, der Regieassistent vom Theater. Ich hatte ihn einmal bei Vanessa kennen gelernt. Wir hatten damals festgestellt, dass wir gar nicht so weit auseinander wohnten. Ich fand ihn eigentlich ganz sympathisch. Er wusste viel übers Theater, aber selbst Theater machen, da waren seine Fähigkeiten doch sehr begrenzt. Einmal hatte er ein Stück selbst inszeniert, aber nur mit mäßigem Erfolg. Seine Inszenierungseinfälle waren nicht gerade berauschend gewesen. Danach war er wieder ins zweite Glied gerückt.

Wenn wir uns im Theater oder im Lokal treffen, reden wir immer ein paar Worte miteinander. Und ich erfahre so einige Neuigkeiten aus dem Theater, die ich journalistisch weiterverarbeiten kann. Ohne ihn bloßzustellen, natürlich.

Jetzt stand er also unten an meiner Tür und schellte. Ich zog mir schnell eine Hose über und stürzte erleichtert, dass es nicht die Polizei war, zur Tür.

Bernd war völlig fertig.

„Hast du schon gehört, was passiert ist?“, sprudelte es aus ihm heraus. Tränen standen ihm in den Augen.

„Was?“ Ich spielte völlige Unwissenheit vor.

„Vanessa ist überfallen worden.“

„Wie. Was ist los?“ Ich zwang mich, mich völlig überrascht zu geben.

„Vanessa ist in ihrer Wohnung überfallen worden. So hab ich jedenfalls gehört. Die Polizei war offensichtlich mit einem Großaufgebot dort. Ein Krankenwagen hat sie abtransportiert. Mehr weiß ich nicht.“ Er zitterte am ganzen Körper.

„Wie hast du davon erfahren?“, fragte ich ihn.

Er zögerte einige Sekunden mit seiner Antwort, als ob er nach den richtigen Worten suchte. Er atmete tief durch.

„Einer von unseren Schauspielern wohnt ganz in der Nähe. Er hat die vielen Polizisten gesehen und ist neugierig geworden. Als er von den Gaffern vorm Haus den Namen der überfallenen Frau gehört hat, hat er mich gleich angerufen. Er weiß, dass ich Vanessa ganz gut kenne“, erzählte Bernd nun ganz aufgeregt. Er konnte mir nicht richtig in die Augen sehen. Immer wieder blickte er nervös zur Seite oder nach unten auf den Boden.

„Das kann doch nicht sein. Vanessa hat mich doch vor kurzem noch angerufen. Sie wollte doch gestern ins Theater“, sagte ich.

„War sie auch. Ich hab sie noch zufällig getroffen. Wär' ich doch nur bei ihr geblieben", stammelte er.
Einen Augenblick schwiegen wir beide.
„Du musst mir helfen", meinte er plötzlich.
„Wie?"
„Du musst herausfinden, was mit ihr passiert ist. Was die Polizei alles weiß. Als Journalist hast du doch Beziehungen zur Polizei. Frag nach, wie es ihr geht, ob sie noch lebt." Seine Stimme war bei den letzten Worten ganz leise geworden. Nun fasste er mich am Arm, schüttelte mich eindringlich und sah mich mit flehendem Blick an.
Ich versuchte ihn zu beruhigen. Aber er war weiter völlig aufgelöst.
„Okay, ich frag mal nach. Wie kann ich dich erreichen?", fragte ich.
„Ich bin fast den ganzen Abend heute im Theater. Wir stecken mitten in der entscheidenden Woche vor unserer nächsten Premiere. Hoffentlich kann ich mich konzentrieren, sonst kriege ich Ärger mit dem Regisseur und ich möchte doch bald wieder einmal inszenieren."
„Bitte nicht", dachte ich.
„Hier hast du eine Telefonnummer vom Theater. Probier's unter der Nummer mal heute Abend, so gegen 21 Uhr, da machen wir eine kleine Pause." Er streckte mir einen Zettel hin, den er offensichtlich zu Hause schon geschrieben hatte.
„Okay, ich melde mich", sagte ich.
„Danke. Du weißt doch, dass ich Vanessa mag", sagte er etwas verlegen.
„Ja, weiß ich." Ich drückte seine Schulter, um Mitgefühl zu zeigen.
„Ich muss wissen, was los ist."
„Ich rufe dich an."
Wir verabschiedeten uns und Bernd trottete völlig geknickt davon.
Jetzt wurde ich noch unruhiger. Lebte Vanessa doch noch? Mit diesen Verletzungen konnte sie doch den Überfall nicht überleben.
Ich kochte mir einen Tee und machte mir etwas zu essen. Aber ich bekam keinen Bissen hinunter. Ich ging zum Telefon und wählte die Nummer von Micha. Ich wusste, dass er Sonntagsdienst hatte. Vielleicht wusste er Genaueres.

Schon nach dem ersten Klingeln war er am Telefon.
„Das ging aber schnell", sagte ich.
„Ja, ich warte auf einen Anruf. Mach schnell. Was willst du?", sagte er etwas barsch. Aber ich kannte ihn gut. Sonntagsdienst macht die Leute nicht gerade freundlich. Er stand sicher unter Stress, um die Seiten für die Montagausgabe zusammenzustellen.
„Ich habe gehört, es ist wieder eine Frau ermordet worden?", fragte ich vorsichtig.
„Woher weißt du das?"
„Ein Freund hat's mir erzählt", sagte ich schnell.
„So."
„Nun, was weißt du?"
„Ich kann dir nicht viel sagen, lies doch morgen alles in der Zeitung nach", kanzelte er mich ab.
„Danke", sagte ich etwas beleidigt.
„Sorry, aber ich hab's wirklich eilig", versuchte er mich zu beschwichtigen. „Wie kommst du übrigens darauf, dass sie tot ist. So viel ich gehört habe, lebt sie noch. Ihr wurde zwar der Schädel eingeschlagen, aber sie scheint hart im Nehmen zu sein", meinte Micha etwas gefühllos.
„Ich melde mich morgen noch mal", sagte ich.
„Apropos morgen. Wenn dich die Geschichte so brennend interessiert, dann geh doch zur Pressekonferenz morgen Vormittag um elf im Polizeipräsidium. Dort wirst du vielleicht noch mehr Einzelheiten erfahren. Ich kann morgen nicht. Erst die Montagskonferenz in der Redaktion und außerdem hab' ich noch einen anderen wichtigen Termin, den ich sonst hätte streichen müssen."
„Okay", sagte ich ohne zu überlegen.
Micha hatte längst aufgelegt und ich starrte immer noch den Hörer an. Wieso habe ich eigentlich zugesagt? Ich malte mir die Situation aus. Während der Pressekonferenz kommen die Kripobeamten auf mich zu und sagen: „Wir haben Sie schon gesucht." Und dann klicken die Handschellen und ich kann live über meine eigene Verhaftung berichten. Super.
Aber halt, so weit war es doch noch lange nicht. Ich war doch gar nicht schuldig. Oder war ich es doch?

## 10

Gegen neun hatte ich Bernd angerufen und ihm die Neuigkeiten erzählt.
„Da kann man nur hoffen“, sagte er. Seine Stimme klang leise und irgendwie gebrochen. Er tat mir Leid.
„Sie schafft es bestimmt“, versuchte ich ihn zu trösten.
Nach dem Gespräch hielt ich es nicht mehr in meiner Wohnung aus. Als ich auf der Straße stand, schaute ich mich um. Ich fühlte mich völlig verunsichert. Werde ich schon beobachtet? Ich sah niemanden auf der Straße, auch kein Auto, das mir fremd vorkam.
Ich fuhr Richtung Innenstadt. Ich bog nach links in die Brunnenstraße ab und parkte meinen Wagen am Straßenrand.
Ich ging zum Pub. Wieder schaute ich mich um. An der Ecke hielt ein verliebtes Pärchen eng umschlungen kurz an und ging dann die Wilhelmstraße entlang Richtung Lustnauer Tor.
Ich schaute den beiden mit einem leicht melancholischen Blick nach, dann machte ich mich zum Pub auf. Meine Stimmung stieg schlagartig. Am Tresen saß Nelly. Doch die gute Stimmung erhielt gleich einen Dämpfer. Neben ihr hatte sich ein Mann breit gemacht und redete mächtig auf sie ein. Was sollte ich jetzt tun? Ganz cool bleiben. Ich suchte nach einem freien Platz an der Bar, etwas weg von ihr, aber so, dass sie mich sehen musste, wenn ich an ihr vorüberging. Ich dagegen tat ganz lässig so, als ob ich sie nicht gesehen hätte.
Ich kam nicht weit.
„Hey, Luka, komm her, please“, rief sie mir in ihrem herrlichen irischen Akzent zu.
Ich gab mich ganz überrascht und ging gleich zu ihr hin. Zweimal wollte ich mich nicht bitten lassen.
„Komm, setz dich zu uns“, flötete sie mir zu, zumindest kam es mir so vor.
„Das ist John“, stellte sie mir ihren Nebensitzer vor, der mich nicht sonderlich interessierte. Ich musterte ihn von oben bis unten und er musterte mich. Es sah nicht so aus, als ob wir sofort gute Freunde werden würden. Die Hahnenkämme schwollen an. Wir scharrten beide auf dem Boden.
„Er kommt aus Cork und arbeitet bei HP“, fuhr sie unbeirrt fort.
„Hi“, sagte er kurz und pickte mit seinem Hühnerschnabel einen Schluck aus seinem Bierglas.
„Hi“, sagte ich ebenso kurz, fügte aber gleich hinzu: „Ich will euch nicht stören.“

„Du störst uns überhaupt nicht. Come, sit here. John wollte sowieso gerade gehen.“ Das klang wie Musik in meinen Ohren.
„Oh, yes“, kam es etwas zögerlich aus seinem Mund. Hühnerschnabel trank sein Pintglas leer, rief den Mann hinter der Bar und zahlte.
„Nice to meet you“, meinte er und blickte mich an. Besser gesagt, er blickte starr durch mich hindurch.
„Yeah“, sagte ich kurz. Dann nickte er Nelly zu und ging.
„I see you on Sunday“, rief sie ihm nach. Wieder fuhr ein kleiner stechender Schmerz durch mich hindurch. So ein Idiot, dachte ich. Der ist doch viel zu plump für sie.
„Yep“, murmelte John kaum hörbar im Gehen.
Dann herrschte erst mal Stille. Zumindest was das Gespräch zwischen mir und Nelly anging. Ansonsten war es recht laut. Die Musik plärrte irgendeinen Hit aus dem Lautsprecher, doch ich hörte nicht zu.
Dann kam der Barkeeper und blickte mich nur an. „Du kriegst deine Zähne wohl auch nicht auseinander“, dachte ich nur.
Ich sagte aber „A Pint of Guinness, please“, um den coolen Pseudo-Iren herauszuhängen.
„Perfect order“, sagte Nelly und grinste mich an. „Guinness is good for you.“
Mein Gott, sieht die gut aus, dachte ich. Und ihr Sommersprossengesicht strahlte mich an.
„Wie geht's?“, fragte sie.
„Gut.“
Dann stand das Bier vor mir. Ich hielt mich erst einmal am Glas fest und tauchte dann meine Lippen in den dicken, braunen Schaum, der mit einem Kleeblatt verziert war. Der erste Schluck ist immer der beste. Ich wischte mir zufrieden meinen Schaumbart vom Mund.
Doch dann änderte sich meine Stimmung. Schlagartig gingen mir wieder die Erlebnisse der letzten Tage durch den Kopf.
„Du bist aber nicht sehr gesprächig“, sagte sie.
„Sorry“, sagte ich schnell. Ich überlegte kurz, ob ich ihr irgendetwas Witziges oder Geistreiches antworten könnte. Mir fiel nichts ein.
Komm, streng dich an, machte ich mir Mut. Hier sitzt eine Frau, die dir gefällt, die dich ablenken kann und du bekommst keinen Ton heraus.

„Kennst du John schon lange?“, fragte ich nur. Das war nicht gerade einfallsreich, aber sie reagierte perfekt.
„Nein. Ich kann ihn auch nicht sonderlich leiden, um ehrlich zu sein. Er redet viel zu viel über Computer. Aber da ist er wirklich eine große Hilfe. Er kennt sich mit diesen Dingern noch besser aus als ich. Weiß auf jede Frage eine Antwort. Und ich habe gerade ein Problem mit meinem Privat-PC. Er muss mir helfen. Deshalb will ich ihn auch am Sonntag treffen.“
Meine Stimmung hellte sich schlagartig wieder auf.
„Nun aber zu dir. Was macht der rasende Journalist?“
Ich wollte etwas sagen, aber die Worte blieben mir im Halse stecken. Was sollte ich ihr denn sagen? Dass ich morgen zur Pressekonferenz gehe? Sollte ich ihr von dem Mord und dem Überfall auf Vanessa erzählen? Ich stockte.
„Was hast du denn?“, fragte sie mich und sah mir tief in die Augen. Ich ergab mich und folgte meiner Intuition. Auch Männer haben manchmal so etwas.
„Nichts“, wollte ich zuerst sagen, aber „ich glaube, ich muss dir etwas erzählen“, sprudelte es aus mir heraus.
„Was ist denn?“ Sie sah für einen Augenblick richtig besorgt aus.
„Ich weiß nicht, wo ich anfangen soll.“
„Am besten ganz am Anfang.“
„Ja, du hast Recht“, murmelte ich nur. Doch wo war der Anfang? Wo begann diese ganze miese Geschichte?
Wieder herrschte erst einmal Stille. Sollte ich sie wirklich in alles einweihen?
Sie sah mich erwartungsvoll an.
Ich fing an mit dem Versuch, ihr zu erklären, warum ich einen Kriminalroman schreiben wollte. Sie nickte nur.
Und dann war ich nicht mehr zu bremsen. Ich erzählte von dem recht vernichtenden Urteil meines Heidelberger Freundes über meine ersten literarischen Gehversuche. Und wie es bei mir danach weitergegangen war, meine Mordgeschichten, die die Story aufpeppen sollten. Und wie mich die Realität eingeholt hatte.
„Ich habe etwas auf meinem Computer geschrieben und ...“ Ich hielt kurz inne.
„Ja?“
„Ich weiß nicht, wie ich es beschreiben soll. Alles, was ich geschrieben habe, all diese Dinge, so kommt es mir jedenfalls vor, passieren jetzt in Wirklichkeit.“

Sie schaute mich etwas verdutzt an, aber sie hörte mir geduldig zu, auch wenn sie noch nicht wusste, was sie mit meiner Story anfangen sollte.
„Wie kann so etwas passieren?“, fragte ich, ohne auf eine Antwort zu warten. „Ich habe über einen Mord geschrieben und jetzt ist er geschehen“, fuhr ich fort.
„What?“ Sie war plötzlich ganz auf mich fixiert.
„Wirklich. Der erste Mord ist fast genauso abgelaufen, wie ich ihn beschrieben habe“, sagte ich. Ich beschrieb ihr meinen Text und das, was wirklich geschehen ist, zumindest, was ich davon wusste. „Und das mit Vanessa, der Überfall auf sie, stammt zum großen Teil auch aus meiner Feder. Das gibt es doch nicht. Wie kann so etwas passieren?“
Sie hörte mir geduldig zu.
„Warum gehst du nicht einfach zur Polizei“, fragte sie plötzlich.
„Die halten mich doch für verrückt. Ich weiß doch selbst nicht, was hier abläuft? Ich schreibe Mördergeschichten und jemand führt sie aus. Das glaubt mir doch keiner“, stammelte ich nur.
„Ganz ruhig“, sagte sie und legte ihren Arm auf meinen. Dann schwieg sie eine Weile.
„Das ist schon eine heftige Geschichte, die du mir da erzählst.“
„Ich weiß“, sagte ich nur.
„Vielleicht will ich es ja gar nicht so genau wissen. Vielleicht wäre das besser so.“
„Du hast Recht“, sagte ich kleinlaut. Ich schaute nach unten, meine Hände ineinander verschränkt.
„Aber jetzt hast du es mir schon gesagt und jetzt bin ich neugierig. Sehr neugierig.“ Sie musterte mich.
„Komm, wir setzen uns an einen Tisch. Dort sind wir ungestört“, meinte sie. Als ich mich vom Barhocker rutschen ließ, stieß ich den Mann, der neben mir saß, aus Versehen an. Ich wollte eine Entschuldigung murmeln, doch ich bemerkte, dass mein Sitznachbar offensichtlich gar nichts mitbekommen hatte. Er reagierte jedenfalls nicht, sondern starrte nur in die entgegengesetzte Richtung. Als ich auch kurz dorthin blickte, bemerkte ich, dass an der Wand ein Spiegel hing. Als ich meinen Kopf weiter zur Seite drehte, trafen sich unsere Blicke für einen kurzen Augenblick im Spiegel.
„Ein komischer Typ“, dachte ich nur, wandte mich aber gleich wieder Nelly zu.

Wir gingen zu einem freien Tisch. Sie setzte sich mir gegenüber und sah mich lange und durchdringend an.
„Zuerst möchte ich wissen, was du an den beiden Tagen, als die Überfälle auf die beiden Frauen geschahen, getan hast?", forderte sie mich auf. „Wo warst du? Hast du ein Alibi oder Zeugen, die dich entlasten könnten?"
„Glaubst du etwa, ich bin in die ganze Geschichte irgendwie verwickelt. Glaubst du, ich habe die beiden Frauen überfallen?"
„Nein, aber ich möchte es genau wissen", sagte sie bestimmt.
Ich war etwas eingeschnappt, aber ich dachte kurz nach.
„Alles ist wohl immer nachts passiert. Und da war ich im Bett."
„Sicher?" Sie sah mir direkt ins Gesicht.
„Sicher." Aber so sicher war ich mir gar nicht. Aber das ließ ich sie nicht merken.
„Allein?"
„Klar, allein", sagte ich schnell. Und da kam es mir, ich hatte keine Zeugen, dass ich unschuldig war. Niemand konnte mir ein Alibi verschaffen. Aber brauchte ich denn eins?
„Ich glaube, es gibt nur zwei Möglichkeiten, was hier abläuft", sagte sie plötzlich sehr direkt.
Ich sah sie fragend an.
Sie blickte mir in die Augen, wartete ein paar Sekunden und sagte dann: „Nun. Du bist der Täter. Du hast die Stories geschrieben und dann die Frauen überfallen oder umgekehrt. Du hast kein Alibi. Vielleicht bist du verrückt, total durchgedreht, ein Frauenhasser, und du weißt nicht, was du tust."
Ich war einen Augenblick sprachlos.
„Ich glaube, du siehst zu viel fern", meinte ich nur.
„What?" Sie hatte mir gar nicht richtig zugehört. Und jetzt merkte ich, dass sie es nicht ernst gemeint hatte. Sie lächelte mich an.
„Nein, nein, das kann nicht sein, du bist viel zu harmlos für einen Mörder."
Mit der Aussage wusste ich jetzt überhaupt nichts anzufangen. War das jetzt ein Kompliment oder hieß es, du bist ein lahmer Hund, hast zu wenig Mumm in den Knochen. Oder nahm sie mich überhaupt nicht ernst.
„Zu harmlos, wie meinst du das?"
„Ach, vergiss es. Es war nicht ernst gemeint. Du würdest mir

doch die Geschichte gar nicht erzählen, wenn du der Mörder wärst", fuhr sie rasch fort. Und das leuchtete mir jetzt sofort ein, obwohl ich immer noch eine leichte Unruhe in mir verspürte.

„Aber jetzt zur zweiten Möglichkeit. Zuerst einmal, ich glaube nicht an einen Zufall." Sie sah mich an.

„Was meinst du?", fragte ich sie.

„Also, es gibt da jemand, der deine Geschichte kopiert, einen copy killer."

„Aber warum?"

„Entweder reizen ihn deine Geschichten oder er will dich in die ganze Sache hineinziehen."

Ich überlegte mir, was Nelly gerade gesagt hatte. Doch mehr als ein Fragezeichen kam dabei nicht heraus.

„Wer sollte so etwas tun?", sagte ich vor mich hin.

„Vielleicht jemand, der sich für etwas rächen will."

Ich verstand nicht.

Sie ließ mir keine Verschnaufpause.

„Aber wie kommt er an deine Texte? Hast du Feinde?", fragte sie mich.

Sie war mir einige Gedanken voraus. Halt, das ging mir alles viel zu schnell und zu wirr hin und her.

„Warte bitte, eins nach dem anderen." Ich blickte in ihr Gesicht und versuchte herauszulesen, was sie gerade dachte. Aber ihr Gesicht war für einen Augenblick völlig ausdruckslos.

„Ich wüsste nicht, dass ich Feinde habe. Ich bin sicher nicht everybody's darling, aber ..." Ich stockte. Was sollte ich jetzt sagen? Dass ich eigentlich ein völlig durchschnittlicher Mensch und gar nichts Besonderes bin. Ein gescheiterter Journalist, der unfähig für Beziehungen ist. Dass sich niemand besonders für mich interessiert. Damit kann ich bei ihr keinen Eindruck schinden. Ich dachte deshalb nach, ob mir irgendetwas Besseres einfiel. Aber in meinem Kopf war im Augenblick nur eine große Leere.

„Woher sollte ich Feinde haben?", sagte ich stattdessen.

„Vielleicht eine verflossene Geliebte, die es dir heimzahlen will?"

„Nein", sagte ich nur kurz. Aber ich dachte nach. Sicher hatte ich einige schwierige Fälle in der Vergangenheit abgehakt. Aber meistens hatten sie mich doch selbst getroffen. Meist hatten die Damen doch mich sitzen lassen. Ich hätte es dann eigentlich den

Frauen heimzahlen müssen. Bei diesem Gedanken stockte ich. „Nein, nein, da gibt es nichts“, sagte ich schnell. Glücklicherweise bohrte sie nicht nach.
„Und wie sieht es mit deinem Job aus?“
„Wie meinst du das?“
„Hast du mal über irgendjemanden etwas Schlechtes geschrieben? Jemanden mit einem Artikel so richtig fertig gemacht? Vielleicht eine miese Theaterkritik? Schauspieler sind sehr sensibel. Die können überhaupt keine Kritik ertragen. Und vielleicht will dir jetzt ein tief beleidigter Schauspieler eins auswischen? Überleg mal, hast du nicht irgendjemanden mal ordentlich in die Pfanne gehauen?“
Ich überlegte. Sicher hatte ich Schauspieler auch kritisiert, aber immer fair, oder? Mir wollte auch nicht einleuchten, dass eine schlechte Kritik ein Grund für einen Mord sein sollte.
„Ach Quatsch. Wegen solcher Kleinigkeiten bringt man doch niemanden um.“
„Manche Menschen sind unberechenbar. Wenn die Seele einmal tief verletzt ist ...“, meinte sie viel sagend. „Was hast du noch alles geschrieben? Irgendwelche bösartigen Kommentare über wichtige Leute?“
Ich dachte wieder nach.
„Mir fällt absolut nichts ein.“
„Denk nach“, forderte sie mich auf.
„Mach ich doch“, sagte ich fast etwas beleidigt.
Wir saßen einen Augenblick da, ohne ein Wort zu wechseln.
„Möchtest du noch etwas trinken?“, fragte ich sie dann.
„Ja, gerne.“
„Hast du denn überhaupt noch Zeit, mir zuzuhören?“
„Natürlich. So etwas Spannendes habe ich noch nie gehört.“
Ich wurde wieder lockerer. Ich bestellte ein Pint für mich und noch ein Glas Wein für sie. Rotwein. Das machte sie mir noch sympathischer.
Wir sahen beide eine Weile vor uns hin. Wir wollten uns in unserem Gespräch nicht stören lassen und warteten deshalb, bis die Getränke kamen. Dies ging sehr schnell, eigentlich zu schnell für ein Guinness, das langsam gezapft werden muss.
Dann ergriff sie wieder als Erste das Wort.
„Nachdem wir nicht viel weiter gekommen sind, solltest du mal die zweite Frage beantworten. Vielleicht kommen wir hier weiter.“

„Jawoll!“, sagte ich. Sie grinste. Und das gefiel mir. Es war eine schöne Wärme, die sie ausstrahlte und die mich völlig einhüllte. Ich schaute wieder nach unten.
„Welche zweite Frage?“, sagte ich kaum hörbar.
„Gehen wir davon aus, es gibt jemanden, der dich reinreiten will. Dann muss er deine Texte gelesen haben. Wem hast du sie gezeigt?“
„Niemandem.“
„Wirklich niemandem?“
„Doch, Pit, meinem Freund in Heidelberg. Er ist der Einzige, der sie gelesen hat. Pit ist aber völlig unverdächtig, weil er zurzeit bei einem Kongress in London ist. Er kann es allein aus diesem Grund schon nicht gewesen sein. Außerdem kenne ich ihn schon so lange. Er ist mein bester Freund.“
„Wer könnte sonst noch an deine Texte kommen?“, fragte sie. Die Gedanken, die mir durch den Kopf gingen, beunruhigten mich ungemein. Jemand war möglicherweise in meine Wohnung eingedrungen, hatte alles durchstöbert und meinen Computer durchgecheckt. Ein Einbrecher? Ein irrer Gedanke. Aber es hatte doch nichts gefehlt. Doch. Ich zuckte zusammen. Meine Armbanduhr, die ich bei Vanessa gefunden hatte. Er muss sie dort hingelegt haben. Er wollte die Fahnder auf meine Spur lenken.
„Wer war denn in letzter Zeit bei dir?“, unterbrach Nelly meine Gedanken.
„Niemand.“ Unruhe stieg in mir auf. Es musste jemand in meiner Wohnung gewesen sein.
„Keine Partys. Vielleicht ein One-Night-Stand?“
„Nein, niemand“, sagte ich sofort.
„Dann warst du immer allein zu Hause?“
„Ja.“
„War auch die Frau, mit der ich dich kürzlich im Pub gesehen habe, nicht bei dir zu Hause?“
„Das war Vanessa. Die Frau, die überfallen wurde.“
Jetzt zuckte Nelly zusammen.
„Sie war das? Das wusste ich nicht“, sagte sie leicht verstört.
Ich dachte kurz nach. Ich konnte mich an den Abend mit Vanessa zwar nur in Bruchstücken erinnern, aber sie war doch nicht bei mir zu Hause gewesen, ich war bei ihr. So viel hatte ich doch nicht getrunken, oder doch?
„War sie nicht doch einmal in letzter Zeit bei dir?“

„Nein. Sie war nicht bei mir", sagte ich eine Spur zu heftig.
Wir schwiegen einen Augenblick.
„Dann muss jemand heimlich bei dir zu Hause gewesen sein", folgerte Nelly.
Versuchte Nelly mich jetzt aufs Glatteis zu führen? Was sollten diese Fragen nach Vanessa. Glaubte Nelly mir nicht? Ich ging nicht darauf ein, sondern gab mich ganz naiv.
„Ja, das glaube ich langsam auch."
„Aber, wer?"
Wieder schwiegen wir.
„Aber jemand, der dich kennt. Hast du jemandem einen Schlüssel gegeben?"
„Nein."
„Sicher?"
„Ganz sicher."
Wieder Schweigen. Im Hintergrund dröhnte die Musik. Inzwischen war der Barkeeper zu irischem Folk-Rock übergegangen, der aus den Lautsprechern schepperte.
All die Fragen Nellys verwirrten mich. Ich hatte bisher noch nicht so intensiv über die Geschichte nachgedacht. Aber sie hatte Recht. Irgendjemand muss wohl hinter mir her sein, doch wer? Ich nippte an meinem Guinness.
„Hast du eigentlich ein Passwort an deinem Computer?", fragte sie plötzlich.
„Nein, hab ich nicht. Wieso auch."
„Dann solltest du dir aber schnellstens eins zulegen. Vielleicht kommt der Einbrecher ja noch einmal. Und ein neues Türschloss wäre vielleicht auch ganz praktisch, denkst du nicht?"
Da hatte sie Recht. Der Eindringling konnte wirklich jederzeit zurückkommen, warum auch nicht. Wenn es schon einmal so gut geklappt hatte? Ich erschrak. Vielleicht war er gerade in diesem Augenblick bei mir in der Wohnung und durchstöberte wieder alle meine Sachen. Ein ungemütlicher Gedanke, der mir Angst machte. Ich hatte plötzlich keine Lust mehr nach Hause zu gehen.
Dann fiel mir wieder die Armbanduhr ein. Hatte er vielleicht noch irgendetwas anderes von mir mitgenommen?
„Shite", sagte ich leise. Warum hatte ich nicht früher daran gedacht? Ich musste sofort nach Hause.
Sie hatte mich glücklicherweise nicht gehört.
Nelly schaute auf die Uhr. „Oh, schon so spät. Ich muss leider

los, muss morgen früh raus. Aber wir sollten uns bald wieder sehen. Ich möchte wissen, wie die Geschichte weitergeht."
„Ja, das möchte ich auch gerne wissen."
„Du solltest dich wirklich noch einmal hinsetzen und genau über alles nachdenken. Vielleicht fällt dir doch noch jemand ein, der einen Hass auf dich haben könnte?", fügte sie hinzu.
Wir schwiegen einen kurzen Augenblick.
„Wann hast du denn Zeit, Nelly?", fragte ich sie vorsichtig.
„Für dich doch immer. Solch spannende Geschichten erzählt mir sonst keiner. Die hört man nicht jeden Tag." Wieder lächelte sie mich an.
„Wie wär's mit Mittwoch", sagte ich. Eigentlich hätte ich lieber „morgen" gesagt. Aber ich wollte nicht aufdringlich wirken.
„Ich glaube, das ist okay. Sag mal, hast du eigentlich Internetzugang?"
„Ja, klar."
„Gib mir mal deine E-Mail-Adresse. Dann schicke ich dir eine Mail, ob's mit dem Termin klappt."
Wir tauschten die E-Mail-Adressen aus.
Wie aus dem Nichts war die Bedienung an unserem Tisch aufgetaucht. Nelly wollte gerade bezahlen, doch ich kam ihr zuvor.
„Ich übernehme das", sagte ich.
„Okay."
Ich bezahlte, und als die Bedienung gegangen war, fiel mein Blick zufällig auf die Bar. Dort hockte noch immer der Typ, der vorhin neben uns gesessen hatte. Mit dem Rücken zu uns gewandt. Er stand jetzt auf und ging Richtung Ausgang. Ich blickte ihm nach, bis er nach draußen verschwunden war.
Im nächsten Moment bekam ich einen leichten Stoß in die Rippengegend.
„Komm, lass uns gehen", sagte Nelly freundlich.
Meine leichte Unruhe war wie weggeblasen.
„Ja." Ich sah sie an.
„Schöner Abend", sagte sie und grinste mich frech übers ganze Gesicht an.
„Gehen wir", stotterte ich nur.
Sie drückte mir die Hand, zog mich zu sich, gab mir schnell einen kurzen Kuss auf die Wange und drehte sich um.
Ich folgte ihr nach draußen.
Vor der Tür gaben wir uns die Hand. Ich spürte einen Druck,

der alles bedeuten konnte. Ich suchte die schönste Interpretation für mich aus.
„See you", sagte sie im Gehen und blickte sich noch einmal kurz um. Sie winkte und tänzelte davon.
Und ich ging zu meinem Auto.

# 11

Ich fuhr langsam die Häuserzeilen entlang. Mein mulmiges Gefühl wurde stärker, je mehr ich mich meinem Haus näherte. Hatte das Gespräch mit Nelly mich nun weitergebracht oder noch mehr verunsichert? Ich parkte diesmal nicht direkt vor meinem Haus, sondern eine Straße weiter. Ich war vorsichtig geworden. Wenn es jemanden gab, der mich verfolgte, dann war ich auch selbst in Gefahr. Warum aber überfiel der Typ Frauen und nicht mich? Dann schoss es mir durch den Kopf: Warum brachte er mich nicht auch gleich um? Angst stieg in mir auf, als sich meine Hände verkrampft am Lenkrad festhielten.

Eine Weile saß ich in meinem Auto und starrte auf die Wagen vor mir.

„Ich muss da durch“, machte ich mir schließlich Mut.

Dann stieg ich aus und lehnte mich an die Dachreling meines Kombis. Es war inzwischen nach Mitternacht. Um diese Zeit ist hier niemand mehr auf der Straße. Ich sah mich zaghaft nach allen Seiten um. Dann ging ich langsam zu meinem Haus. Ich hob meinen Kopf und betrachtete die Fenster meiner Wohnung. Sie waren dunkel und ich bemerkte nichts Auffälliges. War jemand dort oben? Durchwühlte jemand meinen Schreibtisch? Schweißperlen traten auf meine Stirn.

Trotzdem ging ich weiter. Vor meiner Haustür blieb ich stehen. Ich versuchte nach beiden Seiten zu blicken, ohne meinen Kopf zu drehen. Aber aus den Augenwinkeln konnte ich nicht Ungewöhnliches entdecken. Ich legte meine Hand auf die Türklinke, schloss meine Haustür auf und lief die paar Stufen zu meiner Wohnung hinauf. Ich nahm meinen ganzen Mut zusammen. In ein paar Sekunden stand ich in meinem Wohnzimmer. Es war niemand hier. Ich war erleichtert.

In ging in mein Arbeitszimmer und setzte mich vor meinen PC. Ich starrte auf den dunklen Bildschirm. War hier jemand vor kurzer Zeit gesessen und hatte meine Festplatte ausgeforscht? Mich schauderte. Ich sah mich ruckartig um. Die Ruhe, die Sicherheit, die Geborgenheit, die mir der Raum einmal gegeben hatte, waren zerstört. Wer war hier gewesen? Was hatte er angefasst? Ich traute mich nicht, meinen Computer anzuschalten.

Ich lehnte mich zurück und starrte immer noch den dunklen Bildschirm an. Was für ein Tag. Der anonyme Telefonanruf, der Überfall auf Vanessa, das Gespräch mit Nelly. Ich hatte

genug Abwechslung für heute, über Langeweile konnte ich mich wahrlich nicht mehr beklagen. Und morgen geht es mit der Pressekonferenz weiter.
Trotz aller Aufregung war ich müde. Sollte ich die Erlebnisse aufschreiben, meine Story weiterführen? Ich zögerte.

*

Auf der Straße vor dem Haus war es ruhig. Keine Menschenseele war unterwegs. Nur zwei Männer saßen in einem Auto, das am Straßenrand geparkt war, und beobachteten das Haus von Luka Blum. Sie hatten jetzt über zwei Stunden gewartet, bis er nach Hause gekommen war. Ohne sonderliche Regung hatten sie ihn mit ihren Blicken verfolgt, wie er ins Haus gegangen war, und hatten dann die Lichter im ersten Stock angehen sehen.
Einer der Männer blickte noch immer nach oben zu Luka Blums Wohnung. Der andere öffnete die Beifahrertür und stieg aus. Er stellte sich in den Schatten des Baumes, der das Licht einer Laterne abschirmte. Er beobachtete ebenfalls die hellen Fenster. Mit einem geübten Griff holte er sich eine Zigarette aus einer Schachtel und steckte sich die Kippe in den Mund. Dabei beobachtete er weiter das Haus. Er suchte nach seinem Feuerzeug, tastete seine Jackentasche ab, allerdings vergeblich. Kein Feuerzeug. Er ging zurück zum Wagen, öffnete vorsichtig die Tür und setzte sich wieder auf den Beifahrersitz.
Kurz sah man im Wageninneren das Aufflackern einer kleinen Flamme. Dann war nur noch ein kleiner, gleißender Punkt zu sehen, der sich regelmäßig erhellte. Im Dunkel des Wagens waren jetzt die beiden Gesichter nicht mehr zu erkennen. Die beiden Männer lehnten sich in ihren Sitzen zurück und kontrollierten weiter das Haus und die Umgebung.

*

Es war Montagmorgen. Und ich lebte noch. Niemand war in der Nacht in meiner Wohnung gewesen, um mir etwas über den Kopf zu ziehen. Aber ich hatte wieder schlecht geschlafen. Ich hatte mir die ganze Nacht über überlegt, ob ich in der Vergangenheit jemandem zu sehr auf die Füße getreten war. Habe ich irgendeinen Politiker zu hart angefasst, so wie ein Kollege vor nicht allzu langer Zeit die Bundesjustizministerin?

Hatte ich einen Bürgermeister beleidigt? Ihn um seine Wiederwahl gebracht? Hatte ich falsch über einen Prozess berichtet? Mir fiel einfach nichts ein. Ich konnte mich an keine heftigen Reaktionen, an keine Drohanrufe, an keinen kritischen oder harschen Leserbrief erinnern. Nichts, gar nichts. Aber irgendwo in meiner Vergangenheit musste doch der Grund für meine Horrorerlebnisse liegen.
Ich stand auf, ging ins Badezimmer und ließ mir Wasser in die Wanne laufen. Ich versuchte, mich in der lauwarmen Brühe zu entspannen, aber ich wurde nur nervöser. Ich hatte das Radio angestellt. In den Nachrichten kam der Hinweis auf die Pressekonferenz der Polizei. Ich wurde noch kribbeliger.
Als ich nach einer Viertelstunde aus der Wanne gestiegen war, lugte ich durch den Vorhang auf die Straße. Da unten stand ein Wagen, den ich gestern noch nicht gesehen hatte. Es saß jemand auf dem Fahrersitz, soviel ich von hier oben erkennen konnte. Jetzt startete der Fahrer den Wagen und fuhr weg. Hatte er mich gesehen? Hatte er sich deshalb so schnell aus dem Staub gemacht, um nicht aufzufallen?
Es war sicher nur Zufall. Wahrscheinlich wieder ein Männerbesuch. Bei der hübschen Blonden von gegenüber. Kam öfters vor.
Ich glaube, ich sehe langsam Gespenster. Ich muss mich beruhigen, sonst kann ich keinen kühlen Kopf behalten, und den brauchte ich jetzt.
Nachdem ich mich angezogen hatte, ging ich hinunter zum Briefkasten und holte mir die Zeitung. Ich musste nachlesen, was im Lokalblatt über Vanessa stand.
Ich machte mir eine Tasse Kräutertee mit dem einzigen Teebeutel, den ich noch finden konnte, setzte mich an den Tisch und breitete die Zeitung aus. Im Lokalteil stand nur ein relativ kurzer Bericht. Eine Frau sei in ihrer Wohnung überfallen und schwer verletzt worden. Der Täter sei wohl durch die Garage ins Haus gelangt und habe mit einem schweren Gegenstand auf den Kopf seines Opfers geschlagen. Aus ermittlungstaktischen Gründen wollte die Polizei gestern noch nicht mehr sagen. Weiteres gebe es erst heute auf der Pressekonferenz.
Ich lehnte mich zurück und trank einen Schluck Kräutertee, den ich mir in der Mikrowelle noch einmal angewärmt hatte. Ich verbrannte mir die Lippen. Der Tee war noch viel zu heiß und schmeckte scheußlich. Ich ging zur Spüle und schüttete

die Brühe, die eine undefinierbare Farbe angenommen hatte, in den Ausguss. Ich schaute auf die Uhr. Es war schon fünf vor zehn und ich musste bald los.

Ich ging in mein Arbeitszimmer und fuhr meinen Computer hoch. Ich wollte schnell meine E-Mails abrufen, um zu sehen, ob vielleicht Nelly schon geschrieben hatte. Natürlich war noch keine E-Mail von ihr da. Ich surfte noch kurz im Internet, sah mir einige neue Nachrichten an. Inzwischen schon eine Angewohnheit, fast ein Reflex von mir.

Eine halbe Stunde später verließ ich das Haus und ging zu meinem Auto. Ich fühlte alle Augen auf mich gerichtet, aber das bildete ich mir nur ein.

Ich stieg in meinen Wagen ein und fuhr Richtung Polizeihochhaus. Dort draußen am Rande der Stadt sollte die Pressekonferenz sein. Was mich wohl dort erwarten würde? Meine Hände zitterten, als ich in die Straße beim Arbeitsamt einbog. Nur ein paar hundert Meter weiter lag das himmelblau angestrichene und weithin sichtbare Polizeihochhaus. Ich suchte einen Parkplatz, der zu dieser Zeit nicht leicht zu finden war.

Am Eingang empfing mich der Pressesprecher der Polizei, den ich von vielen früheren Terminen her kannte.

„Schon lange nicht mehr gesehen“, sagte er etwas süffisant.

„Ja“, antwortete ich kurz angebunden. Schaute er mich anders an als sonst?

„Kommen Sie, hier geht’s lang.“ Er zeigte in einen Gang, an dessen Ende die Tür eines Zimmers weit offen stand.

Ich ging in den kleinen Saal, wo schon jede Menge Journalisten auf den Beginn der Pressekonferenz warteten. Auch einige Kameraleute des Fernsehens waren da. Das wäre ein Auftritt und eine Schlagzeile: „Journalist wird auf Pressekonferenz vor laufenden Kameras verhaftet.“ Ich wäre mit einem Schlag berühmt.

Ich kam gerade noch rechtzeitig. Wie auf ein unsichtbares Kommando hin setzten sich alle. Es wurde still. Man konnte die Neugierde und die Spannung im Raum deutlich spüren.

Der leitende Oberstaatsanwalt eröffnete die Konferenz. Für ihn war klar, die beiden Fälle, der Mord an Ulrike und der Überfall auf Vanessa, hängen zusammen. Er schilderte noch einmal die Einzelheiten des Mordes. Der Täter sei durch die Kellertür ins Innere des Hauses gelangt, habe der jungen Frau schließlich in ihrem Zimmer mit einem Messer

die Kehle durchgeschnitten und praktisch als Visitenkarte ein kleines Freundschaftskettchen mit einem eingravierten Vornamen in der Hand der Toten hinterlassen. Auf einer Leinwand im Hintergrund wurde den Journalisten ein Dia des Kettchens gezeigt, auf dem allerdings der Name nicht zu erkennen war. Den wollte die Polizei aus ermittlungstaktischen Gründen noch nicht nennen, meinte der Oberstaatsanwalt etwas geheimnisvoll. Die Sonderermittlungsgruppe „Ulrike" habe schon viele Hinweise aus der Bevölkerung abgearbeitet, eine heiße Spur sei noch nicht darunter.
Dann ging der leitende Oberstaatsanwalt zum zweiten Fall über. Das Opfer liege derzeit noch in einem künstlichen Koma. Der Täter habe die Frau entkleidet, sadistisch gequält, sie ausgepeitscht, geschlagen und ihr dann den Schädel mit einem stumpfen Gegenstand eingeschlagen. Ob sie die Verletzungen überlebe, könnten die Ärzte zum jetzigen Zeitpunkt noch nicht sagen. Die Polizei hoffe aber, dass die Frau noch eine Aussage machen und damit Hinweise auf den Täter geben könne. Die Tat sei wohl in der Nacht auf Sonntag geschehen. Der Unbekannte habe die Frau vorher betäubt und dann ins Haus geschleppt. Von den Nachbarn habe niemand etwas mitbekommen. Die Polizei sei durch einen anonymen Anruf alarmiert worden. Die Ermittler hofften, dass sich der Anrufer noch einmal meldete.
Einen wichtigen Fund habe die Polizei in der Wohnung der Überfallenen gemacht. Und dann lieferte er die weitere „Visitenkarte" des Täters. Auf der Leinwand erschien in überdimensionalem Format das Foto einer Jacke.
Das Blut in meinen Adern stockte. Es war das Bild meiner Jacke! Es konnte sie zumindest sein. Ich hatte eine solche Lederjacke, die ich allerdings schon seit mindestens einem Jahr nicht mehr getragen hatte, weil sie mir einfach nicht mehr gefiel.
Ich merkte, wie mir vor Aufregung langsam übel wurde. Mir wurde heiß und kalt. Ich nahm die Pressemappe, die vor mir lag, in die Hand und blätterte die einzelnen Bilder durch. Es gab einige Fotos. Sie zeigten auch die Jacke. Und das Kettchen, das ich mir jetzt einmal näher ansah.
Ich hatte das Gefühl, keine Luft mehr zu bekommen. Meine Atemzüge wurden immer hektischer. Ich muss hier raus, dachte ich. Aber jetzt sofort aufstehen und wegrennen, das wäre schlecht, das würde auffallen.

Die weiteren Worte des Oberstaatsanwaltes waberten an meinen Ohren vorbei. Ich hörte nicht mehr richtig zu. Schließlich übergab er die Pressekonferenz an den leitenden Kriminalkommissar, Chef der Ermittlungsgruppe „Ulrike“, der den Journalisten noch weitere Fragen beantwortete. Ich notierte noch ein paar Sätze wie in Trance, dann stand ich auf und taumelte dem Ausgang zu. Ich war kreidebleich, kalter Schweiß rann mir den Rücken hinunter. Ich fühlte alle Blicke auf mich gerichtet, aber keiner sah mich wirklich an.
Der Pressesprecher kam wieder auf mich zu.
„Ist Ihnen nicht gut? Soll ich Ihnen ein Glas Wasser holen?“, fragte er fürsorglich.
„Nein, nein.“ Ich winkte ab. Ich wollte nur so schnell wie möglich hier raus.
„Ich glaube, bei mir ist eine Erkältung im Anzug“, log ich.
„Na, dann gute Besserung“, rief er mir noch hinterher.
Ich trat vor das Polizeigebäude und atmete tief durch. Die frische Luft brachte meine Sinne wieder auf Vordermann.
„Nach Hause. Sofort“, sagte ich leise zu mir und ging zum Wagen.

## 12

Einen Tag lang war nichts Besonderes passiert. Ich hatte meinen Artikel abgeliefert. Danach war ich mit meinem Fahrrad, das ich leider viel zu wenig aus meinem Keller hole, ziellos durch die Gegend gestrampelt. Ich fuhr durch den Wald auf die Höhe nach Pfrondorf, von wo man einen herrlichen Blick auf das Albpanorama Richtung Kusterdingen und Reutlingen hat. Jetzt betrachtete ich wieder die weite Landschaft vor mir, mit den Bergen im Hintergrund, während ich leicht und ohne allzu große Kraftanstrengung in die Pedale trat.

Ich wollte meinen Kopf frei bekommen und die klare Luft schnuppern. Am Abend zuvor war ich früh zu Bett gegangen. Es hatte keinen seltsamen Anruf mehr gegeben und auch vor meinem Haus war mir nichts Ungewöhnliches aufgefallen. Ich beruhigte mich langsam etwas und alles erschien mir allmählich wie ein böser Traum. Und so erreichte ich nach einer kurzen Fahrradtour einigermaßen erleichtert wieder meine Wohnung. Für heute hatte mir Micha Becker einen Termin aufs Auge gedrückt, den ich eigentlich gar nicht machen wollte. Ein Bademodenhersteller präsentierte seine neue Kollektion. Hübsche junge Models stolzierten in knappen Bikinis am Pool entlang, um die neue Bademode ins rechte Körperlicht zu rücken. Das war ja noch der angenehme Teil des Termins. Hinterher aber saß ich vor dem Computer und überlegte. Ich hatte absolut keine Ahnung von Mode und phantasierte nun etwas über Farbgebung und Schnitt zusammen. Einige Fakten und Fachbegriffe für den Artikel hatte ich mir aus dem Internet und aus einer Broschüre geholt. Ich stierte gerade auf die Fotos, die ich von den Badenixen gemacht hatte, als das Telefon klingelte.

Ich erschrak, starrte den Apparat an und ließ ihn erst einmal läuten. Dann sprang ich auf und nahm den Hörer ab.

Einen kurzen Augenblick hörte ich nur ein Knacken, dann aber meldete sich eine mir sehr vertraute Stimme.

„Hello?“ Es war Nelly.

„Schön, dass du dich meldest“, nuschelte ich fröhlich. Ich war erleichtert. Sie hatte mich angerufen. Das war ein gutes Zeichen.

„Surfst du öfters im Internet?“, fragte sie unvermittelt.

„Ja.“ Was sollte die Frage? Ich verstand nicht, was sie meinte.

„Lädst du manchmal auch Programme oder Bilder auf den PC

herunter? Oder erhältst du hin und wieder E-Mails, die du gar nicht willst?"
„Wie meinst du das?"
„Nun, Spam-Mails oder so etwas. E-Mails von Absendern, die du gar nicht kennst, und Ähnliches?"
„Ja, das kommt in der vergangenen Zeit immer öfter vor. Meine Mailbox wird häufig zugemüllt." Ich wusste immer noch nicht, was sie wollte.
„Wir müssen uns sehen." Ihr Statement machte mich sprachlos. Klar, jederzeit, dachte ich, aber ich bekam erst keinen Ton heraus.
Eine kurze Pause folgte.
„Hey, bist du noch dran?" Ihre Stimme klang fast besorgt.
„Ja." Wieder fiel meine Antwort sehr kurz aus.
„Du bist nicht sehr gesprächig heute", sagte sie.
„Wie?" Ich stellte mich wie ein Trottel an.
„Wir müssen uns sehen."
„Ja, gerne, wann?" Endlich bekam ich ein paar Worte heraus. Doch sie überraschte mich wieder.
„Heute Abend."
Heute? Sie hatte doch Mittwoch gesagt. Und jetzt will sie mich einen Tag früher sehen.
„Ja, gerne." Ich wiederholte mich. Ich war im Augenblick wirklich kein sehr eloquenter Gesprächspartner.
„Wo sollen wir uns treffen und wann?", fragte ich.
Und jetzt warf sie mich völlig aus der Bahn.
„Ich komme zu dir, so um acht heute Abend. Du musst mir nur noch deine Adresse sagen."
Mir wäre fast der Hörer aus der Hand gefallen. Hatte sie das gerade gesagt oder hatte ich das nur geträumt.
„Ich hoffe, ich bin nicht zu aufdringlich?", fügte sie hinzu.
„Du kannst gar nicht aufdringlich genug sein", dachte ich. Sagen wollte ich etwas Originelles, aber ich stammelte nur irgendetwas Undeutliches ins Telefon. Mein Gott, ich kann mich vielleicht gut blamieren. Am liebsten hätte ich ihr gesagt, wir vergessen das Gespräch und du rufst noch einmal an.
„Sag doch was?", hauchte sie in den Hörer.
„Yes, ja, wieso?"
Glücklicherweise ging sie gar nicht auf mein Gestammel ein.
„Macht es dir was aus, wenn ich heute komme? Hast du schon was vor?"

Ich riss mich zusammen und zwang mich, etwas mehr an diesem Telefongespräch teilzunehmen.
„Ich, nichts, nein, heute Abend, nein, hab' ich nichts vor, nein, wirklich nicht“, verhaspelte ich mich etwas.
„Okay, dann komme ich vorbei. Ich bringe einen Wein mit. Dann setzen wir uns vor den Computer.“
Nun war ich völlig verwirrt.
„Ja“, sagte ich wieder. Mehr bekam ich nicht heraus.
„Ich brauch noch deine Adresse“, sagte sie.
Ich gab sie ihr und hörte noch ihr „Bye-bye“ und ein Klicken am anderen Ende der Telefonleitung.
Ich glaube, ich muss mal einen Volkshochschulkurs belegen mit dem Thema „Wie telefoniere ich mit einer Angebeteten, für Anfänger“. Das war nichts, das war wirklich nichts. Aber Nelly hatte mich völlig aus dem Konzept gebracht. Was wollte sie von mir? Und was sollte die Bemerkung mit dem Computer am Schluss des Gesprächs?
Doch ich hatte keine Zeit nachzugrübeln. Ich musste meine Wohnung auf Vordermann bringen. Und das war nicht leicht. Hier sah es schrecklich aus. Überall lag Wäsche herum. In der Spüle türmte sich der Abwasch. Und im Eisschrank herrschte gähnende Leere. Ich musste putzen, waschen, einkaufen gehen. Ich sprang auf und stieß mir dabei mein Knie an der Schublade an, die weit herausgezogen war. Der Schmerz ging einmal quer durch meinen Körper und wieder zurück. Ich fluchte. Als ich die Schublade mit einem kräftigen Stoß zuschieben wollte, fiel mein Blick ins Innere. Das Chaos war noch genauso vorhanden wie vor ein paar Tagen, doch irgendetwas stimmte nicht. Irgendetwas hielt meinen Blick fest. Aber was dies war, wusste ich nicht. Ich schüttelte kurz den Kopf. Das Chaos kann warten.
Ich wollte keine weitere Zeit verschwenden. Ich musste los.

*

Punkt neun Uhr stand Nelly vor der Tür. Ich hatte belegte Brote gemacht und eine Stunde mit knurrendem Magen davor gesessen, weil ich nichts essen wollte, bevor sie kam. Ich hatte mir die größte Mühe gemacht, die Brote schön zu dekorieren, hatte sie vor allem mit frischem Braten und Serrano-Schinken belegt, hatte mich richtig in Unkosten gestürzt.

Schnell erfuhr ich, das sie Vegetarierin war, auch keinen Fisch und Eier mochte, und als ich zum Kühlschrank stürzte, um die letzten Käsereste herauszukrümeln, fügte sie hinzu, dass sie eigentlich gar keinen Hunger habe.
„Das fängt gut an“, dachte ich, während mein Magen leise vor sich hin knurrte.
„Lass uns lieber diese Flasche hier trinken.“ Sie zog eine Flasche Rotwein aus ihrer überdimensionalen Handtasche hervor. Als sie nicht hinsah, steckte ich mir schnell ein belegtes Brot in den Mund und holte den Korkenzieher und zwei Gläser. Schließlich saßen wir doch am Esstisch und ich schenkte uns den Wein ein.
„Du wunderst dich vielleicht, warum ich hier bin?“ Ihre Stimme klang ein wenig aufgeregt.
„Um ehrlich zu sein, ja.“ Ich schaute in ihr hübsches Gesicht mit den Sommersprossen. Sie lächelte mich an.
„Das, was du mir erzählt hast, ist mir die ganze Zeit durch den Kopf gegangen. Und als ich gerade eine Computer-Zeitschrift las, ist mir eine Idee gekommen.“
Ich wurde neugierig.
„Sagen dir Trojaner, Würmer oder Viren etwas?“, fragte sie.
„Ich bin sicher, dass dies jetzt keine Geschichts- oder Biologie-Stunde wird, oder?“
„You’re right.“
„Und weiter?“, drängte ich sie.
„Nun, I talked to John.“
„Was?“ Ich wurde leicht unruhig. Was sollte dieser Typ nun schon wieder? Das war eine Sache zwischen Nelly und mir. Doch sie beruhigte mich schnell.
„Keine Angst, ich habe ihm keine Details von deiner Geschichte erzählt. Aber er bestätigte mir, was ich dachte. Man kann andere Computer ausspionieren. Mit trojanischen Pferden sozusagen. Das könnte doch möglich sein, auch bei dir.“
„Trojanische Pferde? Was ist denn jetzt das schon wieder?“
„No. Listen. Trojanische Pferde sind Programme, die eine schädliche Funktion haben. Viele Trojaner installieren sich so auf der Festplatte, damit sie bei jedem Systemstart ebenfalls mit gestartet werden. Somit läuft das Programm ständig im Hintergrund mit.“
Ich nickte wissend, verstand aber kaum ein Wort. Bisher hatte ich mir über solche Dinge keine großen Gedanken gemacht.

„Die meisten Trojaner sind darauf aus, Benutzerdaten auszuspähen. Sie können alle Daten aufzeichnen, die ein Anwender über die Tastatur eingibt. Es könnte doch sein, dass dir jemand einen solchen Trojaner per E-Mail in deinen Computer gesetzt und so deine gesamten Daten ausspioniert hat."
Jetzt verstand ich, was sie meinte. Aber Nelly war noch nicht fertig mit ihrem Vortrag.
„Es könnte auch eine Back Door sein, oder beides", meinte sie.
Wieder verstand ich nichts. Sie lächelte kurz und half dem unwissenden Computerignoranten, der ich war, weiter.
„Hacker schicken Back Doors, um Zugang zu fremden Rechnern zu erhalten. Sie umgehen damit die ganzen Sicherheitsprozeduren auf dem Computer."
„Aha", sagte ich nur.
„So können Hacker ihre eigene Software auf einem fremden Rechner starten und den gekaperten Computer für kriminelle Zwecke oder alle möglichen Dinge nutzen. Und sich natürlich Zugang zu allen möglichen Dateien verschaffen."
Ich versuchte Nelly zu folgen. Langsam ahnte ich, worauf sie hinaus wollte.
„Du hast mir gesagt, dass du viele unnütze E-Mails erhältst."
„Ja." Ich wurde wieder einsilbig.
„Du hast eine E-Mail samt Anhang aufgemacht und so könnten Trojaner oder Back Door, ohne dass du es gemerkt hast, in dein System gekommen sein."
„Verstehe. Und jetzt."
„Deshalb habe ich mit John gesprochen. Er kennt sich gut in der Hackerszene aus. Er hat mir ein Programm mitgegeben, mit dem man Trojaner oder Back Doors aufspüren kann." Sie griff in ihre Handtasche und zog eine CD-ROM heraus und hielt sie mir triumphierend vor die Nase.
„Ich bin richtig aufgeregt", sagte sie erwartungsfroh.
„Ich auch", dachte ich, als ich sie anschaute.
Sie hielt mir ihr Rotweinglas hin und ich schenkte nach.
Als ich nichts sagte, fuhr sie fort.
„Was ist? Los, wo steht deine Kiste? Private Eye Nelly in action."
Ich führte sie in mein Arbeitszimmer, das ich, so gut es ging, aufgeräumt hatte. Über das Papier-Chaos neben meinem Schreibtisch hatte ich einfach eine Decke ausgebreitet. Aber

Nelly hatte keinen Blick für mein geordnetes Durcheinander, sie setzte sich sofort vor meinen Computer und fuhr das System hoch. Mit ein paar Tastaturanschlägen hatte sie das Suchprogramm installiert und gestartet. Ich schaute nur noch zu.
„Das dauert ein paar Minuten“, sagte sie. Nelly drehte sich um und lächelte mich wieder an. Ich hätte sie jetzt gerne in die Arme genommen und an mich gedrückt, aber ich hielt mich zurück.
„Hast du noch einmal nachgedacht, wer dir so übel mitspielen könnte?“, fragte sie.
„Hab' ich, mir ist aber niemand eingefallen.“
Wir kamen aber schnell vom Thema ab und erzählten uns von Irland, von ihrer Heimat und von meinen vielen Reisen dorthin. Ich hatte mich dort immer sehr wohl gefühlt. Eine Zeit lang war Irland meine zweite Heimat gewesen. Ich fühlte mich ihr plötzlich ganz nah. Sie war auf ihrem Stuhl unmerklich an mich herangerückt. Doch als ich mich langsam zu ihr hinüberbeugte, wurden wir jäh unterbrochen durch einen schrägen Piepston. Das Programm auf meinem Computer hatte sich lautstark gemeldet.
Wir starrten auf den Bildschirm und unsere Aufregung steigerte sich nach dem Schreck in Sekunden von null auf hundert. Dort stand in großen Buchstaben „Trojaner gefunden.“ Es folgte eine Kombination mit Buchstaben und Zahlen, mit der ich nichts anfangen konnte. Und drunter folgte die Frage: „Wollen Sie, dass der Trojaner entfernt wird?“
„Was jetzt? Löschen?“, stotterte ich.
„Nein, auf keinen Fall. John sagte, wir sollen ihm die Festplatte bringen, wenn wir einen Trojaner finden. Wenn wir ihn so einfach löschen, ist nicht sicher gestellt, dass wir alle Kopien des Trojaners löschen und es ist auch möglich, dass wir wichtige Programme von deinem Computer entfernen. Lass es einen Fachmann machen. Und vor allem, er hat gesagt, er kann unter Umständen den Absender ausfindig machen.“
Ich musste mich setzen. Das ging mir alles viel zu schnell. Jetzt hatte Nelly das Heft ganz in die Hand genommen.
„Aber ich brauche meinen Computer.“
„Ich kann dir meinen leihen“, bot sie an.
„Ich habe auch einen Laptop mit Modem“, sagte ich.
„Gut. Soll ich ihn dann mitnehmen? Brenn aber vorher noch

deine wichtigsten Daten auf eine CD. Du hast doch einen Brenner?"
„Ja." Wir tauschten die Plätze und ich machte mehrere Sicherungskopien. Sie schaute mir ruhig zu und legte mir dabei ihre Hand auf die Schulter, während ich nervös auf der Tastatur herumhämmerte. Wir waren so aufgeregt, dass wir kaum noch ein Wort miteinander wechselten. Mir gingen so viele Dinge durch den Kopf.
„Danke, dass du mir hilfst", sagte ich schließlich zu ihr.
„You're welcome. Es macht mir riesigen Spaß." Sie strahlte mich an. Sie setzte das Rotweinglas an und trank es aus.
Schließlich waren alle wichtigen Daten auf CD-ROM gebrannt. Ich verstaute die Silberlinge in meinem Schreibtisch.
„Ich mach mich gleich auf den Weg", sagte sie. Ich zog die Kabel aus meinem Computer, packte ihn in einen Karton und trug ihn zu ihrem Auto, das direkt vor der Haustür stand.
„Ich melde mich, sobald ich etwas weiß. Ich glaube, wir sollten uns beeilen", sagte sie und streckte mir die Hand entgegen. Ich nahm sie stattdessen in den Arm und drückte sie kurz an mich.
„Danke", sagte ich.
Sie wurde verlegen.
„Ich bring den Computer noch bei John vorbei. Ich hoffe, ich kann seine Neugierde niedrig halten. Aber wenn es um Viren, Hacker und so was geht, ist er in seinem Element. Dann hat er keine Gedanken mehr für andere Dinge."
„Gut", dachte ich.
„Bye-bye". Nelly stieg ins Auto und fuhr in die Nacht. Ich sah ihr nach, bis der Wagen um die Ecke verschwunden war.
Plötzlich fror es mich. Ich ging zurück ins Haus.
Als ich die Wohnung betrat, klingelte das Telefon. Ich hob den Hörer ab und erstarrte.
Eine raue, krächzende Männerstimme meldete sich.
„Hast du eine neue Freundin?"
Ein Klicken. Der Anrufer hatte aufgelegt. Ich stürzte zum Fenster und sah auf die Straße. Sie war völlig leer, nur ein paar Autos parkten am Straßenrand. Mein Herz klopfte bis zum Hals.

# 13

Der graue Audi parkte erneut vor den Haus. Luka Blum war der Wagen nicht aufgefallen, aber er hätte ihm auffallen müssen. Denn der Wagen gehörte nicht hierher. Aus dem Dunkel des Wageninneren glimmte ein kleines rotorangefarbiges Licht immer wieder auf. Ein paar Minuten später war es verloschen. Danach geschah einige Minuten nichts. Es war kalt geworden. Nach den letzten noch recht warmen Sonnentagen des Herbstes schlug jetzt das Wetter um. Erste Tropfen fielen auf die Kühlerhaube des Audis. Das Seitenfenster des Wagens ging langsam nach unten. Für einen kurzen Augenblick schaute ein Gesicht nach oben. Dann schloss sich das Fenster wieder.

*

Während es draußen langsam anfing zu regnen, saß ich an meinem Wohnzimmertisch und dachte nach. Wie sah meine Situation jetzt aus? Ich stierte in mein Glas Wein, das vor mir stand. Der Schreck saß mir noch tief in den Gliedern. Nach dem ersten Telefonanruf war ich noch unsicher gewesen. Nun war ich mir aber sicher. Irgendwo da draußen gab es jemanden, der etwas gegen mich hatte. Der mich fertig machen wollte. Irgendwo da draußen gab es jemanden, der Frauen überfiel und auch umbrachte. Und er versuchte, mir alles in die Schuhe zu schieben. Und dazu forschte er mich aus. Aber warum? Ich zermarterte mir mein Gehirn.

Eines war mir nun nach dem zweiten Anruf klar. Der Unbekannte, ich war mir ziemlich sicher, dass es ein Mann war, beobachtete jeden meiner Schritte. Und er beobachtete mich nicht nur per Computer. Er musste auch vor meinem Haus auf der Lauer liegen. Ein beängstigender Gedanke. Und es musste ihm ungeheuren Spaß bereiten, mich in Angst und Schrecken zu versetzen. Und wenn es mehrere waren?

Plötzlich schoss es mir durch den Kopf. Sicher, ich war auch in Gefahr, aber was mich noch mehr beunruhigte: Auch Nelly war in Gefahr. Ich musste sie warnen.

Ich wählte ihre Nummer. Aber niemand meldete sich. Sie hatte mir gesagt, sie wolle noch zu John. Sollte ich ihr nachfahren? Ich zögerte. Dann fiel mir ein, ich hatte zwar ihre Telefonnummer, aber ihre Adresse hatte ich nicht. Sie sagte mir zwar einmal, sie wohne in der Tübinger Weststadt, aber wo, wusste ich nicht.

Ich konnte nicht länger warten. Nervös lief ich im Zimmer auf und ab. Schließlich zog ich mir eine Jacke an und verließ meine Wohnung. Ich musste sie finden. Langsam wurde ich immer unruhiger.
Der Regen hatte zwar etwas nachgelassen, aber es war ungemütlich kalt geworden. Ich drückte mich tief in meine Jacke hinein, zog den Kragen hoch. Deshalb sah ich nicht, wer in diesem Augenblick im Halbdunkel der Straßenlaternen an mir vorbeiging. Als der Mann auf gleicher Höhe war, drehte er sich plötzlich um und griff nach meinem Arm.
Ich zuckte zusammen.
Im nächsten Augenblick atmete ich durch.
Es war Bernd König. Er war gerade von einer Theaterprobe gekommen und auf dem Weg nach Hause.
„Hallo. Weißt du schon was Neues, wie es Vanessa geht?"
„Nein", sagte ich.
„Ich muss nach Hause, ich bin fix und fertig. Ich muss ins Bett. Das ist alles zu viel für mich", stöhnte er.
„Schlaf dich mal aus", riet ich ihm.
„Ja, ja. Sag mir, wenn du was Neues hörst", murmelte er und ging weiter. So schnell er aufgetaucht war, war er auch wieder verschwunden.
„Richtig unheimlich", dachte ich und stierte einen Augenblick in die Nacht.
Einen Augenblick blieb ich so stehen. Eine dunkle Gestalt überquerte in der Ferne die Straße. Ich drehte mich um und wartete einen Augeblick unentschlossen vor meinem Wagen. Dann stieg ich ein und fuhr los.

*

Einige Sekunden später startete der Motor eines grauen Audi, der nur ein paar Meter hinter Luka Blums Wagen geparkt war. Das Auto rollte wenige Meter langsam nach vorne, dann nahm es immer mehr Fahrt auf. Der Fahrer schaltete jetzt das Abblendlicht ein. Als der Wagen eine Straßenlaterne passierte, sah man das fahle Gesicht des Fahrers. Er hatte den letzten Rest einer Zigarette, die gerade kurz aufglimmte, im Mundwinkel hängen. Dann war der Wagen verschwunden.

*

Über eine Stunde war ich durch die Weststadt gefahren. Es war sinnlos. Ich hatte keine Ahnung, wo sie wohnte, und so machte das keinen Sinn. Sie ist wahrscheinlich länger bei John geblieben. Vielleicht auch über Nacht?
„Nein, sicher nicht“, redete ich mir gut zu.
Ich war einfach verwirrt und durcheinander. Ich machte mich auf den Heimweg. Leider etwas zu schnell. Der rote Blitz eines „Starenkastens“ riss mich aus meinen Gedanken. Das hatte mir gerade noch gefehlt. Noch einmal ein paar Euro für die marode Stadtkasse. Jetzt war ich völlig deprimiert. Ich fuhr nach Hause, ging schnell in meine Wohnung, schloss zum ersten Mal meine Wohnungstür ab und legte mich gleich ins Bett.

*

Am nächsten Abend rief mich Nelly an. Ich war erleichtert. Den ganzen Tag über hatte ich es bei ihr versucht, aber keine Antwort bekommen.
„Ich bin froh, dass du anrufst“, sagte ich sofort.
„Was ist denn los mit dir?“ Sie spürte, dass ich mir Sorgen machte.
Ich erzählte ihr von dem anonymen Anruf und hörte, wie sie erst einmal tief durchatmete. Sie hatte sofort verstanden, was dies bedeutete. Doch sie ließ sich nicht viel anmerken.
„Jetzt müssen wir umso schneller handeln“, sagte sie nur.
„Was meinst du?“
„John hat etwas herausgefunden. Er hat gesagt, du sollst mich nicht fragen, wie? War wohl alles nicht so ganz offiziell.“
„Was hat er denn herausgefunden?“, fragte ich schnell.
„Er hat sich deinen Computer intensiv vorgenommen. Und er hat das Programm, das deinen Computer ausspäht, genauer untersucht. Es ist nicht so professionell gemacht, wie John angenommen hatte. Der Kerl, der deinen Computer infiziert hat, hat offensichtlich ein paar deutliche Spuren hinterlassen. John ist ihnen im Internet gefolgt und hat den Server herausgefunden, über den der Trojaner geschickt wurde. Der Server steht in Reutlingen.
Ich schluckte. Nelly wartete kurz, dann fuhr sie fort.
„Er ist nicht besonders groß. Da hat sich offensichtlich noch jemand gehalten, der nicht von den Großen geschluckt wurde. John hat ein wenig den Hacker gespielt und sich auf dem Server umgeschaut. Offensichtlich erfolgreich.“

Nelly war kurz still. Ich versuchte meine Nervosität, die sich langsam ins Unerträgliche steigerte, zu unterdrücken.
Ich hörte ein Knacken im Telefon, dem ein kurzes Rauschen folgte.
„Hallo, bist du noch dran““, rief ich laut.
„Ja, klar. Wieso?“
„Ich dachte, wir seien unterbrochen worden.“
„Nein, nein, alles okay, ich bin noch da.“
„Gut. Was hat John herausgefunden?“, fragte ich.
„Er konnte den Trojaner einem User zuordnen. Sagen wir mal, er konnte ihn höchstwahrscheinlich zuordnen. Allerdings weiß er keinen Namen, er hat nur einen Nickname herausgefunden. Das hilft uns zwar nicht viel weiter. Doch John hat noch eine weitere These. Weil den Provider niemand so recht kennt, können die User eigentlich nur aus der Umgebung kommen. John glaubt, dass nur Leute aus der Umgebung von Tübingen und Reutlingen in Frage kommen.“
„Wie ist der Nickname? Sag schon. Vielleicht sagt mir der Name etwas.“ Ich wurde ungeduldig.
„Er nennt sich avenger311.“
Ich hatte zuerst einmal ein Fragezeichen im Gesicht.
„Und weiß John nicht genauer, wo er herkommt?“
Sie zögerte. Sie war merklich nervös.
„Nicht ganz. Aber er ist sich fast sicher, dass der Typ irgendwo in Reutlingen sitzen muss“, sagte sie.
Ich war sprachlos. So nah. Das hatte ich nicht erwartet. Alles nimmt immer konkretere Formen an und es wird immer deutlicher, dass hier wirklich etwas im Busch ist.
„Was meinst du zu dem Nickname. Etwas pathetisch, meinst du nicht?“
„Ja“, sagte ich leise. Wie einfallslos, dachte ich. Avenger heißt Rächer. Also hatte hier wirklich irgendjemand etwas gegen mich. Und er brüstet sich auch noch als Rächer. Was für ein Spinner. Doch Spinner sind immer unberechenbar.
„Aber was bedeutet 311? Das muss doch irgendeinen Sinn haben“, fragte ich.
Wir blieben eine Zeit lang still. Jeder von uns beiden dachte nach.
„Viele nehmen den Geburtstag“, sagte Nelly.
„Aber ich glaube, dass die Zahlen etwas anderes bedeuten“, antwortete ich.

„Eine Hausnummer? Autonummer? Ein Autotyp? Du hast doch einen Peugeot. Hat der nicht so eine Typenbezeichnung. Vielleicht hast du mal jemandem die Vorfahrt genommen oder einen Parkplatz weggeschnappt. Deutsche können nachtragend sein." Nelly kicherte kurz.
„Das ist nicht witzig", sagte ich etwas zu heftig.
„Sorry", sagte sie nur. Und ihre Stimme klang etwas beleidigt.
„Ich habe einen 306. Und Peugeot hat keinen 311."
„Sorry. Ich habe keine Ahnung von Autos."
„Okay", nuschelte ich nun etwas kleinlaut vor mich hin.
„Wann hast du Geburtstag?", fragte sie mich. Sie gab den Gedanken nicht auf.
„Im März. Daher könnte die 3 kommen. Aber mit 11 hat mein Geburtstag überhaupt nichts zu tun."
„Kennst du jemand anderen, der am 3.11. oder 11.3. Geburtstag hat?", bohrte sie weiter.
Ich überlegte.
„Nein, nicht, dass ich wüsste. Aber vielleicht ist es ja kein Geburtstag, sondern irgendein anderer Tag„ an dem etwas passiert ist."
„Ja, du hast Recht." Ihre Stimme hatte sich sofort verändert. Wieder war Spannung und etwas Ungeduld zu hören. Sie fieberte regelrecht mit bei der Detektivarbeit.
Wieder war es still am Telefon.
„Dann gibt es zwei Möglichkeiten", sagte sie.
Ich wartete.
„Der 3. November oder der 31. Januar", folgerte sie.
„Oder der 11. März, wenn man die englische Schreibweise nimmt. Einen 1. 13. gibt es nicht." Ich dachte weiter nach. Aber je mehr ich mir das Hirn zermarterte, desto weniger kam ich der Lösung des Problems näher.
„Die Tage sagen mir rein gar nichts", sagte ich schließlich.
„Ich glaube immer noch, dass es etwas mit deinem Job zu tun hat."
„Aber was?"
„Kannst du nicht mal in alten Ausgaben deiner Zeitung nachsehen? Geh doch mal ins Archiv. Vielleicht findest du dort irgendeinen Anhaltspunkt. Irgendetwas, worüber du geschrieben hast im Januar, März oder November in den vergangenen Jahren."
„Es gibt noch eine andere Möglichkeit?"
„Und die wäre?"

„Wie jeder eitle Journalist sammle ich meine eigenen Artikel. Alles was ich in den letzten Jahren geschrieben habe, wird säuberlich ausgeschnitten, mit Datum versehen und irgendwo gestapelt. Vielleicht braucht man es ja mal für eine Bewerbung. Aber bewerben tut man sich doch nie. Die alten Sachen liegen dann irgendwo im Keller herum. Die neueren Artikel sind in meinem Arbeitszimmer oder noch im Computer."
„Gut. Das machen wir."
„Was machen wir?"
„Wir gehen deine alten Artikel durch."
Nun waren meine Gefühle zwiespältig. Einerseits stimmte mich die Aussicht, dass Nelly und ich uns bald wieder sehen, recht euphorisch. Auf der anderen Seite passte es mir nicht, dass sie die Handlung so fest in ihre Hände nahm. Aber ich hatte keine Zeit, zu reagieren.
„Du suchst alles raus. Und ich komme zu dir und gehe mit dir die Artikel durch. Vier Augen sehen mehr als zwei", sagte sie schnell.
„Okay. Wann hast du Zeit?"
„Wie wär's mit morgen Abend?"
„Ja. Wo sollen wir uns treffen?"
„Wieder bei dir", sagte sie ohne Umschweife.
„Wenn der Typ uns aber beobachtet?"
„Ich habe keine Angst", sagte sie bestimmt. „Außerdem sind alle Sachen bei dir. Willst du vielleicht alles zu mir schleppen oder gar in die Kneipe?"
Nein, da war ich mir sicher, wenn ich nur an die vielen hunderte alten, verstaubten und vergilbten Zeitungsausschnitte dachte, die sich in den vergangenen Jahren angesammelt hatten. Es war sicher das Beste, wenn sie zu mir kam. Ich überlegte, wie wir das am Unauffälligsten machen könnten.
„Ich hole dich in der Stadt ab. Und dann fahren wir so lange, bis wir sicher sind, dass uns niemand folgt. Erst dann fahren wir zusammen nach Hause zu mir", sagte ich.
„Das klingt ja richtig konspirativ. Und in deiner Straße parken wir dann ganz abseits und schauen uns dann vor dem Haus alle Autos an und notieren die Autonummern. Vielleicht ist ja eine aus Reutlingen darunter", sie wurde immer aufgeregter.
„Wir müssen wirklich vorsichtig sein." Mir war nicht wohl bei der ganzen Sache.
„Yes, I know." Auch Nelly wurde jetzt ernst.

„Warte vor der Stadtpost auf mich“, unterbrach ich sie.
„Gut. Wann?“
„Ich komme um acht vorbei.“
„Okay, Boss. Morgen um acht also, vor der Stadtpost. Und mache deine Hausaufgaben. Lege alle Artikel bereit“, sagte sie.
Dann hörte ich ein kurzes Klicken. Sie hatte aufgelegt. Und ich saß mit dem Hörer in der Hand vor meinem Telefon und starrte aus dem Fenster.
Es regnete wieder. Die Tropfen liefen an der Scheibe herunter. Das Wetter war noch unwirtlicher geworden.
Im Regen vor dem Haus parkte ein grauer Audi. An der Beifahrertür lehnte ein Mann. Er hielt etwas gegen sein Ohr. Es musste ein Handy sein.

14 Nach meinem letzten Umzug hatte ich Kiste auf Kiste in meinem Keller gestapelt. Alles Dinge, die ich einfach nicht wegwerfen wollte, die ich aber auch nicht mehr wirklich brauchte. Den ganzen Tag über stöberte ich nun die ehemaligen Verpackungen von Stereoanlage, Computer und DVD-Spieler durch, in die ich alle alten Artikel wild durcheinander verstaut hatte. Nur gut, dass ich keine Stauballergie habe.

Schließlich fand ich alle Artikel, die ich gesucht hatte. Ich steckte sie in eine weitere Kiste und schaute ratlos auf die vergilbten Papierschnipsel, die vor mir lagen. In den vergangenen Jahren habe ich doch eine Menge zusammengeschrieben. Wie viele Menschen hatten diese Artikel überhaupt gelesen? Hatte sie überhaupt jemand gelesen?

Nur kurz steckte ich in der Melancholie-Falle. Es gab Wichtigeres, als über alte Artikel zu sinnieren, die im Normalfall längst als Altpapier verwertet worden waren. Wahrscheinlich steckten sie schon in dem Recycling-Block, der auf meinem Schreibtisch lag. So ist der Weg alles Irdischen.

Aber irgendwo in dem verstaubten Stapel mit alten Artikeln verbarg sich vielleicht die Lösung meiner Probleme. Also galt es, keine Zeit zu verlieren.

Ich trug alles nach oben. Die ganzen Artikel waren natürlich nicht nach Zeit und Thema geordnet, sie waren überhaupt nicht geordnet. Die Schnipsel lagen thematisch wild durcheinander. Ich legte alles in mein Arbeitszimmer und ging erst einmal einkaufen. Meine staubtrockene Kehle hatte mich daran erinnert. Ich brauchte frische Getränke, vor allem Rotwein. Nelly sollte heute Abend nicht auf dem Trockenen sitzen. Und ich auch nicht.

Dann begann unsere verschwörerische Detektivarbeit. Am Nachmittag hatte ich mein Auto auf einen freien Parkplatz direkt vor meinem Haus abgestellt. Nun stand ich hinter der Haustür. Es war dunkel, nur die Straßenlaternen verbreiteten ein schmutzig orangefarbiges Licht. Ich hatte eine dunkle Regenjacke angezogen. Die Kapuze schob ich tief ins Gesicht.

Ich öffnete die Haustür und rannte los zu meinem Auto. Ich stieg ein, startete den Motor und raste in Richtung Innenstadt, ich bog mehrmals ab und beobachtete, ob mir ein Auto folgte. Als ich über die Südstadt schließlich das Zentrum erreicht hatte,

war ich mir sicher, mir ist niemand nachgefahren, und wenn, hat er mich im Tübinger Straßengewirr sicherlich verloren.
Pünktlich um acht Uhr hielt ich vor der Stadtpost. Nelly wartete schon ungeduldig und etwas verfroren. Sie stieg schnell ein und wir fuhren durch die engen Gassen der Altstadt. Dann suchten wir unseren Weg durch die Weststadt und den Schlossberg-Tunnel auf die Ausfallstraße Richtung Reutlingen. Die ganze Zeit beobachtete Nelly den Verkehr hinter uns. Als wir schließlich Lustnau erreicht hatten, parkte ich mehrere Straßen von meinem Haus entfernt. Ich gab Nelly einen meiner Haustürschlüssel. Sie sollte zuerst in das Haus gehen, denn mit einer Frau rechnete wohl niemand.
Ich schlich mich derweil im Schatten, den die Gartenhecken und Mauern auf den Bürgersteig warfen, die Straße entlang. Ich hatte einen kleinen Notizblock eingesteckt, auf den ich nun alle Autonummern aufschrieb, die nicht aus Tübingen waren, so wie es Nelly vorgeschlagen hatte. Vielleicht begegnete mir eine dieser Nummern später irgendwann wieder. Ich notierte drei Reutlinger Autonummern und eine Balinger Nummer an einem grauen Audi. In keinem der Fahrzeuge saß jemand. Ich glaubte auch, dass mich niemand bei meiner Detektiv-Tour gesehen hatte. Ich näherte mich vorsichtig meinem Haus und schlenderte scheinbar weiter. Dann änderte ich blitzschnell die Richtung und rannte zu meiner Haustür und war in Sekundenschnelle im Haus, denn Nelly hatte einen Keil in die Tür geschoben, so dass ich nicht aufschließen musste. Im Dunkeln tastete ich mich in den ersten Stock zu meiner Wohnung. Bei aller Aufregung kam ich mir aber auch irgendwie lächerlich vor. Meine Wohnungstür war angelehnt. Ich öffnete sie vorsichtig.
„Hallo“, kam es leise aus meiner Wohnung. Auch sie lag noch im Dunkeln. Nelly hatte absichtlich kein Licht gemacht. Sie saß auf einem Stuhl an meinem Esstisch.
„Nelly?“
„Ja. Wer sonst?“
Ich tastete mich vorsichtig zu ihr.
„Wir sollten kein Licht machen. Das macht alles noch spannender“, sagte sie und drückte dabei meinen Arm. Ein schönes Gefühl, von dem ich mich jetzt aber leider losreißen musste.
„Okay. Ich hole den Wein und die Gläser und wir gehen in mein Arbeitszimmer.“

„I follow you, Philip Marlowe", sagte Nelly. Sie konnte ein Kichern kaum unterdrücken. Nelly betrachtete wohl alles noch immer mit einer gewissen Unbekümmertheit. Die Gefahr, in der wir uns befanden, spürte sie nicht oder wollte sie nicht spüren.
Ich brachte eine Kerze mit. Ihr Licht machte unsere Detektivarbeit richtig romantisch. Allerdings hatte ich mir ein Rendezvous mit Nelly bei Kerzenlicht anders vorgestellt, als vergilbte Artikel im Halbdunkel auf der Suche nach einem Mörder zu durchstöbern.
Ich schaltete meinen Laptop an und legte die CD-ROM mit den Daten ein, die ich von meinem PC heruntergeladen hatte. Wir gingen die einzelnen Verzeichnisse durch. Es ging alles recht schnell, da wir nur nach bestimmten Monaten, in denen die Artikel geschrieben worden waren, suchten.
Schließlich wandten wir uns den staubigen Kartons zu. Die einzelnen Zeitungsausschnitte waren zwar nicht geordnet, lagen aber in einer gewissen zeitlichen Reihenfolge übereinander.
Das trübe Licht, das der Computer verbreitete, und die Kerze machten es uns möglich, die alten Artikel nach dem Datum durchzugehen. Wir saßen eng beieinander, fast bei jeder Bewegung berührten wir uns.
„My God, hast du viel geschrieben", sagte Nelly.
„Ich bin ja auch schon ziemlich alt", wollte ich sagen, aber diese Bemerkung unterdrückte ich lieber.
Schließlich hatten wir alle Artikel nach dem Datum kontrolliert. Ein Stapel für Januar, ein Stapel für März, einen für November.
Danach ging alles viel schneller, als ich erwartete hatte. Es blieben nicht viele Artikel übrig, die auch nur im Entferntesten irgendwie kritisch gewesen waren. Das meiste war wirklich völlig harmlos. Von investigativem Journalismus keine Spur. Ein Provinzschreiberling war ich. Der Rückblick war deprimierend. Hier lag meine Vergangenheit und die hatte fast nur Oberflächliches zu Tage gebracht. Journalistische Fließbandarbeit.
Schließlich hatten wir fünf Artikel aussortiert, die zu den gesuchten Monaten und Tagen passten. In einem hatte ich das Verhalten der Oberbürgermeisterin kritisiert. Ich erinnerte mich, dass sie ziemlich sauer auf mich gewesen war und sich deshalb auch in der Redaktion über mich beschwert hatte. In

einem zweiten Artikel hatte ich über Drogendealer berichtet, die Heroin aus Holland eingeführt, sich dabei aber so dämlich angestellt hatten, dass sie schnell in Reutlingen von der Polizei geschnappt worden waren. Auf die Spur der Dealer waren die Ermittler durch Zufall gekommen. Eine Kurierfahrerin, die den Stoff nach Reutlingen bringen sollte, war mit dem Wagen unterwegs liegen geblieben. Die Autobahnpolizei wollte ihr nur helfen, entdeckte aber sofort das Rauschgift, das zwar gut verschweißt, aber völlig offen im Kofferraum der Frau gelegen hatte. Die Handschellen klickten gleich auf der Autobahn und kurze Zeit später auch in Reutlingen.
Der dritte Artikel berichtete von einem prominenten Reutlinger, der einmal bei Boss in Metzingen ein Jackett geklaut hatte und deshalb vor Gericht gelandet war. Der vierte Artikel war ein etwas ironischer Kommentar über eine Gemeinderatssitzung, der einige der Bürgervertreter recht dämlich dastehen ließ. Der fünfte wog schwerer in meinen Händen. Es war die Theaterkritik über Bernd Königs ersten Inszenierungsversuch. Und diese Kritik war doch schlechter ausgefallen, als ich sie in Erinnerung gehabt hatte.
„Vielleicht haben wir hier die Lösung des Falles“, meinte Nelly aufgeregt und schaute auf den kleinen Papierstapel, der vor ihr lag.
Wir gingen nochmals alle fünf Artikel durch.
„Was jetzt?“, fragte ich.
Wir schauten uns stumm im Kerzenlicht an. Und ich zählte wieder ihre Sommersprossen.
„Überleg mal, was nach den Artikeln passierte“, sagte Nelly plötzlich.
Ich zuckte mit den Schultern.
„Das meiste liegt so lange zurück, ich kann mich nur noch an Bruchstücke erinnern.“
„Versuch's. Vielleicht gibt es irgendetwas, das uns einen Hinweis geben könnte. Lass uns einfach noch einmal alles durchgehen. Möglicherweise haben wir etwas in den Artikeln übersehen.“
Das hieß, wir arbeiteten die ganzen Zeitungsausschnitte erneut durch. Wir verbissen uns noch einmal in den Staub und die zahllosen Berichte. Aber wir fanden nichts Brauchbares.
„Lass uns jetzt jeden der fünf Artikel genauer ansehen“, meinte Nelly.

Ich hielt den ersten Zeitungsausschnitt in der Hand und betrachtete ihn im Kerzenlicht.
„Hattest du nach dem Bericht Ärger mit der Oberbürgermeisterin?“
„Und ob. Sie war ziemlich sauer auf mich gewesen. Hat mich eine Zeit lang geschnitten. Das hat sich aber nach einigen Monaten wieder gelegt. Sie ist ja auch einiges gewöhnt bei diesem Gemeinderat. Der geht häufig nicht gerade zart mit ihr um. Ich hatte später eigentlich wieder ein ganz normales Verhältnis zu ihr, soweit ich mich erinnern kann. “
Nelly legte den Artikel beiseite.
„Okay, der nächste. Waren die Dealer auf dich sauer?“
„Kann sein. Ich habe sie seinerzeit ziemlich durch den Kakao gezogen und viele Details der Geschichte veröffentlicht. Aber ich glaube, sie haben damals, bis auf die Quelle in Holland, alle Hauptfiguren gefasst und für vier Jahre eingesperrt. Ich habe aber gehört, dass sie den Holländer später gefunden und auch hinter Schloss und Riegel gesetzt haben. Es hat wohl einen Tipp aus der Szene gegeben.“
„Wann war die Gerichtsverhandlung? Lass uns nachschauen.“
„Vor knapp vier Jahren.“
Ich sah Nelly an.
„Wenn die Dealer ihre Haftstrafe voll abgesessen haben, sind sie wahrscheinlich vor kurzem erst aus dem Gefängnis herausgekommen“, sagte ich.
„Das wäre eine Möglichkeit“, sagte sie leise.
„Aber wenn sie sauer sind, dann doch auf die Richter oder die Polizei. Nicht auf mich.“
„Lass uns den Artikel noch einmal lesen“, sagte Nelly
Wir steckten die Köpfe zusammen und überflogen noch einmal die 90 Zeilen. Nichts kam uns so ungewöhnlich vor, dass jemand deshalb den Tod bringenden Racheengel spielen könnte. Trotzdem behielten wir den Artikel über die Drogendealer vorerst in unserer Auswahl.
Nelly griff sich den nächsten Artikel.
„Was passierte mit dem diebischen Promi aus Reutlingen.“
Ich überlegte. Mir fiel ein, dass es durchaus Ärger gegeben hatte. Der Mann, ein früher in Reutlingen sehr bekannter Sportler, hatte sich erst bei mir, dann beim Lokalchef und schließlich beim Verleger beschwert. Es ist ihm sauer aufgestoßen, dass wir seinen vollen Namen in dem Artikel genannt hatten. Allerdings

war ich auf der sicheren Seite. Ich hatte mich mit dem Chef der Lokalredaktion abgesprochen, hatte sogar meine Bedenken geäußert, dass es kritisch sein könnte, wenn wir den Namen nennen. Doch der hatte nur geantwortet, dass der Sportler eine Person der Zeitgeschichte sei und man deshalb den Namen nennen könne. So konnte ich die Verantwortung bequem abwälzen und war fein aus der Geschichte heraus.
„Danach habe ich nie wieder etwas von dem Typen gehört", sagte ich zu Nelly, nachdem ich ihr die ganze Geschichte erzählt hatte.
„Trotzdem sollten wir ihn in der Auswahl lassen."
„Okay", sagte ich kurz.
„Der Kommentar, was ist mit dem?"
Es ging um ein Baugebiet in einem Dorf. Ich hatte dabei zwischen den Zeilen die Frage durchblicken lassen, ob nicht eine Hand die andere wäscht, wenn neue Baugebiete ausgewiesen werden und ganz zufällig einige Gemeinderäte in diesem Gebiet Grundstücke haben und ihre alten Äcker so für teures Geld verkaufen können. Allerdings hatte ich nur sachte an der Oberfläche gekratzt. Ein, zwei Räte fühlten sich damals schon auf den Schlips getreten. Ich erntete ernste und beleidigte Gesichter, aber der Ärger war schnell verraucht, weil es danach fast nur noch Positives über den Gemeinderat zu berichten gegeben hatte. Ich war jedenfalls nach einiger Zeit mit allen wieder recht gut ausgekommen.
Nelly hörte sich meine Geschichte genau an.
„Ich glaube nicht, dass dies für einen Mord ausreicht", sagte ich.
Nelly zögerte, dann legte sie den Artikel doch beiseite.
„Aber wir behalten ihn im Hinterkopf, ja?", fügte sie leise hinzu.
„Okay."
„Und nun die Theaterkritik."
„Ich weiß, dass Theaterleute sich manchmal wie Primadonnen aufführen und sehr empfindlich sind, was Kritik angeht. Ich habe selbst lange genug an der Uni Theater gespielt. Eine miese Kritik trifft einen schon hart. Auch ich hatte das manchmal erfahren müssen. Man hat sich so viel Mühe gegeben und dann kommt so ein Schreiberling daher, der nach Ansicht von Schauspielern und Regisseuren ja sowieso keine Ahnung von Theater hat und der nur neidisch ist, weil er es selbst nicht

auf die Bühne geschafft hat, und der macht dann mit einem Federstrich alles zunichte. Der Schritt auf die Bühne, in die Öffentlichkeit praktisch, der macht einen schon sehr verletzlich. Aber jemanden wegen einer Kritik umbringen, das konnte ich mir nicht vorstellen."

„Man weiß nie, wie tief jemand verletzt ist", sagte Nelly.

Ich hatte einmal an der Landesbühne in Esslingen eine Diskussion mit einem englischen Autor und seiner Regisseurin nach einer Aufführung erlebt. Beide waren dermaßen über die Kritiker hergezogen, dass man sah, wie tief ihr Hass auf die so genannten „Nichtskönner", die mal wieder gar nichts verstanden hatten, in ihnen bohrte. Es war ein unqualifizierter Rundumschlag gewesen. Sie mussten sich damals wohl den Frust von der Seele reden, weil sie schon einige schlechte Erfahrungen gemacht hatten. Ich war allerdings meist sehr vorsichtig mit Kritiken umgegangen und hatte nie jemanden persönlich angegriffen, auch wenn manche Aufführungen wirklich schlecht gewesen waren. Aber es gibt sehr empfindliche Seelen. Und Bernd König war so eine. „Okay, lassen wir ihn drin in unserer Auswahl", gab ich ihr Recht.

„Jetzt haben wir also drei Verdächtige", sagte ich.

„Dreieinhalb. Denk an den Kommentar", fiel sie mir ins Wort.

„Ja, ja." Aber in meinen Gedanken hatte ich den Kommentar schon aussortiert. Das sagte mir mein Gefühl, hier war ich mir sicher.

„Wie gehen wir weiter vor, Marlowe", fuhr Nelly etwas spitz fort.

„Jetzt trinken wir erst einmal ein Glas Wein", sagte ich.

„Überredet."

Ich schenkte den Dornfelder ein, den ich im Weinmarkt gekauft hatte. Wir stießen die Gläser an und schauten uns einen Augenblick zu lange an für zwei normale Bekannte.

Draußen hörte man das Rauschen der Bäume. Es war Wind aufgekommen. Der Vorbote des Regens. Den Tag über war es trocken geblieben, doch dunkle Wolken, die ständig am Himmel aufzogen, hatten die Hoffnung auf ein bisschen Sonnenschein schnell zunichte gemacht.

Im Hintergrund lief leise Irish Folk. Eine zarte romantische Stimme sang von dem Liebsten, der sich irgendwohin davongemacht hatte. Und die Sängerin schmachtete ihm hinterher. Und ich schmachtete in meinen Augen Nelly hinterher. Die

Kerze flackerte und spiegelte das rötliche Licht des Weines auf der Wand neben uns wider.
„Wie gehen wir jetzt weiter vor?“, fragte Nelly diesmal noch etwas bestimmter und riss mich damit unsanft aus meinen Träumen.
„Ich weiß nicht“, stammelte ich.
„Hallo, bist du überhaupt noch hier?“, fragte sie mich und lächelte mich an.
Und wie ich noch hier bin. Direkt vor ihr. Merkt sie denn gar nichts?
Sie schaute etwas verlegen nach unten. Aber das war's.
Ich war wieder auf die Erde zurückgekehrt.
Ich nahm das Glas Rotwein in die Hand, schaute auf den Inhalt und begann mit meinen Überlegungen so, als ob ich meine nächsten Schritte aus dem Wein gelesen hätte.
„Ich frage den Rechtsanwalt, der die Dealer damals vor Gericht verteidigt hat, ob er weiß, was aus den Typen geworden ist. Vielleicht höre ich aus seinen Worten irgendetwas heraus, ob die Dealer sich damals über meine Berichte geärgert hatten oder sich vielleicht immer noch ärgern.“
„Right.“ Diesmal war sie einsilbig.
„Ich erkundige mich in der Lokalredaktion nach dem trinkfreudigen Sportler.“
„Right.“ Sie reagierte wie eine Lehrerin, die ihren Schüler abfragt.
„Und wir treffen uns mit dem Theatermann in einer Kneipe und fühlen ihm auf den Zahn. Ich will auch irgendwie mithelfen“, fügte Nelly schnell hinzu.
„Okay. Ich rufe ihn an. Er will sicher etwas über Vanessa wissen. Ich muss ihn mit irgendetwas Neuem locken. Wann hast du Zeit?“
„Immer“, sagte Nelly und strahlte mich an.
„Ich rufe dich an, wenn ich mit ihm gesprochen habe.
„Und ich werde mit John reden, ob er noch etwas herausgefunden hat. Ich bringe dir auch deinen Computer das nächste Mal zurück, vorausgesetzt, John hat alle Trojaner beseitigt.“
Wir tranken unsere Gläser aus.
Inzwischen hatte der Regen eingesetzt. Es war ungemütlich draußen geworden. Die Regentropfen schlugen jetzt hart gegen die Fensterscheiben.
„Jetzt wird's aber höchste Zeit, dass ich nach Hause komme“,

sagte Nelly gerade in dem Augenblick, als ich fragen wollte, ob sie nicht noch ein Glas Wein mit mir trinken möchte.
„Schade“, dachte ich, sagte es aber nicht.
Wir gingen vor der Heimfahrt wieder genauso verschwörerisch vor. Draußen war kein Mensch zu sehen. Kein Wunder bei diesem Wetter. Wir standen noch einige Minuten im Hausflur und schauten in den Regen. Als er etwas nachgelassen hatte, rannten wir aus dem Dunkel zu meinem Auto und ich raste los. Niemand folgte uns.
Ich brachte sie bis vor die Haustür. Jetzt wusste ich, wo sie wohnte und musste das nächste Mal nicht mehr ziellos durch die Gegend fahren. Und das ist gut so, dachte ich.
„Irgendwie macht mir die ganze Sache richtig Spaß“, sagte Nelly etwas leichtsinnig zum Schluss, als sie aus meinem Wagen ausstieg. Sie wusste zu diesem Zeitpunkt noch nicht, was alles noch auf uns wartete. Sicher hätte sie es dann nicht gesagt.
Ich schaute ihr nach, wie sie in der Dunkelheit verschwand. Ich fuhr wieder nach Hause. Niemand war mir gefolgt. Glaubte ich jedenfalls.

# 15

In den nächsten Tagen überschlugen sich die Ereignisse. Ich rief als Erstes den Rechtsanwalt an, der einen der Drogendealer verteidigt hatte. Ich gab vor, einen Bericht über ehemalige Gefängnisinsassen schreiben zu wollen, darüber ob sie im Leben nach dem Knast wieder Fuß fassen können. Das Gespräch brachte mich nicht viel weiter. Sein Mandant sei eigentlich recht harmlos gewesen, kein Profi, nur durch eigenen Blödsinn in die ganze Sache hineingerutscht, meinte der Rechtsanwalt.

„Der hat noch niemandem etwas zu Leid getan", erklärte er.

Ich hörte aufmerksam zu.

„Er wollte nur auf die schnelle Tour Geld verdienen. Die dicke Kohle und der Stoff haben ihm den Verstand vernebelt."

Jetzt sei der Mann wieder bei seiner Familie und dort in guten Händen.

„Der stellt sicher nichts mehr an." Schon gar nicht, weil er nach der verkürzten Haftstrafe noch unter Bewährung stehe.

„Und der Komplize?", fragte ich.

„Bei dem klappt's wohl nicht so recht. Er ist ziemlich labil. Das dauert nicht lange, dann rutscht der wieder in die Szene ab. Sein Problem ist, er hat sich früher auch selbst gespritzt. Heroin. Und wenn man einmal an der Nadel hängt, kommt man nicht mehr weg davon. Nur die wenigsten schaffen es. Das ist wie beim Alkohol. Da darfst du keinen Tropfen mehr trinken, da bist du ein Leben lang krank."

Aus dem ganzen Gespräch mit dem Rechtsanwalt hörte ich nichts heraus, das auf einen Hass auf die Presse schließen ließe. Keiner der beiden Dealer hatte wohl irgendetwas über kritische Artikel oder Journalisten gesagt.

„Diese Spur verläuft im Sand", sagte ich leise zu mir.

Als Nächstes versuchte ich Bernd König zu erreichen. Es meldete sich aber nur sein Anrufbeantworter. Ich hinterließ die Nachricht, dass ich ihn gerne treffen möchte, um ihn etwas aufzumuntern, und fragte ihn, ob er Samstagabend Zeit habe, ins Theaterlokal zu kommen.

Nun kam Punkt drei. Ich rief in der Lokalredaktion meiner Zeitung an. Dort wusste allerdings niemand so recht, was aus Bruno Bender geworden war. Nur so viel erfuhr ich: Er war als Motorradrennfahrer ein Draufgänger gewesen. Ein Star nicht nur in der Region. In der 250er-Klasse nahm er viele Jahre recht erfolgreich an Grand-Prix-Rennen teil. Sammelte fleißig

WM-Punkte, nur zum Weltmeister hat es nie ganz gereicht. Einmal fehlten ihm nur ein paar Punkte in der Endabrechnung. Offensichtlich hatte er in der Vergangenheit mit seinen Rennen und auch mit Werbung eine Menge Geld verdient. Und vor vielen Jahren hatte er sich auch einmal mit einer kleinen Firma, in der sich alles um Motorräder drehte, ein zweites Standbein geschaffen.
„Keine Ahnung, was aus ihm geworden ist. Hab' lange nichts mehr von ihm gehört", sagte der Lokalchef.
„Gibt's jemanden, der mehr über ihn weiß", fragte ich.
„Frag mal in der Sportredaktion nach." Das Gespräch war schnell wieder beendet.
In der Sportredaktion kam ich auch nicht viel weiter. Bender sei wohl irgendwann abgesackt und von der Bildfläche verschwunden. Das viele Geld, das er verdient hatte, habe ihm nicht viel Glück gebracht. Viel mehr wusste der Sportchef auch nicht. Aber ich erhielt eine Adresse. Eine Kneipe beim Bahnhof in Reutlingen. Dort sollte ich beim Wirt nachfragen. Der sei früher ein Freund von Bender gewesen. Dort in der Kneipe habe man auch immer den Rennfahrer getroffen. Vielleicht zu oft.
Ich schaute auf die Uhr. Es war erst halb acht am Abend. Ich stand auf und zog mir eine Jacke an. Ich beschloss in die Kneipe nach Reutlingen zu fahren.
Als ich zur Haustür kam, ging ich zum Briefkasten. Ich hatte heute morgen völlig vergessen, nach meiner Post zu schauen. Ich öffnete die Klapptür und zog drei Briefe heraus. Zwei waren Werbung, wie ich auf den ersten Blick erkannte und der dritte kam wieder einmal vom Finanzamt. Sicher wieder eine Aufforderung, meine Umsatzsteuer zu bezahlen. Alle drei Monate musste ich dem Finanzamt etwas vorauszahlen. Ich erfand immer irgendeinen Betrag, weil ich keine Lust hatte, mich hinzusetzen und die genaue Umsatzsteuer auszurechnen. Meist lag ich bei der Höhe der Summe in etwa richtig. Das Finanzamt hatte sich jedenfalls bisher nicht beschwert.
Ich wollte mich aber mit dem Brief nicht unnötig belasten und öffnete ihn deshalb nicht.
„Ich brauche meine Konzentration für andere Dinge", dachte ich.
Als ich gerade die Briefe wieder zurücklegen wollte, fiel ein Zettel heraus, der wohl zwischen den Briefen gesteckt hatte.

Ich hob ihn auf, faltete ihn auseinander und starrte ihn an.
In Computerschrift stand dort:
„Schreib endlich deine Geschichte weiter, sonst schreibe ich sie für dich. Willst du das?"
Mehr stand nicht auf dem Zettel. Auf der Vorderseite. Ich drehte das Blatt um und ein Schauer lief über meinen Rücken. Auf der Rückseite des Zettels entdeckte ich einen weiteren Text. Und der kam mir bekannt vor. Es handelte sich um einen Faxausdruck, den ich vor ein paar Tagen erhalten hatte. Es war die Einladung für einen Pressetermin, die mir Micha Becker vor ein paar Tagen gefaxt hatte. Ich hatte sie neben meinen Computer gelegt, damit ich den Termin nicht vergesse. Aber wieso lag dieses Blatt nun in meinem Briefkasten?
Plötzlich fiel es mir siedend heiß ein. Was hatte der anonyme Anrufer damals am Telefon gesagt? Er hatte doch behauptet, meine Geschichte weitergeschrieben zu haben. Ich hatte die Bemerkung des Anrufers nach dem Schock mit Vanessa völlig vergessen.
Jetzt war mir endgültig klar: Der Kerl musste irgendwann in meiner Wohnung gewesen sein. Und meinen Computer benutzt haben, um seine unverfrorene Aufforderung zu schreiben. Plötzlich wurde es mir ganz schwummrig. Ich stürzte in meine Wohnung zurück, setzte mich an meinen Schreibtisch und warf meinen Laptop an.
Ich hatte doch eine Sicherungskopie der Daten auf meinem PC auf CD-ROMs gezogen und sie auf meinen Laptop übertragen. Darunter war meine Krimigeschichte. Allerdings hatte ich die letzte Zeit keine Lust mehr gehabt, weiterzuschreiben. Die ganze Geschichte war mir so an die Nerven gegangen, dass ich mich nicht mehr richtig konzentrieren konnte.
Ich rief mein Textprogramm auf und schaute mir die Zeilen an, die ich geschrieben hatte. Ich sprang sofort zu der Stelle, an der ich Vanessa in die Geschichte eingewoben hatte. Hier war er, der Überfall im Parkhaus. Ich hielt meinen Finger an diese Stelle auf dem Bildschirm. Doch der Text hörte dort nicht auf. Er ging weiter. Das konnte doch nicht sein! Ich hatte ihn damals nicht weitergeschrieben, zumindest nicht so. Oder doch? Litt ich an Gedächtnisverlust? Nein, ich war mir sicher, er musste es gewesen sein. Er hatte tatsächlich meinen Text weitergeschrieben, so wie er Vanessa überfallen hatte.
Ich ließ plötzlich einen lauten Schrei los. Mein Herz klopfte mir

bis zum Hals. Angst zog durch meinen ganzen Körper, meine Hände zitterten. Doch gleichzeitig packte mich eine große Wut. Ich nahm alles, was ich auf meinem Schreibtisch fand, und warf es wild durch die Gegend. Die vielen Blätter wirbelten durchs Zimmer und segelten dann langsam auf den Boden. Ich sprang auf mein Sofa, das in meinem Arbeitszimmer stand, schrie in ein Kissen und hämmerte auf die Lehne. Schweißperlen liefen mir über die Stirn. Das Atmen fiel mir schwer. Ich sprang vom Sofa auf, lief aufgeregt durchs Zimmer, setzte mich wieder einen Augenblick, um danach sofort wieder meine Runden zu drehen.

„Was passiert hier mit mir?", schrie ich laut.

Ich drohte, nun völlig durchzudrehen. Mein Atem ging immer schwerer.

In meinem Kopf purzelte alles wild durcheinander. Wieder wurde ich unsicher. Hatte ich die Zeilen etwa doch selbst geschrieben und kann mich oder will mich nun nicht mehr erinnern? War ich plötzlich verrückt geworden, vielleicht unberechenbar, auch für mich selbst? Oder gibt es wirklich jemanden, der völlig in mein Leben eingedrungen ist und gerade dabei ist, es auch völlig zu übernehmen. Er schreibt meine Geschichte weiter. Er schreibt mein Leben weiter. Er nistet sich in meinem Kopf ein. Er ist ich oder ich bin er.

Ich lag wieder erschöpft auf meinem Sofa. Ich zog mich langsam hoch, meine Beine und Arme fühlten sich wie Blei an. Ich taumelte zu meinem Schrank und packte alles zusammen. Ich bleibe heute Nacht nicht hier.

In meine Gedanken hinein klingelte wieder das Telefon.

Ich riss den Hörer von der Gabel. Gerade als ich losbrüllen wollte, meldete sich eine Stimme, die ich kannte. Es war Pit, mein studierter Freund aus Heidelberg.

„Hi, Luke. Wie läuft's?" fragte er.

„Hi", stammelte ich nur kurz.

„Ich bin gerade in Tübingen, können wir uns treffen?"

Aber wieso. Mir fiel plötzlich ein, Pit sollte doch gerade in London auf der Tagung sein und viel schlaues Zeug von sich geben. Und jetzt war er hier in Tübingen.

„Was machst du hier?", fragte ich Pit.

„Was meinst du?"

„Ich dachte, du wärst in London?"

„In London?"

„Auf der Shakespeare-Konferenz, von der du mir erzählt hast, als du das letzte Mal hier warst. Erinnerst du dich nicht?"
„Wie? Ach so, ja." Es entstand eine kurze Pause am Telefon, dann fuhr Pit fort. „Nein, bin ich nicht. Es war mir doch zu viel. Ich muss noch die Aufgaben für einige Prüfungskandidaten vorbereiten. Da hatte ich keine Zeit. Das wäre alles zu aufwendig geworden. Ich musste auch noch einmal nach Tübingen, ein wichtiges Gespräch unter Kollegen, wenn du weißt, was ich meine."
Ich wusste gar nichts. Pit würde doch nicht so einfach eine Konferenz sausen lassen. Dafür war er viel zu ehrgeizig. Sehen und gesehen werden, war seine Losung. Deshalb reiste er doch fast zu jeder Konferenz, die irgendwo in Europa stattfand. Nur so konnte man am besten Kontakte zu wichtigen Personen knüpfen, die einem helfen konnten, die Uni-Karriereleiter ein paar Stufen hinaufzuklettern.
„Ja, ja", sagte ich nur. Ich war verunsichert. Doch Pit bemerkte es offensichtlich nicht.
„Nun, was ist? Treffen wir uns nachher? Mich interessiert, ob du an deiner Geschichte weitergeschrieben hast."
Wie war das? So etwas Ähnliches hatte doch auch auf dem Zettel gestanden, oder? Jetzt war ich völlig verwirrt. Ich versuchte, mich zusammenzureißen. Lass die Gedanken gar nicht erst aufkommen, sagte ich mir. Pit war mein Freund. Und Freunde tun sich nichts Böses. Ich kannte ihn schon so lange. Langsam fange ich wirklich an zu spinnen und sehe hinter jedem Gesicht einen Mörder.
Ich wurde wieder ruhiger. Doch im gleichen Augenblick wurde mir wieder meine Situation bewusst. In dieser Wohnung wollte ich nicht mehr bleiben. Auch nicht mit Pit.
„Hast du nun Zeit?", bohrte Pit weiter.
„Nein, habe ich nicht", sagte ich nur.
„Nun komm, lass uns ein Bier trinken gehen."
„Ja, gut, aber erst später. Ich muss noch etwas erledigen. Sollen wir uns im Pub bei der Uni treffen?", schlug ich vor.
„Okay."
Wir machten eine Uhrzeit aus und beendeten das Gespräch. Ich griff nach meiner Tasche, hastete aus meiner Wohnung, stieg in mein Auto und fuhr zum nächsten Hotel am Rande des Zentrums von Tübingen. Dort checkte ich ein für eine Nacht. Von meinem Hotelzimmer aus rief ich Nelly an. Sie war nicht

zu Hause. Ich sprach ihr auf den Anrufbeantworter, dass sie mich ab sofort nur noch unter meinem Handy erreichen kann. Dann setzte ich mich an die Hotelbar und trank einen Whiskey. Ich hielt es auch hier nicht aus. Es war doch noch etwas Zeit, bis ich Pit treffen wollte. Ich konnte nicht nur untätig hier herumsitzen, ich musste etwas unternehmen. Ich holte meine Schlüssel und verließ das Hotel.
Mit dem Auto fuhr ich nach Reutlingen. Ich stellte meinen Wagen am Bahnhof ab. Ich musste etwas unternehmen, recherchieren, das ist doch meine Stärke, und zwar schnell. Ich musste allen Spuren nachgehen, um mich von mir selbst abzulenken. Vielleicht stoße ich ja auf etwas. Ich suchte die Kneipe, in der Bender früher öfters gewesen sein soll.
Die Temperaturen draußen waren inzwischen mächtig gesunken. Dazu wehte ein kalter Wind. Ich zog meine Jacke fest zusammen und schlug den Kragen hoch. Als ich gerade in die Kneipe gehen wollte, vibrierte mein Handy. Ich griff in meine Hosentasche und holte es heraus.
Es war Nelly. Sie wollte wissen, was los war. Ich erzählte ihr alles und fragte sie auch, ob sie am Samstagabend ins Theaterlokal kommen könne.
„Klar. Ich bin schon so gespannt“, sagte sie. Dann legte sie auf.
Ich ging in die Kneipe. Sie bestand in erster Linie aus einer langen, dunkelbraunen Theke. An den Fenstern gab es noch eine kleine Tischreihe mit Stühlen. Über drei Stufen kam man zu einem kleinen Bereich mit mehreren Tischen.
Ich setzte mich an den Tresen und bestellte ein Bier.
Hinter der Bar stand ein etwas korpulenter Mann, der über seiner Hose eine Schürze trug und der die Enden seiner Hemdsärmel nach oben geschoben hatte. In regelmäßigen Abständen zog er den Zapfhahn nach unten, um ein Pilsglas aufzufüllen.
Ich versuchte, mit dem Mann ins Gespräch zu kommen. Vielleicht hatte ich Glück und fand etwas über Bruno Bender heraus. Ich fing mit Belanglosigkeiten an, mit Fußball, und gleich landeten wir in dem finanziellen Tief, in dem der SSV gerade steckte. Der Absturz von der Zweiten Bundesliga in die Oberliga, dann der glorreiche Aufstieg in die Regionalliga und der Streit um den Schuldenerlass der Stadt gab immer genügend Gesprächsstoff her. Er stieg voll darauf ein.

Dann schwindelte ich großes Interesse an Motorrädern vor. Eigentlich habe ich mich nie besonders für diese Art der Fortbewegung interessiert. War mir einfach zu gefährlich. Höchstens früher im Kino, in den Siebzigern bei Easy Rider, da waren Motorräder für mich cool.
Ich kratzte alle meine Kenntnisse über die Feuerstühle zusammen. Schließlich gelang es mir, die Aufmerksamkeit auf Bender und seine Erfolge zu lenken. Ich hatte Glück und landete einen Volltreffer. Es war wohl tatsächlich der alte Kumpel von Bender. Und offensichtlich musste alles aus ihm heraus. Er hörte gar nicht auf zu erzählen.
„Früher waren wir dicke Kumpel gewesen", begann er.
Ich nickte aufmunternd.
„Ich hab fast jedes Rennen von ihm in Deutschland gesehen. Bin sogar manchmal nach Italien oder Österreich gefahren. Und wenn er in Reutlingen war, kam er fast jeden Abend zu mir in die Kneipe."
Dann folgten ausführliche Erzählungen über die Rennen. Man hatte fast das Gefühl, mitzufahren.
Zwischendurch bediente er die anderen Gäste, die sich ebenfalls an den Tresen gesetzt hatten. Ein etwas dicklicher Mann mit Doppelkinn und einem Weizenbier vor der Nase, der Bender offensichtlich auch gekannt hatte, mischte sich ab und zu ins Gespräch mit ein.
Sie erzählten von den Erfolgen, von den prekären Situationen, in die Bender während der Rennen gekommen war und wie oft er unfreiwillig von seiner Maschine abgestiegen war.
„Was ist denn eigentlich aus ihm geworden", unterbrach ich sie schließlich.
Plötzlich herrschte Stille. Beide schauten mich stumm an.
„Eine traurige Geschichte", erzählte der Wirt und der Dicke nickte.
„Was ist passiert?" Ich wurde neugierig.
„Ich weiß eigentlich nichts Genaues. Aber er ist völlig abgesackt. Ich habe gehört, er investierte in Immobilien im Osten und ist dabei kräftig auf die Nase gefallen. Er war fast Pleite. Seine Frau hat ihn, glaube ich, auch verlassen. Danach war er lange verschwunden."
„Soll im Ausland untergetaucht sein", mischte sich der Dicke ein.
„Jemand hat mir aber gesagt, er habe ihn vor kurzem wieder in Reutlingen gesehen", sagte der Wirt.

„Das kann nicht sein, das wüsste ich“, meinte der Dicke. Ein kleiner Disput ging los, wer besser informiert sei. Offenbar ein Wettbewerb, wer das beste Tratschweib am Ort war.
„Wann ist er denn abgetaucht damals“, fragte ich schnell, um das Thema wieder in normale Bahnen zu lenken.
„Ich glaube, vor vier, fünf Jahren. Er hatte damals eine Gerichtsverhandlung, weil er bei Boss einen feinen Zwirn geklaut haben soll. Eigentlich unverständlich, er hatte doch genug Geld. Ein Detektiv hat ihn damals offensichtlich beim Klauen erwischt und ihn gleich bei der Polizei abgeliefert. Die hat ihm dann tief in die Augen geschaut und gemerkt, dass er wohl auch Kokain intus hatte. Es ging zudem lange das Gerücht um, jemand aus seinem Umfeld habe der Polizei einen Tipp gegeben, dass Bender Rauschgift schnupft.“ Der Dicke nahm einen kräftigen Schluck aus seinem Weizenbierglas und nickte missmutig mit dem Kopf.
Ich wurde hellhörig. War das mein Mann? Ich hatte ja damals über diese Gerichtsverhandlung geschrieben und seinen vollen Namen genannt.
„Habt ihr den Artikel damals gelesen, der im Lokalblatt stand?“, fragte ich plötzlich und versuchte dabei, so normal wie möglich zu klingen.
„Nein, aber ich weiß, dass er sich mächtig darüber aufgeregt hat, weil ihn der blöde Schreiberling mit vollem Namen genannt hat. Soviel ich weiß, hat er sich auch beschwert, aber keinen Erfolg gehabt.“
„Diese Schmierfinken können doch schreiben, was sie wollen. Die kommen doch immer davon. Man sollte ihnen mal ab und zu auf die Finger klopfen. So ganz freundschaftlich.“ Beim letzten Satz fing er gehässig zu lachen an.
„Ja, genau“, stimmte der Wirt mit ein. Und ich wurde auf meinem Sitz immer kleiner und fing jetzt mächtig an zu schwitzen, was eigentlich normalerweise die Angelegenheit des Dicken gewesen war. Der hatte inzwischen sein Weizenbier ausgetrunken und hielt es seinem Kumpel hin. Dazu reckte er den Daumen der anderen Hand in Höhe, was so viel bedeutete wie: noch eins. Der Wirt hatte schon verstanden und holte bereits die nächste Flasche aus dem Kühlschrank.
In diese Diskussion über Journalisten mischte ich mich besser nicht ein. Ich mache mich jetzt wohl lieber vom Hocker,

bevor es mir noch an den Kragen geht, dachte ich. Ich hatte auch schon genug gehört.
„Hat Bender nicht früher an der Achalm gewohnt?“, fragte ich noch gewollt belanglos vor mich hin, nachdem ich mein Bier bezahlt hatte.
„Ja, aber das Haus ist längst weg“, sagte der Wirt. Er schaute mich jetzt etwas misstrauisch an.
„Warum willst du denn das alles wissen? Du bist wirklich etwas neugierig“, fragte er mit leicht aggressivem Unterton in der Stimme.
„Ist mir nur gerade so eingefallen“, sagte ich. Eine bessere Ausrede fand ich auf die Schnelle nicht.
Ich blickte in skeptische Gesichter. Jetzt wird's aber höchste Zeit, dachte ich.
„Ich muss los, heim zu Frau und Kind“, log ich und lächelte dabei etwas verkrampft. Ich machte, dass ich aus der Kneipe kam. Ich spürte die bohrenden Blicke in meinem Rücken, als ich nach draußen ging.
„Na, das war doch interessant jetzt“, versuchte ich mich aufzumuntern.
War ich auf der richtigen Fährte oder lief ich wieder völlig ins Leere? Nach dem Schreck in meiner Wohnung hatte ich meine Gedanken jetzt wieder besser im Griff. Ich musste herausfinden, ob Bender wirklich wieder in Reutlingen wohnte. Aber wie? Ich stieg in mein Auto und fuhr Richtung Tübingen. Mit Tempo 140 raste ich über die Stadtautobahn und die Burgholzsteige hinunter nach Tübingen hinein. Kurz vor dem Blitzer, der verdeckt hinter Bäumen stand, bremste ich ab. Es war zu dieser Zeit nur noch wenig Verkehr unterwegs. In wenigen Minuten war ich am Hotel. Ich stellte meinen Wagen im Parkhaus ab und fuhr mit dem Aufzug zu meinem Zimmer. Ich holte mir noch ein Bier aus der Zimmerbar, setzte mich auf mein Bett und dachte nach. Ich nahm mein Handy in die Hand und wählte meine Nummer. Ich fragte meinen Anrufbeantworter zu Hause ab. Bernd König hatte eine Nachricht hinterlassen. Er habe nicht viel Zeit, aber eine Stunde könnten wir uns am Samstag im Theaterlokal treffen. Er wäre um neun da. Irgendwie klang er gehetzt.
Dann ging ich wieder los, Richtung irischer Pub. Dort wartete bereits Pit. Er hatte nicht viel Zeit, wie er mir gleich erzählte. Er war mit dem Zug nach Tübingen gekommen.

Da er am nächsten Morgen einen Termin hatte, konnte er nicht über Nacht bleiben. Er wirkte etwas unruhig und schaute während unseres Gespräches immer wieder auf seine Uhr. Wir unterhielten uns über meinen Roman und dass ich den Anfang umgeschrieben hatte. Von meinen Erlebnissen der vergangenen Tage erzählte ich ihm nichts.

„So ist's wesentlich besser“, kommentierte er etwas gönnerhaft meine literarischen Verbesserungsversuche. Aber ich war mit meinen Gedanken nicht bei der Sache. Unser Gespräch plätscherte so dahin, bis Pit plötzlich aufschreckte.

„Oh, ich muss los. Mein Zug geht in zwanzig Minuten“, sagte er.

„Na, denn man los. Ich zahle. Du bist eingeladen“, sagte ich.

„Danke.“

Pit packte alles rasch zusammen. Eine kurze Umarmung und er war in der Nacht verschwunden. Ich saß allein am Tresen und starrte in mein dunkles Bier. In meinem Kopf machte sich eine große Leere breit.

# 16

Ich hockte am Frühstückstisch im Hotelrestaurant und blickte aus dem Fenster auf den Neckar und die Enten und Schwäne, die gerade aufgeregt um eine alte Frau herumflogen, die zentnerweiße altes Brot in den Fluss warf.
Ich hatte einfach genug von Tübingen. Bis vor zwei Wochen war mein Leben noch völlig normal gewesen. Ich hatte erste Anzeichen meiner Midlifecrisis gespürt, wie jeder in meinem Alter, auf die ich eigentlich schon lange gewartet hatte. Es war immer das Gleiche, meine Gedanken drehten sich um dies eine: Zu was hatte ich es eigentlich bisher gebracht? Ein mittelmäßiger Lokaljournalist war ich, mehr nicht. Welche Sensationen hatte ich denn aufgedeckt?
Leere.
Einmal hatte ich eine Fußgängerampel durchgesetzt.
Super.
Ich saß meist meine Termine ab. Ab und zu fiel mir eine eigene Story ein, über jemanden, der aus Streichhölzern alte Bahnhöfe nachbaut, oder über einen Verrückten, der allen möglichen Schrott sammelt. Und dann schreib ich Riesenartikel darüber, die kaum jemand liest und die schon am folgenden Tag auf dem Altpapierstapel im Keller liegen. Das waren meine „heißen" Geschichten, mit denen ich aufwarten konnte. Und wenn ich in den Prozessen saß, dann roch ich für Augenblicke einmal am großen Verbrechen. Scheinbar. Letztlich ging es doch meist nur um verkrachte Existenzen, die ihr Leben nicht mehr unter Kontrolle hatten.
Oft hatten die Verhandlungen mich nur deprimiert. Ich blickte hier hinter die Kulissen von kaputten Familien, im Alkohol versunkenen Menschen oder erlebte, wie Teenager aus Neugier oder Frust ihr Leben mit Rauschgift zerstörten. Manchmal lagen diese Geschichten der Angeklagten gar nicht so weit von mir entfernt. Es schossen mir dann Situationen durch den Kopf, in denen ich mit Freunden Joints geraucht hatte. Einmal hatte ich als Schüler eine Drogenkurierfahrt, die mir recht viel Geld eingebracht hätte, abgelehnt. Meinen Freund haben sie nicht viel später erwischt, mit einem Kilo Haschisch im Auto. Er saß zwei Jahre hinter Gittern.
Und Freunden habe ich manchmal neidvoll zugehört, wie sie mir von ihren cleveren Diebstahl-Tricks beim Einkaufen erzählten. Ich hatte in den entscheidenden Momenten immer

zurückgezogen, aus einer Mischung von schlechtem Gewissen, Angst und vielleicht auch Feigheit, wie man es nennen will.
Hier hockte ich nun, kaute an meinem trockenen Brötchen herum, schlürfte meinen Tee und steckte mitten in einer Mordgeschichte, die mich ins Gefängnis bringen konnte, obwohl ich nichts damit zu tun hatte. Ich schüttelte den Kopf und starrte vor mich hin.
Mein Mut sank merklich mit jedem Gedanken an meinen Schlamassel, in dem ich nun steckte. Wie sollte ich herausfinden, wer mich in diese Situation gebracht hatte?
Ich wollte momentan nicht in Tübingen bleiben. Ich konnte diese Stadt nicht mehr ertragen. Ich wollte nicht nach Hause in meine Wohnung, in der ich mich nicht mehr sicher fühlte. Der Gedanke, dass vielleicht jetzt gerade jemand meine Sachen durchwühlte, meinen Computer kontrollierte, irritierte mich zusehends mehr. Diese Wohnung gehörte nicht mehr zu mir.
Ich buchte mein Hotelzimmer für zwei weitere Nächte, stieg in der Tiefgarage in mein Auto und fuhr ziellos in der Gegend umher. Über Talheim gelangte ich auf die Alb. Links von mir türmten sich die drei großen Windräder auf, die jetzt im Herbst ständig kräftig rotierten und so Strom erzeugten. Hinter Melchingen bog ich ab in Richtung Erpfingen. Ich passierte das Schild Sommerbobbahn. Schließlich raste ich auch am Abzweig Bärenhöhle vorbei. Wie oft war ich früher während meiner Studienzeit hier gewesen, hatte mich mit Freunden hier oben amüsiert oder mit einer Freundin romantische Stunden beim Picknick verbracht?
Dunkle Wolken zogen jetzt tief über den Himmel. Bald würde es regnen. Kaum ein Auto begegnete mir hier zu dieser Jahreszeit. Die Parkplätze an den Touristenattraktionen waren schon verwaist. Die Attraktionen, die im Sommer viele Menschen angezogen hatten, waren gerade dabei für den Winter zu schließen. Immer wieder schaute ich während der Fahrt in den Rückspiegel, bog unvermittelt und ohne irgendeine Vorankündigung ab, hielt auf einem Waldparkplatz hinter einem Baum versteckt an und wartete, ob mir irgendein Auto folgte. Doch nie war ein Wagen zu sehen, der mir verdächtig vorkam.
Ich rief Nelly von meinem Handy aus an und vergewisserte mich, ob sie morgen Abend auch wirklich ins Theaterlokal kommen würde. Ich wollte einfach ihre Stimme hören. Sie beruhigte mich und versicherte mir, dass sie kommen würde.

Ich hielt mein Auto auf einem Parkplatz bei Engstingen an. Es hatte nun zu regnen begonnen. Die Tropfen prasselten auf meine Frontscheibe. Ich legte meinen Kopf aufs Lenkrad und dachte über die vergangenen Tage nach. Welche Spuren hatte ich? Ich war mir wieder nicht sicher, ob sie mich weiterbrachten. Was sollte mir das Gespräch mit Bernd König bringen? Er war doch ein völlig unbedarfter Mensch. Oder steckte hinter seiner einfachen Fassade doch mehr? Die Drogendealer-Spur war für mich erst einmal im Sande verlaufen. Die Rennfahrer-Geschichte hatte mich verunsichert, aber wahrscheinlich war dies auch nur wieder ein Flop.
Ich startete meinen Wagen und fuhr auf die Straße zurück.
Die Wolken, aus denen es weiter heftig goss, hatten nun ein dunkles Einheitsgrau angenommen. Es war völlig düster geworden. Ich musste mich auf die Straße konzentrieren, da auch starker Wind aufgekommen war. Ich schaute auf die Temperaturanzeige in meinem Auto. Es waren fünf Grad über null. Ich drehte die Heizung noch weiter auf und fuhr die Honauer Steige hinab Richtung Pfullingen. Links oben sah ich die Umrisse von Schloss Lichtenstein, das normalerweise märchenhaft über dem Tal thronte, für mich aber jetzt nur ein tristes, graues, fast unheimliches Gebäude war. Ich fuhr weiter durch Honau, an den Forellenzuchtanlagen vorbei.
In Reutlingen war ich froh, wieder viele helle Lichter und Leben um mich zu haben. Es war inzwischen schon halb acht geworden. Ich fuhr nach Tübingen zurück ins Hotel. Ich ging sofort auf mein Zimmer und legte mich ins Bett. Ich stellte mein Handy ab. Ich wollte nur noch alleine mit mir sein und schlafen.
Am nächsten Tag bummelte ich kurz durch die Tübinger Innenstadt, dann legte ich mich wieder ins Bett. Ich war müde. Und draußen regnete es wieder.
Stunden später wachte ich auf. Ich war völlig gerädert und hungrig. Ich hatte den ganzen Tag fast nichts gegessen. Und der Schlaf hatte mir keine Erholung gebracht. Es war inzwischen dunkel geworden. Ich schaute auf die Uhr, die auf meinem Nachttisch lag, und zuckte zusammen. Es war schon nach halb neun. Ich sprang aus dem Bett, hastete ins Bad, hielt mein Gesicht unters Wasser, um richtig wach zu werden, und legte mir anschließend ein nasses Tuch in den Nacken. Ich blickte dabei in den Spiegel und sah ein müdes, reichlich zerknittertes

Gesicht, das älter aussah, als es eigentlich war. Ich zog mich an und eine Jacke über, fuhr mit dem Lift nach unten und verließ das Hotel Richtung Theaterlokal. Es fielen immer noch vereinzelte Tropfen vom Himmel und es war ungemütlich kalt.
Es war nicht weit bis zur Kneipe, nur über die Blaue Brücke und dann durch die hässliche Fußgängerunterführung. Zehn Minuten nach neun war ich schließlich im Theaterlokal. Bernd König wartete schon ungeduldig. Nelly kam offensichtlich zu spät. Typisch irisch. Ich konnte sie jedenfalls nirgendwo im Lokal entdecken. Ich ging mit schnellen Schritten an den Tisch, an dem Bernd König saß, rückte mir den Stuhl zurecht und sah ihn an.
„Hi", sagte ich nur.
„Hallo." Er machte einen reichlich verwirrten und nervösen Eindruck. Er schien durch mich hindurchzusehen. Seine Haare waren nicht so gepflegt wie sonst, wirkten etwas fettig. Offensichtlich hatte er sich ein paar Tage nicht gewaschen. Vor ihm stand ein Glas Mineralwasser, an dem er sich krampfhaft festhielt. Er blickte zu mir auf.
„Setz dich", forderte er mich etwas barsch auf.
Ich setzte mich ihm direkt gegenüber. Wir blickten uns ein paar Sekunden ohne ein Wort zu sagen an.
„Was gibt's Neues? Hast du etwas von Vanessa gehört?" Seine Stimme klang nun wieder etwas ruhiger, hatte aber immer noch einen fast bedrohlichen Unterton.
„Es geht ihr, glaub ich, etwas besser", log ich. Ich hatte mich die vergangenen beiden Tage eigentlich nur noch um mich gekümmert. Vanessa hatte ich völlig vergessen. Ein schlechtes Gewissen machte sich in mir breit.
Ich wartete.
Er sagte nichts, stierte nur wieder und wieder auf das Glas Mineralwasser, das er nun ständig in seiner Hand herumdrehte. Er schien mir noch verstörter als vor ein paar Tagen. Ich sah mich wieder um, aber Nelly war nirgends zu sehen. Ich wurde unruhig. Wo blieb sie nur? Ich wollte, dass sie dabei war. Dass sie zuhörte, was Bernd König zu sagen hatte.
„Vanessa wird es schon schaffen. Sie ist hart im Nehmen", fügte ich schließlich hinzu und versuchte etwas aufmunternd zu lächeln.
Er zeigte keine Gefühlsregung. Irgendwie war er heute anders als sonst.

„Warum hast du mich angerufen? Was willst du von mir?", fragte er mich plötzlich. Seine Stimme klang gereizt.
Ich wusste nicht, was ich darauf antworten sollte. Aber Nelly half mir aus der Patsche. Sie kam gerade durch die Tür gestürmt und winkte mir zu. Sie entdeckte mich sofort. Ich atmete erst einmal tief durch und dachte schnell nach, was ich Bernd König später antworten könnte.
Sie kam etwas außer Atem an unseren Tisch.
Ich stellte ihm Nelly vor und forderte sie auf, sich zu uns zu setzen. Ich tat ganz überrascht, Nelly zu sehen, denn Bernd König sollte nicht merken, dass wir uns verabredet hatten.
Mit Nelly nahm das Gespräch eine Wendung. Sie war in lockerer und lustiger Stimmung und schaffte es, die Unterhaltung eine Zeit lang an der Oberfläche zu halten. Auch Bernd König schien etwas zwangloser zu werden.
Mit der nächsten Bemerkung veränderte sich allerdings alles wieder.
„Ein Theatermann und ein Kritiker an einem Tisch, verträgt sich das denn?", fragte Nelly plötzlich in die gute Stimmung hinein. Es wurde merklich eisiger.
„Nicht immer", brummte König missmutig.
Ich wartete. Aber er sagte nichts weiter.
„Aber er hat doch sicher noch nie eine Kritik über Sie geschrieben, oder?", fuhr Nelly fort und gab sich betont naiv.
„Doch. Und sie war nicht gerade gut." Königs Gesicht zeigte keine Regung. Was ging nur heute in ihm vor? So hatte ich ihn noch nie erlebt.
Einen kurzen Augenblick sagte keiner am Tisch etwas. Nelly und ich schauten Bernd König erwartungsvoll an.
„Vielleicht hat sie mir sogar geschadet", fuhr er mies gelaunt fort. „Ich habe nach meiner ersten Inszenierung jedenfalls keinen weiteren Auftrag mehr bekommen." Der ganze Frust schien aus ihm herauszubrechen.
„Aber es war doch sicher nicht die einzige schlechte Kritik gewesen?", fragte Nelly.
„Nein, die anderen waren auch nicht viel besser. Sie waren auch recht mies. Aber seine war die eindeutig schlechteste Kritik. Sie war fast schon beleidigend."
Nelly und ich sahen uns an. Sie hatte Bernd König mit ihrer unvermittelten Fragerei deutlich aus der Reserve gelockt.
Aber jetzt herrschte wieder einmal Stille.

„Wie läuft denn die neue Produktion?“, versuchte ich das Thema zu wechseln und etwas Schärfe aus dem Gespräch zu nehmen, trat aber gleich ins nächste Fettnäpfchen.
„Schlecht“, sagte er noch schlechter gelaunt.
Ich brauchte nichts zu sagen, weil er gleich weiterredete.
„Ich hatte Streit mit dem Regisseur. Er sieht mich nur als Wasserträger an. Nichts kann ich selbst entscheiden. Zum Kaffee-Holen bin ich gerade gut genug.“
Er kam nun richtig in Fahrt.
„Ich bekomme hier keine Regie mehr. Die erste war meine letzte. Und mit den schlechten Kritiken habe ich auch nichts, womit ich mich woanders bewerben kann.“ Er schaute mich kurz an, ein leichtes Glitzern lag nun in seinen Augen. Er war nicht gut auf mich zu sprechen, das konnte ich deutlich sehen. Aber es war noch mehr, es war ein beginnender Weltschmerz, der sich bei ihm breit zu machen schien.
„Ich habe mir in der Vergangenheit einfach zu viel gefallen lassen und viel zu viel immer heruntergeschluckt. Aber ich lass mich nicht mehr an der Nase herumführen.“ Wieder umfasste Bernd König sein Glas fester, die Knöchel seiner Hand wurden langsam weiß.
Mir gefiel das Gespräch nun gar nicht mehr. So hatte ich es mir nicht vorgestellt. Ich wurde merklich unruhiger.
Bernd König schaute auf die Uhr.
„Ich habe nicht mehr viel Zeit“, sagte er barsch. „Es gibt heute Abend noch eine Schlussbesprechung. Da muss ich jetzt hin.“
Ich wusste nicht mehr, was ich sagen sollte.
„Gibt’s sonst noch etwas?“ fragte er scharf.
Als wir nicht gleich antworteten, stand er auf.
„Ich weiß immer noch nicht, warum wir uns eigentlich getroffen haben.“ Er sah mich böse an.
Ich hatte keine Antwort für ihn.
„Wir werden uns sicher bald wiedersehen“, sagte er mit leicht zittriger Stimme, drehte sich um und ging.
Nelly und ich waren sprachlos. Wir hatten gerade eine ziemlich schlechte Aufführung von Bernd König gesehen. Ich wusste nicht recht, was ich damit anfangen sollte.
„Was hältst du davon?“, fragte Nelly. Eigentlich hatte ich ihn gleich zu Anfang aus meiner Verdächtigen-Liste wieder gestrichen. Jetzt war ich mir allerdings nicht mehr so sicher. Doch Nelly nahm mir etwas von meinen Bedenken.

„Ich glaube nicht, dass er etwas mit der ganzen Sache zu tun hat“, meinte sie trocken.
„Warum nicht? Ich bin mir da nicht mehr so sicher.“
„Nein, nein. Er ist down, weil er hier am Theater nicht weiterkommt. Und dann noch die Sache mit Vanessa. Das hat ihn aus der Bahn geworfen. Deshalb reagiert er jetzt so. Glaub mir. Eine Frau fühlt so etwas besser als ein Mann. Weibliche Intuition. Auf die kannst du dich verlassen.“ Ich sah sie skeptisch an und sie lächelte zurück.
„Wenn du meinst.“ Ich hatte aber immer noch kein gutes Gefühl. Irgendetwas war faul an der Sache. Wieder zerstreute sie meine Gedanken.
„Ich habe eine neue Idee“, sagte Nelly unvermittelt.
„Was?“, sagte ich. Ich war in Gedanken noch bei Bernd König.
„Ich habe den ganzen Tag versucht, dich zu erreichen. Aber dein Handy war abgestellt. Hörst du eigentlich nie deine Mailbox ab?“
„Mein Akku war leer“, log ich.
Sie machte ein ungläubiges Gesicht.
Ich suchte mir eine andere Ausrede. „Ich habe den ganzen Tag geschlafen und deshalb das Handy abgestellt.“
„Bist du immer noch im Hotel?“
„Ja“, sagte ich nur.
Ich schaute sie fragend an. Sie merkte, dass ich keine Geduld mehr hatte.
Sie wirkte etwas unsicher.
„Nun, ich weiß nicht recht, ob dir meine Idee gefällt.“
Ich wartete gespannt darauf, dass sie fortfuhr.
„Lass uns nach Reutlingen fahren“, sagte sie plötzlich.
„Wann? Jetzt?“, fragte ich.
„Ja, sofort.“
Ich schaute sie fragend an.
„Was willst du dort?“
Ich hatte ganz und gar nichts dagegen, mit Nelly noch ein wenig durch die Gegend zu fahren, aber ich wusste, hinter ihrem Vorschlag steckte mehr.
„Unser Mann, der den Trojaner oder die Back Door bei dir gesetzt hat, ist doch wahrscheinlich bei einem Provider in Reutlingen.“
So weit konnte ich ihren Gedanken noch folgen.

„Ja. Und?“, bohrte ich weiter.
„Nun, warum fahren wir nicht einmal dorthin und schauen uns das Büro einmal genauer an?“
„Aber, es ist doch viel zu spät jetzt. Da ist um diese Uhrzeit jetzt niemand mehr“, sagte ich etwas naiv.
Nelly sah mich wortlos an.
Langsam dämmerte mir, was sie wollte.
„Dort gibt es doch bestimmt eine Kartei, in der alle User verzeichnet sind. Oder eine Datei auf einem Computer.“ Sie sah mir direkt in die Augen.
„Moment mal“, sagte ich, kam aber nicht viel weiter.
„Nun komm schon. Auf normalem Wege erfahren wir doch dort sowieso nichts. Die geben uns nicht so einfach irgendwelche Daten heraus. Da müssen wir schon etwas nachhelfen.“
„Nein, das geht zu weit. Da mache ich nicht mit. Das ist mir zu gefährlich“, wehrte ich mich, aber einige Minuten später saß ich in meinem Auto und fuhr mit Nelly Richtung Reutlingen. Sie hatte mich überredet. Ein paar Sätze und ein tiefer Blick in die Augen hatten ausgereicht, um meine Bedenken beiseite zu räumen.
Wir fuhren aus Tübingen hinaus und über die Stadtautobahn und die Härten Richtung Betzingen. Es regnete erneut und die Umgebung war in der Dunkelheit nur schwer zu erkennen. Ich starrte die ganze Zeit angestrengt auf die Fahrbahn.
Wir kamen nach Reutlingen. Nelly hatte den Tag über offensichtlich im Stadtplan die Adresse ausfindig gemacht. In der Konrad-Adenauer-Straße mussten wir an einer Ampel kurz anhalten.
Ich versuchte Nelly, noch einmal von ihrem Vorhaben abzubringen.
Doch sie ging nicht darauf ein.
„Nur immer geradeaus“, sagte sie nur.
Die Ampel war wieder auf grün gesprungen und wir fuhren weiter am Tübinger Tor und der Alten Feuerwache vorbei. Die Lederstraße war um diese Uhrzeit nicht mehr so stark befahren. Wir bogen ab Richtung Burgplatz. An der Planie hielten wir an. Sie kramte einen Zettel aus der Tasche und machte kurz die Innenbeleuchtung in meinem Auto an. Sie hatte sich den Weg, den wir nehmen mussten, auf einem kleinen Zettel aufgezeichnet.
„Fahr hier weiter und dann nach rechts“; sagte sie. Wir bogen in die Kaiserstraße ab und fuhren stadtauswärts am Finanzamt

vorbei. Auf der anderen Seite blickte ich etwas skeptisch auf das Gebäude der Polizei.
Von der Kaiserstraße ging es links ab. Nach wenigen Minuten waren wir schließlich da.
„Halte nicht direkt vor dem Haus", sagte Nelly.
Ich parkte meinen Wagen ein paar hundert Meter weiter in einer dunklen Ecke am Straßenrand. Ich schaltete das Licht aus. Wir saßen ein paar Minuten nur still in meinem Wagen und beobachteten die Umgebung. Keiner traute sich ein Wort zu sagen. Unruhig schauten wir uns um. Es war niemand zu sehen.
„Wir warten noch eine halbe Stunde", sagte sie nur.
Ich zog mich tiefer in meinen Sitz zurück.
„Worauf habe ich mich da nur eingelassen", dachte ich.
Sie schaute an die Decke im Wageninneren. Dann schob sie den Schalter, der die Innenbeleuchtung regelte, eine Markierung weiter. So ging kein Licht an, wenn man die Autotür öffnete.
„Warte hier einen Augenblick", sagte sie zu mir, öffnete leise die Beifahrertür und stieg aus. Ich hörte nur das Rauschen der Bäume, die in den Gärten der Häuser standen.
Nelly ließ die Autotür nicht ins Schloss fallen, sondern lehnte sie nur an. Sie ging einige Schritte die Straße hinunter und überquerte die Fahrbahn. Vor einem Haus blieb sie kurz stehen, betrachtete irgendetwas an der Hauswand und ging dann sofort weiter. In wenigen Sekunden war sie um die Häuserecke verschwunden. Ich konnte Nelly nicht mehr sehen.
Mit jeder Sekunde wurde ich nervöser. Ich starrte immer angestrengter in die Richtung, in der sie verschwunden war. Die Minuten verrannen, ohne dass sie wieder auftauchte. Ich fing an, mir Sorgen zu machen. Ich wollte gerade aussteigen, um nach ihr zu sehen, da öffnete sich die Beifahrertür mit einem Ruck.
Ich sah erschrocken zur Seite, aber es war Nelly, die lautlos auf den Sitz neben mir glitt.
„Es ist niemand da. Alles ist dunkel", sagte sie.
Als ich nicht antwortete, fuhr sie fort, ohne mich anzusehen.
„Das Büro liegt im Erdgeschoss. Wenn man an dem Haus vorbei und dort um die Ecke geht, kommt ein kleiner Garten, von dem man auf die Rückseite des Gebäudes gelangt. Dort ist es ziemlich dunkel. Dort kann man uns nicht sehen", flüsterte sie.
„Was du vorhast, ist verrückt", unterbrach ich sie.

„Ach, komm, was soll schon passieren." Ich merkte, dass sie fest entschlossen war, ihren Plan auszuführen. Ich hatte allerdings ein recht mulmiges Gefühl bei der ganzen Sache.
Wo nahm Nelly nur ihren Mut her? Das hätte ich ihr gar nicht zugetraut.
„Du willst doch wissen, wer hinter dir her ist?", fragte sie leise.
„Ja, schon."
„Dann riskiere doch etwas. Das ist unsere Chance. Anders kommen wir nicht weiter", sagte sie.
Wir saßen noch einmal fast eine halbe Stunde wortlos im Auto. Nelly wurde merkbar unruhiger. Ich dachte nach. Nelly hatte Recht. Vielleicht konnten wir dort die Adresse des Mannes ausfindig machen, der meinen Computer mit einem Trojaner infiziert hatte. Doch was dann? Weiter kam ich nicht in meinen Gedanken. Nelly hatte wieder die Initiative übernommen.
„Come on, es wird langsam Zeit", sagte sie nur und stieg wieder aus.
Ich folgte ihr und war in wenigen Schritten an ihrer Seite. Sie hakte sich sofort bei mir ein und legte den Kopf auf meine Schulter.
„Wir müssen ein Liebespaar spielen, das fällt nicht auf", flüsterte sie mir ins Ohr. Dieses Spiel fiel mir nicht schwer.
„Aber übertreibe nicht", schob sie noch rasch nach, als wir gerade um die Häuserecke bogen. Es war niemand in der Straße zu sehen und auch in den Häusern brannte kaum noch Licht. Die Leute gingen hier offensichtlich recht früh zu Bett.
Als wir auf der Höhe des Gartens waren, schob sie mich schnell ins Buschwerk. Wir schlichen einen kleinen Weg entlang, blieben hinter einem Baum stehen und beobachteten die Rückseite des Hauses. In dem Gebäude wohnte offensichtlich niemand. Es sah so aus, als ob es in jedem der drei Stockwerke nur Büros gab.
„Hier unten muss unser Büro sein", sagte Nelly und deutete auf die Fenster direkt vor uns. Wir lauschten in die Nacht. Es war still, nur in der Ferne waren vorbeifahrende Autos zu vernehmen.
Sie ging langsam vor zur Häuserwand. Ich folgte ihr und stellte mich neben sie. Auf der Rückseite des Gebäudes war eine Tür, die offensichtlich in den Hausgang führte. Gleich daneben war ein Fenster, hinter dem man Treppenstufen erkennen konnte. Hier war offensichtlich das Treppenhaus. Wir hatten Glück, das Fenster war gekippt. Mit ein paar Handgriffen hatten wir

das Fenster entriegelt und nach innen gedrückt. Vorsichtig, um keine Scherben zu machen, stiegen wir in das Treppenhaus ein. Nelly schob das Fenster wieder zurück und verriegelte es.
„Der Rückweg wird einfacher“, sagte sie nur und deutete auf die Tür.
Wir gingen im Treppenhaus ein paar Stufen hinunter und standen nun in einem Gang, von dem mehrere Türen in verschiedene Räume führten. Wir gingen durch die erste Tür auf der linken Seite und standen in einer kleinen Teeküche.
Hier gab es für uns nichts von Bedeutung.
Von den Straßenlaternen her drang genug Licht in die Räume, die zumindest so weit erhellt waren, dass man sich, ohne anzustoßen, fortbewegen konnte.
Wir schlichen vorsichtig ins nächste Zimmer. Dort standen mehrere Computer und Schränke, die fast bis zur Decke reichten. Nelly zog mich ein Stück zu sich.
„Machen wir uns an die Arbeit“, sagte Nelly leise. Wir hatten Glück. Die Schränke waren nicht verschlossen.
„Jetzt könnten wir eine Taschenlampe gebrauchen“, flüsterte Nelly.
„Kein Problem“, antwortete ich ebenso leise und zog meinen Schlüsselbund aus der Tasche. Daran hatte ich eine kleine LED-Taschenlampe, die genug Licht verbreitete, um die Rücken der Ordner, die in den Schränken standen, lesen zu können.
„Clever“, sagte Nelly und schaute verwundert auf die kleine Taschenlampe.
Ich leuchtete die Rücken der Ordner ab.
„Meinst du nicht, dass die ihre Userlisten nur im Computer haben?“, fragte ich Nelly.
„Das glaube ich nicht. Die brauchen bei der Anmeldung doch auch etwas Schriftliches, denke ich. Und ein Schriftstück ist auch viel sicherer als ein immer wieder abstürzender Computer.“
Doch wird fanden nichts, was auf Userlisten hinwies.
Plötzlich hörten wir draußen vor dem Haus Stimmen. Nelly fasste mich am Arm an. Ich spürte, wie sie leicht zitterte. Doch die Stimmen wurden schnell leiser. Es waren offensichtlich Passanten gewesen, in an dem Haus vorbeigelaufen waren. Ich hörte, wie Nelly tief durchatmete. Sie war merklich erleichtert. Mir ging es genauso.
„Also müssen wir uns doch die Computer anschauen“, entschloss sich Nelly.

Sie ging an einen der verchromten Schreibtische, die alle eine Glasplatte als Ablage hatten. Sie setzte sich vor einen der Computer.
„Schließ den Rollladen“, sagte sie leise.
Ich ließ die Jalousie vorsichtig nach unten. Nelly hatte den Computer in der Zwischenzeit hochgefahren. Er war überraschenderweise nicht mit einem Passwort gesichert.
„Es gibt auch leichtsinnige Computerfreaks“, sagte Nelly nur. Sie ging die einzelnen Verzeichnisse und Dateien durch.
„Ich glaube, ich habe hier etwas gefunden“, sagte sie plötzlich. Ich erschrak kurz, weil ich die ganze Zeit nur in Richtung Fenster geschaut hatte. Ich trat nun direkt hinter sie und blickte ihr über die Schulter.
Sie hatte in einem Verzeichnis eine der Dateien geöffnet, in der eine Liste mit Namen war.
„Bingo“, sagte sie nur.
Es war alles fein säuberlich aufgelistet. Name, Vorname, Adresse, Beruf, Kontonummer, Nickname.
Es war eine lange Liste, die nach Ortschaften und Stadtteilen gegliedert war. Wir gingen jeden Ort durch, bis wir die Überschrift „Reutlingen“ lasen. Wir schauten uns jeden Namen und vor allem die Nicknames an. Doch den, den wir suchten, fanden wir nicht. Wir sahen uns enttäuscht an.
„Vielleicht hat sich John getäuscht“, sagte ich.
Nelly zuckte mit den Schultern.
„Wir schauen uns die anderen Orte an. Vielleicht wohnt Avenger gar nicht in Reutlingen, sondern in einem Vorort.“
Wir suchten weiter, gingen Namen für Namen durch, doch wir entdeckten nichts, das uns weiterbrachte.
„Komm, es wird Zeit, lass uns verschwinden“, sagte ich und ging unruhig Richtung Fenster, um die Jalousie wieder hochzuziehen.
Doch Nelly wollte nicht aufgeben.
„Halt, warte“, sagte sie plötzlich.
Ich drehte mich rasch um.
„Was ist?“
„Hier, schau.“ Sie deutete mit ihren langen, schlanken Fingern auf den Bildschirm.
Ich sah eine Landkarte mit vielen kleinen Punkten darauf.
„Da hat sich jemand aber viel Mühe gemacht“, sagt Nelly nur.
Ich schaute mir jetzt die Landkarte genauer an. Offensichtlich

waren alle User auf der Karte mit kleinen Punkten gekennzeichnet. So hatte man einen Überblick, wo es in und um Reutlingen Schwerpunkte mit Usern gab. Nelly scrollte den Bildschirm so schnell nach unten, dass ich kaum folgen konnte. An einer bestimmten Stelle hielt sie an. Es gab eine Extra-Karte für Reutlingen, die nach Stadtvierteln gegliedert war.
„Wie helfen uns diese schönen Bildchen weiter?“, fragte ich Nelly.
Doch sie reagierte nicht. Sie schaute sich immer wieder die Listen und dann die Bilder der Landkarten an. Sie zog ihre Stirn nachdenklich in Falten. Plötzlich hellten sich ihre Gesichtszüge auf. Sie musste etwas gefunden haben.
„Da, siehst du?“
Ich sah nichts.
„Hier unten steht eine Zahl“, sagte sie und deutete auf den Bildschirm.
„Ja“, sagte ich nur, doch ich wusste nicht, was sie mir damit sagen wollte.
„Das ist die Zahl aller User in Reutlingen. Doch sie stimmt nicht mit der Zahl der Punkte auf der Karte überein. Es fehlt offensichtlich ein Name in der Liste.“
Jetzt sah ich es auch. Man konnte tatsächlich die Punkte auf der Karte den einzelnen Namen auf der Liste zuordnen. Jeder Punkt hatte eine Nummer und das Äquivalent dazu gab es auch in der Namensliste.
Sie schaute sich die anderen Ortschaften an. Überall stimmte die Zahl der Namen mit der Zahl der Punkte überein, nur in Reutlingen nicht.
Ich zählte mit. Sie hatte Recht. Nur an dieser einen Stelle gab es einen Namen weniger als Punkte auf der Karte.
„Es könnte doch sein, dass jemand seinen Namen aus der Userliste gelöscht hat, um seine Adresse zu verschleiern.“
Wir sahen uns an.
„Meinst du, das hat etwas mit unserem Mann zu tun?“, fragte ich.
„Möglich. Vielleicht war er hier, wie wir jetzt, und hat seinen Namen gelöscht, aber die Landkarten mit den Punkten nicht entdeckt. Ich bin ja auch nur durch Zufall darauf gestoßen“, sagte Nelly.
„Sieh nach, wo der Punkt liegt“, forderte ich Nelly auf. Die Karte war so klein, dass man die meisten Straßennamen nur

schwer entziffern konnte. Offensichtlich hatte einer der Computerfreaks eine Straßenkarte eingescannt, aber eine zu niedrige Auflösung ausgewählt.
„Das hier könnte die Stadtautobahn sein." Ich zeigte auf eine breite Straße, die gelb eingefärbt war.
„Ja. Und hier, diese Straße beginnt mit Pes..." Nelly las jeden Buchstaben einzeln.
„Und das könnte irgendetwas mit Ehlers heißen", unterbrach ich sie.
„Das müssen Wohnblocks sein", sagte Nelly und zeigte auf die kleinen roten Quadrate auf der Karte.
„Ganz klar, das muss die Weststadt von Reutlingen sein", sagte Nelly.
„Wir müssen auf einer großen Straßenkarte nachschauen", sagte ich.
„Vielleicht kann ich die Datei ausdrucken", meinte Nelly. Doch dazu kam sie nicht mehr.
Plötzlich wurden wir durch ein Geräusch unterbrochen. In unserer Aufregung hatten wir nicht bemerkt, dass jemand ums Haus herum gegangen war und gerade versuchte die Tür aufzuschließen.
Nelly schaltete geistesgegenwärtig den Computer aus.
Ich zog sie vom Stuhl nach unten auf den Fußboden. Wir kauerten nebeneinander hinter dem Schreibtisch und warteten.
Inzwischen hatte die Person die Tür aufgeschlossen und das Licht im Gang eingeschaltet. Wir bewegten uns nicht und lauschten auf die Geräusche. Wie konnten wir von hier verschwinden, ohne von der Person gesehen zu werden? Ich schaute mich um. Es gab noch eine andere Tür in diesem Zimmer. Die musste in einen weiteren Büroraum führen. Ich kroch auf allen Vieren vorsichtig um den Schreibtisch herum und versuchte in den Gang zu spähen.
Die Person gab noch immer keinen Laut von sich. Hatte sie etwas gemerkt und schlich nun leise in unsere Richtung? Oder stand sie nur an der Tür und wartete?
Dann hörte ich ein metallenes Klappern, wie wenn Schlüssel aneinander schlagen.
Will er uns hier einschließen? Doch im nächsten Augenblick hörten wir Schritte auf der Treppe. Die Person wollte offensichtlich in einen der Büroräume im Obergeschoss.

„Wir müssen weg, bevor er wieder nach unten kommt", flüsterte ich Nelly zu. Sie nickte.
Das Licht im Gang war noch an. Dort konnten wir schlecht durch, ohne gesehen zu werden. Wir hörten Geräusche von oben.
Im nächsten Augenblick war alles wieder dunkel. Das Licht im Gang hatte eine Zeitschaltung und war wieder von alleine ausgegangen.
Wir standen beide gleichzeitig auf und schlichen vorsichtig durch den Gang zur Haustür. Im Treppenhaus sah ich kurz nach oben. Die Person musste bis ins zweite Obergeschoss gegangen sein. Dort oben sahen wir jedenfalls einen kleinen Lichtschein. Wir öffneten langsam die Haustür, keine Sekunde zu früh. Im gleichen Augenblick standen wir wieder im Hellen. Die Person musste oben die Treppenbeleuchtung angeschaltet haben. In zwei Schritten standen wir draußen und schlossen sofort die Tür hinter uns. Wir kämpften uns durch die Büsche und versuchten, auf dem gleichen Weg, auf dem wir hierhergekommen waren, wieder zur Straße zu gelangen.
Nur ein paar Meter hinter uns wurde nun die Haustür geöffnet. Wir versteckten uns hinter einem Busch und sahen jetzt einen Mann, der mit schnellen Schritten aus dem Haus eilte. Er hatte nun auch die Außenbeleuchtung eingeschaltet. Der Mann, dessen Gesicht man nicht erkennen konnte, weil er den Kragen seiner Jacke hochgeschlagen hatte, ging ums Haus herum zur Straße. Er war so schnell wie er gekommen war auch wieder aus unserem Blickfeld verschwunden.
Wir setzten uns auf den Boden. Meine Hände zitterten und auch Nelly atmete schwer.
Wir warteten ein paar Minuten, bis wir uns weiterbewegten. Wir hatten nichts mehr gehört. Auch kein Auto. Offensichtlich war der Mann zu Fuß weitergelaufen.
„Warte hier, ich hole das Auto", sagte ich zu Nelly.
Sie nahm meine Hand und zog sich nach oben. Wir standen uns jetzt direkt gegenüber. Sie legte ihre Arme um mich und drückte sich fest an mich. Ihren Kopf lehnte sie an meine Schulter. Ich spürte, wie sie zitterte.
„Beeil dich", flüsterte sie mir zu. Sie war jetzt so nah an meinem Gesicht, dass ich ihren Atem spüren konnte.
Ich trat vorsichtig auf die Straße. Es war niemand zu sehen. Ich nahm einen Umweg zu meinem Auto. Auch in der Straße, in

der der Wagen stand, war kein Mensch unterwegs. Ich lief, so weit es ging, im Schatten der Straßenlaternen weiter. Ich schaute mich noch einmal um und schloss die Beifahrertür auf. Es blieb alles ruhig. Ich setzte mich zuerst auf den Beifahrersitz und rutschte dann hinüber ans Steuer meines Autos. Ich wartete einige Sekunden, dann startete ich den Motor. Ich fuhr ohne Licht los und erst an der Häuserecke schaltete ich das Abblendlicht an.

Ich hielt mit laufendem Motor an dem Garten an, in dem Nelly sich noch versteckt halten musste. Sie kam sofort aus dem Gebüsch heraus, sprang um den Wagen herum, öffnete die Tür und setzte sich neben mich. Ich fuhr sofort los. Im Augenblick interessierte es mich nicht, ob uns jemand folgte, ich wollte nur weg.

Ich fuhr die Albstraße hinunter zum Burgplatz. Rechts von mir stand das mehrstöckige Gebäude einer großen Reutlinger Tageszeitung. Ich bog in die Gartenstraße ab. Nur wenig später war ich am Kaufhaus. Natürlich zeigte die Ampel an der Kreuzung wieder rot. Ich schaute in den Rückspiegel meines Wagens, doch ich konnte nichts Verdächtiges erkennen. Als die Ampel auf Grün schaltete, bog ich in die Eberhardstraße ein und fuhr am Hauptbahnhof vorbei in Richtung Tübingen.

An der Tankstelle stadtauswärts hielten wir an. Ich kaufte einen Stadtplan von Reutlingen und gab ihn Nelly.

„Sollen wir noch in der Weststadt vorbeifahren und sehen, ob wir die Straßen finden?“

Ich zuckte kurz.

„Nein. Heute nicht mehr. Ich habe genug erlebt für einen Tag. Lass uns nach Hause fahren. Außerdem ist es zu dunkel, um etwas erkennen zu können“, sagte ich.

Nelly antwortete mir nicht und sagte auch nichts mehr, bis wir in Tübingen angekommen waren. Ich brachte sie nach Hause.

„Wie gehen wir weiter vor?“, fragte ich sie, als ich meinen Wagen am Straßenrand geparkt hatte.

Nervös faltete Nelly den Stadtplan auseinander. Ich schaltete die Innenbeleuchtung ein und wir beugten uns beide über die Karte.

In dem trüben Licht war es nicht einfach, die Straßennamen zu erkennen.

Wir fuhren mit dem Finger die Stadtautobahn entlang und suchten die Nebenstraßen ab. Schnell wurden wir fündig. Es

war im Stadtteil Hohbuch. Dort gab es eine Hermann-Ehlers-Straße."
„Und hier ist die Pestalozzistraße", sagte Nelly.
„Und das müssen die Wohnblocks sein."
„Irgendwo da könnte unser Mann wohnen", meinte Nelly. Sie nahm meine Hand und schaute mich an.
Ich nickte stumm.
„Wir sollten uns die Gegend einmal genauer ansehen", fuhr Nelly fort.
„Ja, gleich morgen", sagte ich sofort, weil ich spürte, dass sie immer noch enttäuscht war, dass wir nicht gleich dort vorbeigefahren waren.
Sie schwieg einen Augenblick.
„Morgen kann ich nicht. Ich muss ein paar Tage fort. Ich habe eine Weiterbildung in Frankfurt. Ich bin aber Mittwoch wieder zurück. Danach vielleicht", sagte Nelly leise.
Jetzt war ich enttäuscht. Heute war Samstag. Schon wieder ein paar Tage ohne Nelly, das schien mir jetzt schon unerträglich. Ich hatte mich an ihre Nähe gewöhnt, was nicht gerade schwer gewesen war.
Warum hatte Nelly mir von ihrer Reise nichts erzählt? Noch ehe ich etwas sagen konnte, fuhr Nelly fort. Ihr Ton war jetzt merklich sanfter.
„Ich melde mich gleich, wenn ich zurück bin. Du hast ja auch meine Handynummer. Ruf mich sofort an, wenn du etwas herausgefunden hast."
Wir saßen noch fast eine Viertelstunde beisammen. Dann ging Nelly nach Hause, weil sie am nächsten Tag noch packen musste, und ich fuhr ins Hotel.
An der Hotelbar trank ich noch einen Whiskey. Dann ging ich erschöpft ins Bett. Ich lag noch eine Weile wach. Mir gingen die Ereignisse, die wir gerade erlebt hatten, immer durch den Kopf. Das war gerade noch einmal gut gegangen. Was wäre wohl passiert, wenn uns jemand in dem Haus erwischt hätte? Aber noch wichtiger für mich waren die Fragen: Waren wir heute wirklich ein Stück weitergekommen? Und waren wir auf der richtigen Fährte?
Zu weiteren Überlegungen kam ich nicht mehr. Ich drehte mich zur Seite und schlief ein.

*

Am Sonntag blieb ich wieder fast den ganzen Tag im Bett. Ich wollte meine Ruhe und ich brauchte dringend Schlaf. Nelly war nicht da und ohne sie hatte ich sowieso keine rechte Lust, etwas zu unternehmen.
Eine innere Unruhe hielt mich auch davon ab, wieder nach Reutlingen zu fahren, um mich in der Hohbuch-Siedlung umzusehen. Ich hatte das Zimmer noch für eine weitere Nacht gebucht und sog die Einsamkeit des Hotelzimmers in mich ein. Ich versuchte zu lesen, aber ich konnte mich nicht richtig konzentrieren. Deshalb schaltete ich den Fernseher ein. Nach minutenlangem Zappen gab ich auf. Auch die Glotze hatte mir heute nicht viel zu bieten.
Draußen regnete es wieder.

# 17

Montagfrüh rief mich Micha Becker auf dem Handy an.

„Wo steckst du? Ich versuche schon die ganze Zeit, dich zu erreichen", fragte er etwas brüsk.

„Ich hab gerade viel zu tun. Bin dauernd unterwegs."

„Ich habe dir auf den Anrufbeantworter gesprochen. Aber du hörst ihn wohl nicht ab."

„Was gibt's denn?", versuchte ich ihn zu beruhigen.

„Ich hab einen Termin für dich."

„Wann?"

„Morgen."

„Okay, was für ein Termin ist es denn?"

„Ein Prozess vor dem Amtsgericht. Eine kleine Rauschgiftgeschichte. Schüler haben auf dem Schulhof Hasch verscheuert. Es geht nicht um viel. Die Mengen waren gering. Aber den Direktor hat es sicherlich nicht gerade erfreut. Und die Eltern sind bestimmt aus allen Wolken gefallen, als sie vom Tun ihrer Früchtchen gehört haben. Geh' mal hin, könnte vielleicht auch 'ne „human touch"-Geschichte sein. Und was für die Prävention, das ist immer gut. Du weißt ja, wie du das schreiben musst", sagte Becker.

„Okay."

Micha Becker legte auf.

Nach dem Frühstück checkte ich aus dem Hotel aus. Die ganze Sache wurde mir jetzt etwas zu teuer. Trotzdem hatte ich noch keine Lust nach Hause zu fahren. Ich stellte mein Auto im Neckarparkhaus ab und schlenderte ziellos durch die Stadt. Ich lief die Neckargasse hoch und merkte, dass schon wieder ein paar Läden den Besitzer gewechselt hatten – das Ergebnis von zu hohen Mieten im Zentrum und von zu vielen Supermärkten draußen auf der grünen Wiese.

Ich spazierte über den Holzmarkt an der Stiftskirche mit ihren Sitztreppen vorbei zum Marktplatz. Ich passierte mehrere Brillen-Geschäfte. Offensichtlich kann man mit den Sehschwächen der Menschen noch gute Geschäfte machen. Mit mir sicherlich bald auch, denn ich spürte, dass ich immer kurzsichtiger wurde. Auf dem Marktplatz stand ich eine Weile am Brunnen und schaute mir die Fachwerkhäuser an. Mir gefielen die alten Gebäude, doch meine miese Stimmung hellten sie nicht auf. Ich setzte mich kurz in ein Café am Marktplatz.

Als ich anfing, mich langsam zu langweilen, ging ich zurück zum Parkhaus, setzte mich wieder in mein Auto und fuhr nach Reutlingen.
Am Ende der vierspurigen Strecke bog ich ab Richtung Innenstadt. An der Ampel hielt ich an und betrachtete mir die Hinweisschilder. Hier ging es zu den Hochschulen, dem Hohbuch und dem Schafstall.
Ich fuhr nach rechts in die Gustav-Schwab-Straße. Ich kannte die Strecke. Ich war früher öfters mit einem Nachbarn zum SSV Reutlingen gegangen, als die Fußballer noch in der Zweiten Liga spielten, und wir hatten hier in der Gegend immer geparkt.
Ich schaute nach rechts. Hier schossen die Wohnblocks und Hochhäuser wie Pilze aus dem Boden. War mein Verfolger wirklich hier zu finden? Doch wie sollte ich auf seine Spur stoßen? Hier wohnten über tausend Menschen in völliger Anonymität. Und es war nicht sicher, ob wir die richtige Spur gefunden hatten.
Ich bog ab und sah nun auf den Straßenschildern die Namen, die wir auch auf der Karte gesehen hatten. Ich fuhr nach links in die Hermann-Ehlers-Straße und hielt kurz an. Ich schaute mir Hochhaus für Hochhaus an. Hier wollte ich nicht leben. So viele Menschen an einem Ort. Alles völlig anonym. Hier spürte man auch deutlich, wie unbedeutend der einzelne Mensch war. Mich schauderte. Ich wendete meinen Wagen und fuhr durch die Pestalozzistraße. Wo sollte ich anfangen zu suchen? Wir hatten zwar einen kleinen Hinweis, doch hier gab es viele Möglichkeiten. Ich fuhr wieder zurück Richtung Stadtautobahn. Ich hatte genug fürs Erste.
Etwas deprimiert kehrte ich nach Tübingen zurück. Ich werde Nelly noch einmal fragen, ob sie mit mir kommt. Vielleicht hat sie ja eine Idee. Ich beschloss, sie gleich am Mittwoch, wenn sie von ihrer Fortbildung zurück war, anzurufen.
In Tübingen lenkte ich meinen Wagen Richtung Lustnau. Ich wollte wieder einmal in meine Wohnung. Ich parkte direkt vor dem Haus und ging nach oben. Nichts hatte sich in den vergangenen Tagen verändert. Aber trotzdem erschien mir meine Wohnung jetzt völlig fremd. Ich fühlte mich nicht mehr wohl hier.
Ich räumte meine Wohnung in missmutiger Stimmung etwas auf. Und setzte mich schließlich den ganzen Abend vor

den Fernseher und zappte mich durch die Programme. Eine dämliche Serie nach der anderen. Aber Hauptsache die Kiste flimmerte. Ich schenkte mir einen Rotwein ein. Als ich müde wurde, ging ich ins Bett. Vorher schaute ich noch aus meinem abgedunkelten Wohnzimmer durchs Fenster hinunter auf die Straße. Was war nur da draußen los?, fragte ich mich. Ich verstand es nicht. Alles wirkte so harmlos, und doch lauerte dort draußen irgendeine Gefahr auf mich.
Ich ging zur Wohnungstür und drehte zweimal den Schlüssel um. Danach platzierte ich einen Stuhl direkt unter der Klinke. Ich wollte heute Nacht keine unliebsamen Besucher haben. Mein Handy legte ich griffbereit neben mein Bett. Ich schlief, dem Dornfelder sei Dank, sofort ein.
Am Dienstag erlebte ich im Gericht gleich die erste Überraschung. Als ich in den Gerichtssaal kam, sah ich ein bekanntes Gesicht. Der Rechtsanwalt einer der Angeklagten war derselbe, der die Drogendealer vor vier Jahren verteidigt hatte. Der Prozess lief schleppend bis zu einer Sitzungspause.
Auf dem Gang traf ich den Rechtsanwalt wieder. Ich versuchte, ihn noch einmal wegen der Drogengeschichte von damals auszufragen. Vielleicht war ich zu voreilig gewesen und hatte die Dealer zu schnell von der Liste der möglichen Mörder-Kandidaten gestrichen.
Mitten in unserem Gespräch über Drogen auf dem Schulhof fragte ich plötzlich den Rechtsanwalt: „Bevor ich es vergesse, der Drogenprozess vor vier Jahren. Der mit den hohen Haftstrafen. Erinnern Sie sich?“
Der Anwalt nickte und schaute mich neugierig an.
„Wie hießen eigentlich die beiden Angeklagten damals gleich wieder? Ich habe mir die Namen lange überlegt, aber mir fielen sie einfach nicht ein.“
Ich erwartete einen Protest oder irgendetwas Ähnliches. Oder zumindest die Frage, warum mich die Namen interessierten. Doch nichts dergleichen kam. Der Rechtsanwalt zeigte sich ziemlich vertrauensselig.
„Mein Mandant hieß, glaube ich, König, der andere Hoffmann, wenn ich mich nicht irre.“
„König?“
„Ja. Kennen Sie den? Hat irgendwelche Verbindungen zum Theater hier, glaube ich. Hat mich jedenfalls dauernd genervt, weil er laufend damit angab, dass er zum Theater könne, wenn

er nur wolle. Sein Bruder habe Beziehungen und könnte ihn dort einschleusen. Hab ihm kein Wort geglaubt."
„Ist das etwa der Bruder von Bernd König, dem Regieassistenten am Tübinger Theater?"
„Kann sein. Ja, ich glaube, so hieß er. Ich weiß es nicht mehr so genau. Ich gehe nicht ins Theater. Interessiert mich nicht."
Ich hörte nicht mehr zu. Jetzt hatte ich eine Verbindung. Bernd König war damit wieder auf meiner Liste. Und die Drogendealer auch. Jetzt stand ich wieder am Anfang. Dem Rest der Verhandlung folgte ich nur noch mit halber Aufmerksamkeit. Nach dem Urteil ging ich zu meinem Auto und fuhr nach Hause.
Ich hielt vor meiner Wohnung an und stellte den Wagen ab. Es hat keinen Sinn, davonzulaufen. „Ich muss da durch", machte ich mir Mut.
Ich öffnete leise meine Wohnungstür und ging vorsichtig hinein. Ich war unruhig. Ich sah mich um. Ich konnte nie mehr unbefangen in diese Wohnung kommen. Doch alles war ruhig. Ich setzte mich an den Tisch und atmete tief durch. Mit klopfendem Herzen setzte ich mich an meinen Computer und schrieb meinen Artikel. Per E-Mail schickte ich ihn in die Redaktion.
Es war inzwischen Abend geworden. Ich ging ans Fenster und schaute auf die Straße. Zwei Männer liefen die Straße entlang. Als sie am Haus vorüber kamen, blickte einer von ihnen zu mir herauf. Ich zog mich in die Dunkelheit meines Zimmers zurück. Dann ging ich zu meiner Wohnungstür und schloss sie ab. Ich hatte keine Lust mehr, aus dem Haus zu gehen.
Aber ich hatte Hunger. Aus meinem Vorratsschrank holte ich mir eine Dose mit Ravioli. Ich machte mir die Nudeltaschen warm und setzte mich, den Teller mit den Ravioli in der Hand, vor den Fernseher. Wieder zappte ich von Sender zu Sender. Zwischendurch holte ich mir ein Bier. So hangelte ich mich durch, bis zur Harald-Schmidt-Show. Danach ging ich ins Bett. Morgen hoffte ich Nelly wiederzusehen.
Doch es kam anders. Den ganzen Vormittag wartete ich auf ihren Anruf, doch sie meldete sich nicht. Später versuchte ich, sie auf dem Handy zu erreichen. Es meldete sich nur ihre Mail-Box. Ich hinterließ eine Nachricht, dass sie mich so schnell wie möglich zurückrufen sollte. Wieder wartete ich zwei Stunden. Ich wurde langsam unruhig.

Schließlich verließ ich meine Wohnung und ging zu meinem Auto. Ich stieg ein und fuhr los in Richtung Reutlingen. Ich wollte nicht zu Hause herumsitzen und warten. Ich wollte irgendetwas tun. Ich fuhr ohne Ziel durch Reutlingen. Ich schaute mir im Vorbeifahren teilnahmslos die tristen Häuserfassaden an. Als ich mich wieder dem Hohbuch näherte, wurde ich deutlich unruhiger. Irgendetwas zog mich hierher, doch ich wusste nicht was.
Ich stellte meinen Wagen in der Hermann-Ehlers-Straße am Straßenrand ab und schlenderte den Bürgersteig entlang. Mein Gefühl sagte mir, dass ich hier richtig war. Ich schaute mir die einzelnen Häuser und die Leute, die aus den gläsernen Eingangstüren kamen, an. Mein Herz klopfte. Was war, wenn ich hier zufällig auf Bernd König traf? Wie sollte ich ihm erklären, dass ich hier um diese Uhrzeit durch diese unwirtliche Straße schlenderte.
Ich versuchte, mich an die beiden Dealer von damals zu erinnern. Ihre Gesichter verschwammen in meiner Erinnerung. Ich hatte zwar Bilder von der Gerichtsverhandlung vor mir, aber sie waren zu ungenau. Ich glaube nicht, dass ich heute noch einen der Angeklagten sicher wieder erkennen würde. Mit dem Rennfahrer ging es mir genauso. Sein Haar war damals schon recht grau gewesen und stark gelockt, wenn mich meine Erinnerung nicht täuschte.
Ich holte mein Handy aus der Tasche und versuchte, Nelly zu erreichen. Ich hatte kein Glück. Sie meldete sich nicht.
Ich schlenderte die Straße vor den Häusern entlang, ging über die Parkplätze und schaute mir ziellos die Autonummern an. Plötzlich stockte ich. Eine der Nummern kam mir bekannt vor. Aber ich konnte mich nicht erinnern, woher. War es eine der Nummern, die ich mir notiert hatte, bevor ich mit Nelly in meine Wohnung gegangen war? Den Zettel hatte ich allerdings nicht dabei. Er lag zu Hause in meiner Wohnung. Ich holte ein Stück Papier aus meiner Jackentasche und schrieb mir die Nummer auf. Ich wollte sie später mit den Autokennzeichen, die ich zu Hause hatte, vergleichen.
In diesem Augenblick gab mein Handy ein lautes Piepsen von sich. Verdammt, der Akku war leer. Ich muss nach Hause und ihn aufladen. Ich wollte immer für Nelly erreichbar sein.
Mit schnellerem Schritt ging ich zurück zum Auto. In zwanzig Minuten war ich zu Hause. Ich lief zu meiner Wohnung hoch,

holte das Ladegerät aus dem Regal und steckte es an mein Handy. Ich hörte meinen Anrufbeantworter ab. Es war keine Nachricht darauf. Warum meldete sich Nelly nicht?
Einige Zeit später klingelte das Telefon. Es war John.
„Hi, ich hoffe, ich störe nicht."
„Nein, nein", sagte ich. Ich wollte freundlich sein, vielleicht konnte er mir etwas über Nelly sagen. Doch es kam völlig anders.
„Ist Nelly bei dir?", fragte er stattdessen. Und seine Stimme klang etwas besorgt.
„Nein", antwortete ich. Langsam stieg Angst in mir auf.
„Wir wollten uns heute Nachmittag treffen, aber sie ist nicht gekommen. Sie wollte heute Morgen von ihrer Fortbildung in Frankfurt zurück sein."
„Sie hat sich nicht bei mir gemeldet und ich habe sie auch nicht erreicht."
Einen kurzen Augenblick herrschte völlige Stille. Wir dachten beide nach.
„Vielleicht will sie einfach ihre Ruhe haben", meinte John. Allerdings merkte ich, dass er genauso wenig daran glaubte wie ich.
„Du hast wahrscheinlich Recht", sagte ich aber, um mir selbst Mut zu machen und den Gedanken nicht zu Ende zu denken, der langsam in mir aufstieg.
„Wenn sie sich bei dir meldet, sag ihr, sie soll mich anrufen", sagte John, bevor er auflegte.
Ich starrte immer noch den Hörer in meiner Hand an. Ich musste Nelly finden. Inzwischen war es Abend geworden. Ich nahm mir vor, zu ihr nach Hause zu fahren. Ich hatte ja jetzt ihre Adresse.
Ich ging zu meinem Auto und fuhr Richtung Weststadt. Vor ihrem Haus hielt ich an. Ihr Auto stand nicht da. Und in ihrer Wohnung war kein Licht. Niemand öffnete auf mein Klingeln. Ich wurde zusehends unruhiger. Hier stimmte etwas nicht, dachte ich.
In diesem Augenblick fiel mir das Autokennzeichen ein, das ich notiert hatte. Ich hatte vergessen, zu Hause nachzuschauen. Ich gab Gas und war in zehn Minuten vor meiner Wohnung. Gut, dass um diese Zeit keine Blitzer mehr installiert waren.
Ich stürmte die Treppe hoch in meine Wohnung. Wo hatte ich den Zettel nur gelassen? Ich suchte überall in der Wohnung

nach dem Stück Papier und nahm mir vor, endlich einmal Ordnung in mein Chaos zu bringen. Schließlich fand ich den Zettel auf meinem Schreibtisch unter meinen Aufzeichnungen, die ich bei dem Drogenprozess gemacht hatte.
Ich starrte auf das kleine, weiße Stück Papier. Meine Finger zitterten und ein Schauer lief über meinen Rücken. Die Nummer, die ich mir in Reutlingen notiert hatte, stimmte mit einer der Nummern überein, die ich damals in der Nacht vor meinem Haus aufgeschrieben hatte. War es Zufall oder nicht? Ein Auto, das gerade in Reutlingen in der Hohbuch-Siedlung steht, parkte vor kurzem vor meinem Haus.
Aufgeregt lief ich hin und her. Da ich mich sowieso auf nichts mehr konzentrieren konnte, rannte ich wieder zu meinem Auto. Doch ich stieg nicht ein. Ich sah mich angstvoll auf der Straße um. Stand der Wagen vielleicht jetzt wieder hier? Hatte er mich womöglich in Reutlingen vor dem Hochhaus gesehen und mich hierher verfolgt? Ich lief die Straße hinunter und schaute mir jedes Auto genau an. Im gleichen Augenblick startete ein paar Schritte entfernt ein Wagen und fuhr in die entgegengesetzte Richtung davon. Es war ein grauer Audi, so viel konnte ich noch erkennen. Der Wagen in Reutlingen war allerdings ein alter VW Golf gewesen. Darum war es mir egal, dass ich die Nummer des Audi in dem Dämmerlicht nicht erkennen konnte.
Auf der Straße fand ich kein Auto mit dem notierten Kennzeichen. Ich ging zurück zu meinem Wagen. Inzwischen hatte es wieder leicht zu nieseln begonnen. Ich zog den Kragen meiner Jacke hoch und setzte mich in meinen Peugeot. Es drängte mich erneut nach Reutlingen. Nur wenig später hielt ich in der Hermann-Ehlers-Straße im Hohbuch an. Ich schaltete das Licht aus, blieb einige Minuten sitzen und stieg dann vorsichtig und leise aus. Ich schlich an den Büschen der Hochhäuser entlang. Ich konnte mich nicht mehr genau erinnern, welcher Parkplatz es gewesen war.
Alles sah hier so gleich aus. Ich schritt alle Parkplätze ab und kontrollierte Auto für Auto. Schließlich glaubte ich, den richtigen Ort gefunden zu haben. Doch der Wagen war nicht mehr da.
Ich überlegte kurz. Hatte ich mich doch in dem Parkplatz getäuscht? Nein, ich war mir sicher, hier erst vor kurzer Zeit gewesen zu sein.

Ich ging zur Eingangstür eines der anliegenden Hochhäuser. In der Dunkelheit leuchtete ein kleines Licht. Als ich näher kam, sah ich, dass es der Lichtschalter war. Ich drückte darauf und sofort sprang das Licht an, das den Eingang wie auch das untere Treppenhaus erleuchtete. In inspizierte die Klingelleiste. Langsam ging ich Namen für Namen durch. Doch keiner kam mir bekannt vor.
Ich ging zum nächsten Hochhaus. Ich grub mich tiefer in meine Jacke, als ein Pärchen, das sich Arm in Arm hielt, an mir vorbei schlenderte. Außerdem war es jetzt richtig kalt und ungemütlich geworden. Es hatte begonnen, stärker zu regnen.
Bevor ich richtig nass wurde, erreichte ich den Eingangsbereich des nächsten Hochhauses. Wieder drückte ich auf den Lichtschalter und wieder sprang sofort die Beleuchtung an.
Ich untersuchte die Klingelleiste. Mit dem Finger fuhr ich die Namen ab. An einer Stelle stockte ich. Der Name an einer Klingel war unleserlich. Ich versuchte, den Namen in dem künstlichen Zwielicht zu entziffern. Es konnte Benzing, Benker oder auch ... es konnte auch Bender heißen. Ich erschrak. Dies war doch der Name des Reutlinger Rennfahrers, über den ich geschrieben hatte. Wohnte er hier in diesem Hochhaus? War er derjenige, der hinter mir her war?
Im gleichen Augenblick sah ich, dass jemand mit dem Aufzug nach unten kam. Ich trat zurück in den Schatten neben der Tür und wartete. Es kam eine ältere Frau aus dem Haus, die mit strammem Schritt an mir vorbei in die Nacht ging.
Ich dachte nach. Was konnte ich jetzt tun? Ich nahm mir vor, den Eingangsbereich eine Zeit lang zu beobachten. Weil es aber zu kalt und nass war, es regnete jetzt richtig heftig, holte ich mein Auto und parkte es auf der gegenüberliegenden Straßenseite im Halteverbot.
„So spät wird doch kein ‚Sheriff' unterwegs sein, um mir ein Knöllchen zu schreiben?", hoffte ich.
Ich vergrub mich tief in meinen Sitz und beobachtete das Haus. Eine Stunde geschah nichts.
Ich musste herausfinden, ob Bender wirklich in diesem Haus wohnte. Wahrscheinlich gab es noch einmal ein Namensschild an der Wohnungstür im Inneren des Hochhauses. Doch wie kam ich in das Haus hinein?
Ich startete meinen Wagen, stellte ihn wieder eine Straße weiter ab und ging zurück zum Haus. Ich versteckte mich im Gebüsch

am Eingang und wartete. Der Regen hatte jetzt endlich nachgelassen und es kam mir auch nicht mehr so kalt vor. Vielleicht war es auch einfach nur die Aufregung, die mich die Kälte nicht mehr spüren ließ.
Ich hatte Glück. Eine Viertelstunde später verließ ein jüngeres Paar das Hochhaus. Die Tür brauchte einige Zeit, um zu schließen. Leise trat ich aus meinem Versteck, damit das Paar mich nicht bemerkte, und erreichte die Eingangstür gerade noch, bevor sie endgültig schloss. Ich schlich durch den Eingangsbereich. Nach der Klingel zu schließen, musste die Wohnung ziemlich weit oben liegen. Mit dem Aufzug fuhr ich in den 9. Stock. Ich stieg aus. Mein Herz klopfte. Ich schritt die Türen ab. Tatsächlich gab es auch hier vor jeder Wohnung eine Klingel und ein Schild mit einem Namen darauf. Ich ging alle durch, aber im 9. Stock hieß niemand Bender. Über die Feuertreppe stieg ich ein Stockwerk höher. Auch in diesem Stock fand ich nicht das Namensschild, das ich suchte. Noch eine Treppe höher. Wieder kein Namensschild, auf dem Bender stand. Allerdings gab es eines, auf dem kein Name verzeichnet war. Ich ging ein Stockwerk höher, um die Namen dort zu überprüfen. Kein Schild an der Tür trug den Namen Bender oder einen, der so ähnlich geklungen hätte. Ich ging wieder eine Treppe tiefer. Es musste die Tür ohne Namensschild sein.
Mein Herz schlug inzwischen heftig bis zum Hals. Ich hielt mein Ohr an die Tür. Doch außer meinem lauten Herzschlag hörte ich nichts. Plötzlich gab es ein Geräusch. Ich zuckte zusammen. Ein Schloss wurde zurückgeschoben. Gerade noch rechtzeitig erreichte ich das Treppenhaus. Durch den Türspalt sah ich jemanden aus der Nachbarwohnung herauskommen. Er ging zum Aufzug, drückte auf den Knopf und wartete. Ich zog mich ganz in die Dunkelheit des Treppenhauses zurück. Ich hörte, wie sich der Aufzug in Bewegung setzte und schließlich in dem Stockwerk anhielt. Der Mann stieg ein und war im nächsten Augenblick verschwunden. Ich schlich zurück in den Gang und lauschte wieder an der Tür. Nichts. Kein Laut. Ich nahm meinen ganzen Mut zusammen und klingelte. Sofort rannte ich zurück ins Treppenhaus und lugte durch den Türspalt. Ich wartete gespannt, ob jemand den Türöffner für die Haupteingangstür unten drückte oder ob sich die Tür hier oben öffnete. Es tat sich nichts.

Was sollte ich nun tun? Ich ging zurück zur Tür und klingelte noch einmal. Diesmal blieb ich mutig stehen und hörte, ob sich hinter der Tür etwas tat. Wieder vernahm ich keinen Laut. Offensichtlich war niemand zu Hause. Ich presste mein Ohr noch einmal fest an die Tür.

In diesem Augenblick klingelte mein Handy. Vor Schreck sank ich in die Knie, die nun heftig zitterten. Doch nur kurz blieb ich in dieser recht unbequemen Stellung. Als meine Beine mich wieder trugen, sprang ich auf und flüchtete ins Treppenhaus. Ein Stockwerk tiefer blieb ich atemlos stehen.

Mein Handy klingelte immer noch. Ich versuchte mich kurz zu beruhigen, dann drückte ich an meinem Handy die blaue Hörer-Taste, um die Verbindung herzustellen.

Ich kannte die Stimme und ein Schauer lief meinen Rücken hinunter.

„Hey, hör zu", krächzte es aus dem Handy.

Ich sagte keinen Ton.

„Hör genau zu. Ich hab hier deine kleine Freundin."

Mir verschlug es die Sprache. Meine Hände zitterten. Dann hörte ich ein Rauschen und danach ein kurzes, stockendes „Lucky, es tut mir Leid."

Es war Nelly. Und ich hörte, wie sie leise weinte.

Doch bevor ich etwas sagen konnte, war wieder das Krächzen in der Leitung.

„Ich werde sie und dich so quälen, wie du mich gequält hast. Und es wird mir Spaß machen", sagte die Stimme.

In einer blitzartigen Eingebung brüllte ich ins Telefon: „Bender, du Dreckschwein, ich krieg dich. Und dann bringe ich dich um."

Es war kurz still in der Leitung, dann hörte ich die seltsame Stimme wieder.

„Wenn du die Polizei rufst, ist sie gleich tot."

Ich vernahm ein metallenes Geräusch. Dann hörte ich nichts mehr, nur noch ein Klicken.

„Halt, bleib dran, du Schwein", rief ich laut. Meine Stimme hallte durch das Treppenhaus. Doch die Leitung war tot.

Ich hielt mich am Geländer fest. Viele Gedanken rasten gleichzeitig durch meinen Schädel. Ich musste jetzt handeln. Schnell. Ich war mir sicher, dass er es gewesen war. Es musste einfach Bender sein. Und wenn er es doch nicht war? Wenn es etwa Königs Bruder war? Ich hatte keine Zeit zu zweifeln. Ich musste einfach alles auf eine Karte setzen.

„Es muss stimmen, sonst hat Nelly keine Chance", sagte ich mir.
Die Polizei wollte ich vorerst nicht einschalten. Ich hatte Angst um Nelly. Ich hastete eine Treppe nach oben und stand wieder vor der Tür, hinter der ich Bender oder zumindest seine Wohnung vermutete. Hinter dieser Tür lag vielleicht die Lösung der ganzen wilden Geschichte. Ich hatte in vielen Krimis den Kreditkartentrick an der Haustür gesehen. Und den probierte ich jetzt auch aus. Ich schob die Kreditkarte in den Türspalt an die Stelle, wo ich das Schloss vermutete. Mit einem kurzen Knacken brach meine Kreditkarte in zwei Teile, die Tür aber blieb zu.
„Verdammt", fluchte ich.
Ich holte meine zweite Karte heraus und fuhr den Türspalt auf und ab.
„Warum geht es im Fernsehen immer so einfach", murmelte ich leise vor mich hin. Im selben Augenblick machte die Tür „klick" und war offen.
„Na bitte", sagte ich zu mir, „geht doch."
Mit zwei Schritten stand ich im Flur. Die Wohnung war dunkel. Ich tastete nach einem Lichtschalter. Ob Bender in der Wohnung war oder nicht, war mir egal. Ich musste jetzt etwas tun und wollte keine Zeit verlieren.
Ich schaltete das Licht im Flur an und drückte mich an die Wand und wartete gespannt auf irgendeine Reaktion. Aber nichts regte sich in der Wohnung. Ich blieb für Sekunden still stehen und hielt kurz den Atem an, um kein Geräusch zu verursachen und um besser hören zu können. Nichts. Alles blieb still.
Ich untersuchte den Flur, in dem ich stand. Gegenüber waren zwei Haken an der Wand – eine spartanische Garderobe, an der ein Mantel hing. Daneben stand ein kleiner Schrank. Zwei Türen gingen nach links und rechts ab. Ich öffnete die erste, sprang ins Dunkel und stand im Bad.
Ich ging sofort zurück und öffnete die zweite Tür. Ich schaltete das Licht an. Es war ein großer Raum, offensichtlich neben dem Bad das einzige Zimmer der Wohnung. Ein alter, verschrammter Esstisch ohne Tischdecke stand an der Wand. Das Zimmer war durch eine Regalwand in zwei Hälften abgetrennt. Dahinter war ein französisches Bett, das zwar durcheinander und gebraucht, aber leer war. Und auf der rechten Seite, nicht weit vom Esstisch entfernt, war eine Küchentheke.

Ich ging vorsichtig in das Zimmer hinein. Es war niemand hier, der Vogel war ausgeflogen.
Erst jetzt kroch langsam die Angst durch meinen Körper. Es wurde mir klar, wie unüberlegt ich gehandelt hatte. Wie hätte ich mich denn gegen Bender verteidigen sollen? Ich hatte keine Waffe, noch nicht einmal einen Baseballschläger oder etwas Ähnliches. Auch war ich in Sachen Kampfsport völlig ungeeignet. Doch das Glück war auf meiner Seite.
Ich schaute mir das Zimmer genauer an. Auf dem Tisch standen zwei Kartons mit Zeitungsausschnitten und Bildern. Ich griff in den einen Karton und holte den obersten Zeitungsschnipsel heraus. Und der kam mir sofort bekannt vor. Es war mein Artikel über Bender. Jetzt war ich mir sicher, dass ich in der richtigen Wohnung war.
Im anderen Karton lag ein Stapel mit Fotos. Ich sah mir die Abzüge genauer an. Darauf war Bender zu sehen mit seinem Motorrad und wie er einen Pokal in der Hand hielt.Auf den Bildern wirkte er noch sehr jung. Anders als ich ihn in Erinnerung hatte, mit seinen grauen gelockten Haaren. Aber zweifellos, es war Bender. Daneben war auch ein Familienbild. Es zeigte Bender wohl mit seiner Frau und mit seinen beiden Kindern. Es muss ein Bild aus glücklicheren Tagen gewesen sein, denn alle trugen ein breites Lachen im Gesicht und sahen locker und fröhlich aus. Von dieser Sorte von Bildern gab es noch mehr. Auch ein weiterer Mann war auf einem der Fotos abgebildet, den ich nicht kannte, der allerdings durchaus eine gewisse Ähnlichkeit mit Bender hatte.
Dann gab es noch Abzüge, auf denen Häuser und einige andere Gebäude zu sehen waren. Diese Bilder sagten mir gar nichts. Eines zeigte ein kleines Fabrikgebäude, dahinter erkannte ich die große Werbeschrift an einem anderen Haus. Der Name kam mir bekannt vor. Es handelte sich um ein größeres und exklusives Möbelhaus. Das musste hier irgendwo in einem Gewerbegebiet in Reutlingen aufgenommen worden sein.
Ich schaute die anderen Bilder durch. Ja, ich war mir sicher, das war hier in Reutlingen. Bender hatte wohl einen kleinen Betrieb mit Lagerhalle gehabt.
Ich wurde unruhig. Das könnte doch eine Möglichkeit sein, sagte ich aufgeregt zu mir. Ich muss den Betrieb finden. Vielleicht versteckt er dort Nelly.

Aber wo war dieser Betrieb? Den zu finden durfte nicht allzu schwer sein. Ich hatte den Namen von der Leuchtreklame. Die musste doch jetzt in der Nacht ebenfalls leuchten und weithin sichtbar sein.
Ich schaute mich noch kurz in der Wohnung um, aber ich sah nichts, was mich noch interessieren könnte. Ich ging hastig zur Wohnungstür. Zuvor allerdings untersuchte ich noch den Mantel in der Diele. In einer Tasche steckte ein Schlüsselbund. Ich nahm ihn mit. Vielleicht konnte ich ihn später gebrauchen.

# 18

Über eine Viertelstunde war ich wild durch Reutlingen gerast. Ich konnte kaum einen klaren Gedanken fassen. Zuerst hatte ich mir das Industriegebiet in Betzingen angeschaut. Doch dort war ich, was ich mir schon gedacht hatte, nicht fündig geworden.
Jetzt war ich Richtung „Laisen" unterwegs. Ich fuhr mit reichlich überhöhter Geschwindigkeit auf der B 28 durch Reutlingen durch. Ich kam an Bau- und Möbelmärkten vorbei, die in der Nacht durch ihre gewaltige Größe nun eher bedrohlich auf mich wirkten.
Langsam verzweifelte ich. Ich musste diesen Betrieb, diese Gebäude finden, und zwar schnell. Ich bog von der B 28, die hier erst Bantlinstraße, dann Schieferstraße hieß, ab ins Gewerbegebiet. Ich lenkte meinen Wagen durch dunkle Straßen, versuchte mich an den Leuchtreklamen zu orientieren. Kein Mensch war jetzt um diese Zeit mehr unterwegs. Ich hielt kurz am Straßenrand an und überlegte. Gab es eine Möglichkeit, wie ich rationeller vorgehen konnte? Die Zeit drängte.
Ich wollte gerade wieder den Motor meines Wagens starten, als mein Blick auf die große, rote Leuchtschrift fiel, nur wenige Meter vor mir. Ich musste nicht mehr weiterfahren. Ich hatte das, was ich suchte, gefunden. Ich schaltete sofort die Lichter meines Autos aus.
Ich atmete erst einmal tief durch.
„Nur nicht überstürzt handeln", dachte ich.
Ich öffnete meine Fahrertür einen Spaltbreit. Doch im gleichen Augenblick zögerte ich. Sollte ich nicht lieber zuerst die Polizei rufen? Sollte ich diese Sache nicht Profis in die Hand geben?
Aber ich wollte keine Zeit mehr verlieren. Und außerdem könnte es gefährlich für Nelly werden, wenn die Polizei das Gebäude, in dem sie gefangen gehalten wird, stürmen würde.
Und überhaupt, ich musste erst einmal den Ort finden, wo Bender Nelly festhielt.
Ich schaute in den Rückspiegel. Weiter hinter mir stand nur ein unbeleuchtetes Auto, ein grauer Audi, in dem allerdings niemand saß. Dieses Fahrzeug interessierte mich nicht weiter. Bender hatte schließlich ein anderes Auto.
Ich öffnete leise meine Wagentür und stieg aus. Die Innenbeleuchtung hatte ich zuvor ausgeschaltet, um niemanden auf mich aufmerksam zu machen. Ich schlich leicht geduckt ein paar Meter auf dem Bürgersteig entlang, um einen besseren

Blick auf die Leuchtreklame zu haben. Hier irgendwo musste Benders Betrieb sein. Es dauerte nicht lange und ich hatte das Gebäude gefunden. Es sah sehr heruntergekommen aus. Die Schrift an der Hausfassade war verwittert. Mit Mühe konnte man noch den Schriftzug „Bender GmbH“ erkennen. An manchen Fenstern waren die Glasscheiben zerbrochen. Hier hatte schon lange niemand mehr gearbeitet.
Es war von der Straße aus kein Licht in dem mehrstöckigen Haus zu sehen.
Vor dem Gebäude war ein kleiner Hof, der durch einen Zaun zur Straße hin abgetrennt war. Allerdings war der Zaun nicht sehr hoch. Ich sah mich auf der Straße um, aber es war keine Menschenseele unterwegs. Ohne große Mühe stieg ich über den niedrigen Zaun und stand nun im Hof. Ich sah wieder zum Haus hin. Nichts regte sich dort. Ich verhielt mich einen Moment ganz still, hielt den Atem an und lauschte. Kein Geräusch drang zu mir. Nur in der Ferne hörte ich das um diese Uhrzeit jetzt ungleichmäßige Rauschen des Verkehrs, der von Metzingen her in die Stadt kam.
Ich ging zum Gebäude hin und näherte mich der Eingangstür. Langsam tastete ich mich vor. Plötzlich stockte mir der Atem. Hatte ich nicht eben ein Geräusch gehört? Ich wartete kurz, aber als sich nichts tat, ging ich zur Eingangstür. Ich drückte die Türklinke nach unten, aber die Tür war fest verschlossen.
Der Hof führte an der rechten Seite des Hauses vorbei. Wahrscheinlich war dort noch ein Lagergebäude. Ich drückte mich leise und vorsichtig an der Hauswand entlang bis zur Ecke. Behutsam schob ich meinen Kopf nach vorne und spähte in den hinteren Teil des Hofes. Ich hatte Recht gehabt. Dort hinten gab es noch ein größeres Lagergebäude, das in der Dunkelheit von der Straße her nicht zu erkennen gewesen war. Ich ging um das Haus herum und stand nun völlig im Dunkeln. Im hinteren Teil des Hofes gab es kein Licht mehr, die Straßenlaternen reichten nicht bis hierher. Ich wartete, bis sich meine Augen etwas an die Dunkelheit gewöhnt hatten, dann schlich ich vorsichtig weiter. Von hier aus war es fast unmöglich, in das Hauptgebäude zu gelangen. Einen Hintereingang entdeckte ich nicht und die Fenster lagen etwas höher. Ich hätte irgendetwas gebraucht, um hochsteigen zu können.
Deshalb konzentrierte ich mich nun auf das Lagergebäude. Es hatte ein großes Tor, in dem eine kleinere Tür eingearbeitet

war. Dies war nun mein erstes Ziel. Ich erreichte das Tor, tastete mich weiter und kam zu der Tür. Ich horchte, ob sich dahinter etwas tat, aber ich hörte nichts. Langsam drückte ich die Türklinke nach unten und erschrak sofort. Die Tür sprang mit einem lauten Knarren auf. Ich schaute in die völlige Dunkelheit der Halle. Vorsichtig ging ich durch die Tür.

„Jetzt wäre eine Taschenlampe nicht schlecht“, dachte ich.

Im gleichen Augeblick strich etwas an meinen Beinen vorbei. Mein Herz blieb fast stehen. Was war das gewesen? Ich drehte mich blitzschnell um und erkannte schemenhaft ein kleines Tier. Es war ein Kater gewesen, der nun wieder langsam zu mir zurück kam. Offensichtlich war er in dem Lagergebäude eingeschlossen gewesen und war nun froh darüber, dass er sich wieder frei bewegen konnte. Er rieb sich an meinen Hosenbeinen. Ich ging in die Knie und streichelte das kleine Tier, das sofort zu schnurren anfing. Es war ein Tigerkater, der mich nun ganz neugierig aus seinen tiefgrünen Augen anstarrte. Ich strich ihm über den Kopf und richtete mich langsam wieder auf.

Das Tier hatte mich etwas beruhigt. Doch als ich in die Dunkelheit starrte, stieg wieder Unruhe in mir auf. Alle Muskeln in meinem Körper waren angespannt.

Aber es schien alles ruhig und ich hörte nur das starke Klopfen meines Herzens. Vorsichtig tastete ich mich nach vorne und stieß mit dem Schienbein gegen einen Gegenstand.

„Verflucht.“

Mein Bein schmerzte heftig. Es war die Stoßstange eines Autos gewesen. Ich beugte mich nach unten und versuchte, das Nummernschild zu finden. Zuerst allerdings fand ich wieder den Kater, der mir offensichtlich gefolgt war und mich als neuen Spielkameraden adoptiert hatte.

„Nein, jetzt nicht“, sagte ich leise. Doch das Tier blieb in meiner Nähe.

Ich tastete nun die Buchstaben des Nummernschildes ab. Ich war mir nicht sicher, aber ich glaubte, die Nummer erkennen zu können. Es war Benders Autonummer, war ich mir fast sicher. Im gleichen Augenblick fiel mir ein, dass ich eine kleine Taschenlampe an meinem Schlüsselbund hatte. Ich griff in meine Hosentasche und suchte den Schlüssel. Doch ich zog meine Hand sofort wieder heraus, ich brauchte keine Taschenlampe mehr.

Eine Tür, die wohl in einen weiteren Teil des Lagerraums führte, wurde plötzlich aufgestoßen. Ein greller Lichtkegel fiel

herein. Ich konnte nun das Nummernschild an dem Fahrzeug ohne Mühe erkennen und meine letzten Zweifel waren beseitigt. Es war derselbe Wagen, ein alter Golf, den ich auf dem Parkplatz im Hohbuch gesehen hatte. Ich bewegte mich nun auf allen Vieren leise um das Auto herum. Ich hörte Schritte. Jemand kam von der Tür mit einer Taschenlampe in der Hand. Ich drückte mich fest auf den Boden und traute mich nicht, meinen Kopf zu heben. Im gleichen Augenblick spürte ich wieder den Kater, der erneut anfing, sich an mir zu reiben.
Ich schaute kurz nach oben und sah an dem Tier, das mich interessiert beäugte, vorbei und entdeckte die Beine einer dunklen Gestalt, die um das Auto herum Richtung Tor lief. Im nächsten Augenblick war die Gestalt verschwunden. Möglicherweise ging Bender, wenn er es denn gewesen war, zum Hauptgebäude. Das war meine Chance. Ich konnte jetzt das Lagerhaus durchsuchen. Wenn Bender hier war, dann war es Nelly sicher auch. Ich musste sie finden.
Ich ging durch die Tür, durch die Bender gekommen war, die Katze immer im Schlepptau.
„Nein, bleib draußen“, sagte ich leise, aber bestimmt.
Ich war nun in einem größeren Raum mit lauter Regalwänden aus Metall. Es sah gespenstisch hier aus, weil sich in den Regalen keine Gegenstände mehr befanden. Der Raum war mit einer trüben Lampe nur schwach beleuchtet. Die Birne reichte mir aber aus, um mich orientieren zu können. Ich ging vorsichtig die Regale entlang. Ich musste auf der Hut sein, falls Bender plötzlich wieder auftauchen sollte.
Ich entdeckte nun eine steile Stahltreppe, die wohl nach oben in einen Büroraum führte. Weil er Fenster in den Lagerraum hatte und beleuchtet war, konnte man von hier unten ins Innere des Büros schauen. Ich rannte zur Treppe und war mit ein paar Schritten oben und ging ins Büro. Ein Stuhl stand in der Mitte des Raumes, in dem die Tapete an den Wänden abblätterte, und ein alter Schreibtisch, der nicht mehr viel wert war. Auf dem Tisch lagen etwas Klebeband und eine längere Schnur.
Eines sah ich auf den ersten Blick: Nelly war nicht hier. Wo konnte sie sein? Bender war hier oben gewesen, sie musste hier sein. Ich kniete mich auf den Boden, zog mich vorsichtig an der Wand nach oben und schaute durch das Fenster in den Lagerraum. Bender kam noch nicht zurück. Ich musste weiter. Ich ging aus dem Büro und wollte gerade die Treppe hinunter,

als ich ein Geräusch vernahm. Ich sprang zurück ins Büro und duckte mich hinter den Schreibtisch. Auf allen Vieren kroch ich weiter hinter ein Regal, das an der hintersten Ecke des Zimmers stand. An der Wand lehnte ein großes, eisernes Rohr. Das zog ich zu mir und umklammerte es mit einer Hand. Ich könnte es im Notfall als Waffe benutzen. Mein Herz schlug immer schneller. Ich lauschte. Aber Bender kam offensichtlich nicht die Treppe herauf ins Büro.

Ich wartete ein paar Minuten, die mir wie eine Ewigkeit erschienen. Als ich mir sicher war, dass niemand hier herauf kam, robbte ich wieder nach vorne. Langsam schob ich meinen Kopf nach oben und spähte wieder über den Fensterrahmen in den Lagerraum hinunter. Ich konnte nur die leeren Regale sehen und den Kater, der langsam aus dem Schatten tapste, in den er sich offensichtlich verkrochen hatte. Er musste also auch etwas gehört haben.

Doch ich sah niemanden. Hatte ich mich getäuscht? War Bender gar nicht zurückgekommen? Aber ich war mir sicher, Schritte gehört zu haben. Es musste hier offensichtlich noch einen weiteren Raum geben. Leise schlich ich auf das Podest der Treppe. Ich versuchte kein Geräusch zu verursachen, als ich die Treppe hinunter lief. Als ich fast unten war, sah ich die Tür. Sie war mir vorher gar nicht aufgefallen. Möglicherweise hatte das Büro mich abgelenkt. Ich schlich wieder an leeren Regalen entlang. Auf dem Boden entdeckte ich einen schweren, großen eisernen Schraubenschlüssel, den ich aufhob und fest mit einer Hand umklammerte. Das Eisenrohr hatte ich in meiner Aufregung im Büro vergessen.

Direkt neben der Tür war ein geräumiger Metallschrank, dessen Tür halb geöffnet war. Er war meine Rettung, denn im nächsten Augenblick vernahm ich Schritte hinter der Metalltür. Mit einem schnellen Satz war ich im Metallschrank, der glücklicherweise leer gewesen war. Ich zog die Doppeltür zu und hielt sie mit einer Hand umständlich fest. Durch einen kleinen Spalt konnte ich nach draußen sehen. Jemand kam durch die Metalltür, die ich vorhin entdeckt hatte. Er war so schnell an mir vorbei, wie er aufgetaucht war. Ich konnte kurz seinen Rücken sehen, aber ich konnte nicht genau erkennen, ob es wirklich Bender gewesen war. In meinem kleinen, dunklen Gefängnis wartete ich ein paar Minuten und versuchte, so wenig zu atmen wie möglich. Ich konnte nicht genau sagen, wohin die Person

gelaufen war. War sie nun oben im Büro oder war sie wieder hinaus Richtung Hof gegangen. Ich wartete einige Sekunden, die mir wie eine Ewigkeit vorkamen. Meine Hände zitterten, eigentlich alles an meinem Körper vibrierte. Leise öffnete ich die Tür meines Verstecks. Ich konnte niemanden im Lagerraum erkennen, auch nicht den Kater, der sich offenbar wieder aus dem Staub gemacht hatte. Kluges Tier.
Ich drückte mich um den Schrank herum, der mir nun auch Sichtschutz nach oben Richtung Büro bot. Ich streckte meinen Kopf langsam und vorsichtig um die Ecke des Schrankes und schaute nach oben. Niemand war zu sehen, zumindest nicht von hier unten. Ich blickte dauernd nach oben und tastete mich rückwärts zur Türklinke. Als ich sie gefunden hatte, drückte ich sie nach unten. Immer noch blickte ich in den Lagerraum und auch nach oben ins Büro. Jetzt hatte ich keine Deckung mehr. Ich trat einen Schritt zur Seite, öffnete die Metalltür und ging weiter. Als ich die Tür hinter mir geschlossen hatte, stand ich völlig im Dunkeln.
Ich hörte in die Stille und glaubte, ein leises Wimmern zu vernehmen. Bender war nicht mehr hier, also konnte ich Licht machen. Ich legte meine Hand an die Wand und tastete nach einem Lichtschalter. In ein paar Sekunden hatte ich ihn gefunden. Ich knipste das Licht an. Jetzt sah ich, wo ich war. Ich stand auf einem Podest und am Kopf einer Treppe, die nach unten führte. Offensichtlich ging es hier in den Keller. Ich lief die Treppe nach unten.
Ich stand nun in einem kahlen Flur, der mit einer Birne an der Decke schwach beleuchtet war.
Das Wimmern war jetzt deutlicher vernehmbar. Es kam vom Ende des Flurs. Dort gab es eine weitere Tür.
„Nelly?“, rief ich leise.
Das Wimmern hörte für einen Augenblick auf. Sie war hier, sie musste hier sein.
Mit wenigen Schritten war ich an der Tür. Ich drückte die Klinke vorsichtig nach unten, doch die Tür öffnete sich nicht. Sie war abgeschlossen. Ich klopfte leise an die Tür. Nun hörte ich undeutliche Laute, die aus dem Raum kamen.
Ich schaute mich um. Ich brauchte irgendein Werkzeug, um die Tür aufzubrechen. Meine Schulter war nicht stark genug. Außerdem klappt so etwas meist nur im Film oder im Roman. Von dem düsteren Flur gingen noch zwei weitere Türen ab.

Ich hatte Glück. Die eine Tür war nicht verschlossen. Ich ging hinein. Der Raum war leer bis auf ein paar Regale, auf denen irgendwelcher Metallschrott herumlag. Nichts war für meine Zwecke zu gebrauchen. Ich probierte die zweite Tür. Hier drin standen eine Werkbank und zwei Schränke, jede Menge Werkzeug hing an der Wand. Der Raum war in wesentlich besserem Zustand als die anderen. Hier hatte vor nicht allzu langer Zeit noch jemand gearbeitet.
Ich öffnete die Schränke und fand schließlich etwas, das so aussah wie ein Brecheisen.
„Gut", sagte ich leise zu mir.
Mit dem Eisen konnte ich vielleicht die Tür öffnen, ich konnte es aber auch als Waffe benutzen, besser jedenfalls als den Schraubenschlüssel, den ich immer noch etwas verkrampft in meiner Hand hielt.
Bevor ich in den Flur zurückging, stand ich kurz völlig still, um zu hören, ob jemand die Treppe herunter kam. Kein Laut war zu vernehmen außer dem leisen, beunruhigenden Jammern, das nun wieder eingesetzt hatte.
Ich trat in den Flur. Das Brecheisen hielt ich – fest umklammert – in der Hand. Gerade als ich es an der Tür ansetzen wollte, hörte ich etwas. Es klang wie schnelle Schritte. Ich sprang zurück in den Werkzeugraum. Jemand war an der Tür zum Flur. Ich schaute durch den Türspalt. Die Tür wurde kurz aufgerissen, dann schloss sie sich mit einem lauten Knall wieder. Danach war es still. Stand noch jemand am Kopf der Treppe und beobachtete den Flur? Oder hatte der Typ nur kurz hereingeschaut und war wieder hinausgegangen? Unruhe machte sich in mir breit. Was sollte ich tun? Ich wartete ein paar Minuten. Als sich nichts tat, öffnete ich die Tür und ging mit dem Brecheisen in den Flur. Erleichtert stellte ich fest, es war tatsächlich niemand mehr da.
Ich ging wieder zu der Tür, hinter der ich das Jammern vernommen hatte.
Ich setzte erneut das Brecheisen an. Doch die Tür aufzubrechen war schwerer, als ich gedacht hatte. Und vor allem es war wesentlich lauter. Ich setzte das Brecheisen wieder ab und hörte nach oben. Aber es blieb alles ruhig. Ich versuchte es wieder. Diesmal rutschte das Eisen ab, aber ich hatte auch die Tür etwas nach außen gebogen. Nun konnte ich das Eisen besser ansetzen und die Hebelwirkung ausnutzen.

Doch immer noch hatte ich kein Glück. Die Tür war widerstandsfähiger, als ich vermutet hatte. Das Wimmern hinter der Tür hatte nun völlig aufgehört. Ich hielt kurz inne. Was erwartete mich dort? War Nelly in dem Raum? Und wenn ja, wie ging es ihr? War sie schwer verletzt? Aber sie musste noch am Leben sein, ich hatte doch deutlich etwas hinter dieser Tür gehört.
Ich drückte und zerrte jetzt wie wild. Die verdammte Tür wollte einfach nicht aufgehen. Noch einmal schob ich das Eisen in den Spalt. Das Türschloss hatte wieder etwas nachgegeben. Ich setzte meine ganze Kraft ein. Meine Hände und Arme schmerzten. Ich drückte noch einmal mit einem kräftigen Ruck dagegen. Das Schloss sprang mit einem lauten Krachen auf. Die Tür öffnete sich.
Ich riss sie sofort auf und stand in einem weiteren Kellerraum, der nur trübe beleuchtet war. Ich schaute mich um. In der Mitte des Raumes standen ein abgewetzter Metalltisch und ein alter Stuhl. Auf dem Tisch lagen Verpackungen und Essensreste. Auf dem Boden an einer Wand lag eine schäbige Matratze. Und auf der Matratze lag ein Mensch.
Die gekrümmte Gestalt hatte den Rücken zu mir gewandt. Sie hatte ihre Hände auf dem Rücken. Sie waren mit einem Klebeband aneinander gefesselt. Ich sprang zur Matratze und drehte den leblos erscheinenden Körper vorsichtig um. Was ich erwartet hatte, sah ich nun vor mir. Es war Nelly. Ihre Augen waren geschlossen und ihr Gesicht ganz fahl. Sie bewegte sich nicht. Ich geriet in Panik. Ich beugte mich nach unten, legte mein Ohr an ihren Mund und meine Hand auf ihren Bauch. Ich wollte irgendetwas fühlen, ich wollte fühlen, dass sie noch am Leben war. Und dann spürte ich einen Hauch in meinem Gesicht und meine Hand hob sich langsam. Sie atmete noch, sie lebte.
Mit einer Hand hatte ich ihren Kopf umfasst. Als ich die Hand zurückzog, bemerkte ich Blut an meinen Fingern. Ich drehte den Kopf zur Seite und entdeckte nun, dass Nelly eine Platzwunde an der Seite hatte. Aus der Wunde sickerte langsam Blut. Offensichtlich war die Wunde wieder leicht aufgebrochen, als ich Nelly umgedreht hatte. Ich zog sie sachte hoch zu mir und versuchte, sie aufzuwecken. Sie lag nun in meinen Armen.
„Nelly, bitte wach auf, bitte“, murmelte ich verzweifelt vor mich hin.

Tränen standen in meinen Augen. Meine Arme zitterten. Warum hatte ich sie nur in diese Geschichte mit hineingezogen?
Als ich mich wieder zu ihr beugte, öffnete sie langsam die Augen. Sie sah zu mir auf. Ich konnte ein leichtes Lächeln auf ihren Lippen erkennen. Doch dann blickte sie an mir vorbei. Ihre Augen waren plötzlich voller Angst. Sie bewegte ihre Lippen, aber sie war viel zu schwach, um etwas sagen zu können.
Sie drehte ihren Kopf wieder zu mir und ihr Blick wurde noch ängstlicher.
Ich hörte ein Geräusch hinter mir: Ich ließ Nelly los, aber es war zu spät. Ich spürte nur noch einen heftigen Schmerz an meinem Hinterkopf und alles wurde dunkel um mich herum.

# 19

Zwei große Passagierdampfer fuhren direkt aufeinander zu. Die Nebelhörner tönten laut. Die Schiffe kamen sich immer näher und näher. Sie müssen die Hörner doch hören. Warum hören sie die Hörner nicht? Jetzt konnte man das Rauschen wahrnehmen, das die Bugwellen verursachten. „Volle Kraft voraus", brüllten alle Leute an Deck und ein Matrosenchor sang: „Nimm mich mit, Kapitän, auf die Reise". Nun waren die Schiffe nur noch wenige Meter voneinander entfernt. Jetzt stießen sie zusammen. Ein ohrenbetäubendes Knirschen und Knarren von Metall und Holz entstand, der Lärm war unerträglich. Gegenstände flogen durch die Luft, Wasser brach durch die Schiffswand. Der Feuerball einer heftigen Explosion verschlang das metallene Schiffschaos, das aus einer Wasserfontäne herausragte. Der unerträgliche Lärm bohrte sich in meinen Kopf, der zu zerplatzen drohte. Mit einem Schlag lichtete sich der Nebel und etwas drückte fest gegen meine Backenknochen. Es war die Tischplatte, auf der mein Kopf lag. Das stetige Pochen, das gegen meine Schläfen hämmerte, wurde auch nicht besser, als ich meine Augen vorsichtig öffnete. Keine Schiffe, kein Wasser, kein Chaos, nur ein öder Kellerraum, der durch eine trübe Funzel matt erleuchtet wurde. Ich war aus einer tiefen Bewusstlosigkeit erwacht.

Langsam kehrte meine Erinnerung zurück. Ich war im Keller der Bender'schen Lagerhalle und hatte heftig eins auf die Birne bekommen. Und das tat weh, sehr weh.

Doch zurück, als alles noch okay war in meinem Kopf. Ich hatte doch gerade Nelly gefunden, oder? Nelly? Wo war sie? Ich wollte meinen Kopf aufrichten, doch ich ließ es lieber. Irgendetwas in meinem Kopf hämmerte kräftig gegen meine Schläfen. Ganz gleichmäßig und ganz heftig. Ich ließ einige Sekunden verstreichen und versuchte, ruhig zu atmen. Nicht aufgeben. Ein zweiter Versuch. Diesmal bekam ich meinen Kopf einige Zentimeter von der Tischplatte hoch. Ich versuchte, meine Stellung zu analysieren und ging meinen Körper durch. Ich kauerte etwas nach vorne gerichtet auf einem alten Holzstuhl. Meine Hände waren nach hinten verdreht und auf meinem Rücken fest verschnürt, vermutlich mit dem Klebeband, das ich im Büro und auch an Nellys Armen gesehen hatte.

Erstaunlich, meine Gedanken ordneten sich nun schneller wieder, als ich gedacht hatte. Ich trat ganz aus dem Nebel

heraus, der mich umgeben hatte. Doch halt, langsam, genug der Eile, das kräftige, fast unerträgliche Pochen in meinem Schädel begann schon wieder von vorne. Ich stöhnte auf.
„So geht das nicht, gönn' dir eine Pause", dachte ich, und legte meinen Kopf mit einem leisen Jammern wieder vorsichtig auf der Tischplatte ab.
Nun versuchte ich, etwas konzentrierter die Umgebung mit meinen Augen wahrzunehmen. Mein Blick fiel direkt auf die Tür, durch die ich auch einmal gekommen war – in der Zeit vor dem Nebel. Die Tür war verschlossen.
Ich drehte meinen Kopf um neunzig Grad, so dass sich meine Nase auf der Tischplatte festdrückte. Dann schob ich meinen Rücken bedächtig zurück in die Stuhllehne, um eine aufrechte Sitzposition zu erreichen. Dies gelang mir erst im dritten Anlauf, da meine gefesselten Arme auf meinem Rücken nicht gerade gut mit der Stuhllehne korrespondierten und mein Schädelpochen zur Ruhe mahnte. Doch schließlich saß ich einigermaßen aufrecht. Ich war mit mir fürs Erste zufrieden.
Weil die Schmerzen in meinem Kopf durch die anstrengenden Bewegungen wieder ins Unermessliche stiegen, hatte ich die Augen fest geschlossen. Meine Schläfen drohten zu zerplatzen, so kräftig war das Pochen jetzt. Als es langsam wieder nachließ, beschloss ich behutsam die Augen zu öffnen, egal was mich da auch erwartete.
Doch ich sah nichts. Zumindest keinen Menschen. Ich starrte auf eine leere, graue, öde Wand. Es musste doch jemand hier sein. Langsam drehte ich meinen Kopf zur anderen Seite und sah, was ich schon gesehen hatte, bevor es mir schwarz vor Augen geworden war: Nelly. Sie lag immer noch gefesselt und geknebelt auf der Matratze. Sie rührte sich nicht. Ich versuchte einen Laut zu produzieren, es kam aber nur ein undeutliches Röcheln aus meinem Mund. Ich inspizierte ihren Körper mit meinen Augen. Trotz des etwas düsteren Lichts konnte ich sehen, dass sich ihr Brustkorb regelmäßig hob. Sie atmete. Und das bedeutete, sie war am Leben.
Gut. Erleichterung machte sich in mir breit. Dann fiel mir aber wieder meine – besser unsere – Situation ein und die war nicht gerade ermutigend. Wir saßen beide gefesselt in diesem elenden, kalten Kellerloch fest. Einem barbarischen Menschen ausgeliefert, der offensichtlich vor nichts zurückschreckte.
Apropos barbarischer Mensch, wo steckte der eigentlich? Ich

drehte meinen Kopf nach beiden Seiten, aber ich entdeckte niemanden. Er war offensichtlich nicht mehr in diesem Raum, und das war gut so. Das verschaffte uns immerhin etwas Ruhe und Zeit zum Nachdenken. Gab es eine Möglichkeit für uns, aus dieser gefährlichen Lage herauszukommen? Ich zerrte an meinen Fesseln, doch mit jedem Ruck schnürte sich das Klebeband tiefer in meine Handgelenke. Eine Alternative war gefragt. Ich versuchte aufzustehen, doch dann merkte ich, dass ich auch an den Stuhlbeinen festgebunden war.

Im nächsten Augenblick sank meine Hoffnung wieder. Die Tür öffnete sich und wir waren nicht mehr alleine. Ich schaute vorsichtig hoch und hatte ein großes Fragezeichen im Gesicht. Wer war das? Der Mann, der gerade durch die Tür kam und mich aus stechenden und wirren Augen ansah, war nicht Bender. Zumindest hatte ich ihn nicht so in Erinnerung. Er hatte glattes, graublondes, leicht fettiges Haar, hinten zu einem Zopf zusammengebunden, mochte so Ende vierzig sein, trug Jeans und ein kariertes Hemd. Und was wesentlich beunruhigender war: In der Hand trug er einen Revolver und ein Messer.

„Gut bewaffnet schreitet der Mensch durchs Leben“, dachte ich. Hoffentlich ist er auch vorsichtig. Mit solchen Dingen kann man schnell jemanden verletzen.

„Wer sind Sie?“, krächzte ich schwach in den Raum und machte dabei sicherlich einen etwas dämlichen Gesichtsausdruck. Doch für einen Schönheitswettbewerb war jetzt keine Zeit.

Er war von meiner Frage nicht sonderlich beeindruckt. Er reagierte erst gar nicht darauf, ging einfach an mir vorbei, als ob ich Luft wäre, und war auch an meiner zweiten Frage völlig desinteressiert.

„Was wollen Sie von uns?“

Er drehte mir nun den Rücken zu, kniete neben Nellys Matratze nieder und kontrollierte ihre Fesseln. Dann setzte er das Messer an ihre Kehle und ich hörte ein leises Glucksen oder zumindest ein eigenartiges, fast unheimliches Geräusch, etwas, mit dem ich nicht viel anfangen konnte.

He, ich will Beachtung. Ich zerrte wieder an meinen Fesseln, aber ich kam keinen Zentimeter frei.

Allerdings hatte ich es jetzt geschafft und hatte seine volle Aufmerksamkeit. Mein Hin-und-Her-Rutschen auf dem Stuhl hatte so viel Lärm verursacht, dass er seinen Zopfkopf drehte und mich anstierte. Dann lachte er laut auf.

„Lustiger Geselle“, dachte ich nur. Wenn mir doch auch nur so heiter zu Mute wäre. Doch offensichtlich hatte ich die Pointe des Witzes nicht verstanden.
Nun wollte ich etwas zur Unterhaltung beitragen.
„Ahoi, Kapitän“, krächzte ich.
Seine Mundwinkel zuckten leicht, was ich als angestrengten Versuch, lächeln zu wollen, interpretierte.
Nun, fröhliche Menschen können doch nichts Böses tun, oder?
Jetzt hatte ich mich aber so richtig getäuscht. Er kam auf mich zu und gab mir eine schallende Ohrfeige, dass sich alles um mich herum drehte und meine Ohren kräftig klingelten. Etwas mehr Zurückhaltung bei seinen schlagenden Argumenten wäre mir schon lieber gewesen.
„Muss das sein?“, fragte ich forsch und erntete gleich die nächste Ohrfeige. So viel zum Thema Konversation.
Er holte sich einen zweiten Stuhl und setzte sich mir gegenüber und musterte mich von Kopf bis Fuß. Mit einem hämischen Grinsen als Ergebnis.
„Hallo, Smiley, wie geht's weiter?“ Was war nur mit mir los. Die Szenerie und alles drum herum war so absurd, war so irreal, dass ich mich nicht mehr recht im Griff hatte. Vielleicht war es auch nur ein Schutzmechanismus. Oder mein Kopf arbeitete einfach nicht mehr richtig.
Zurück zu meinem Gegenüber. Was hatte dieser Typ, den ich eigentlich noch nie vorher gesehen hatte, gegen mich?
Jetzt hob er langsam seinen Revolver und zielte auf meinen Kopf.
„Mit Waffen zielt man nicht auf Menschen“, sagte ich und schaute nach unten.
„Peng“, war sein einziges Wort, und ein Kichern folgte.
„Sehr witzig. Ich mach mir fast in die Hose“, sagte ich mit einem Körnchen Wahrheit.
Aber er hatte immerhin zu mir gesprochen. Auch wenn ich mir eine richtige Konversation immer anders vorgestellt hatte.
„Wer sind Sie und was wollen Sie von uns?“ Ich versuchte es noch einmal mit einer eigentlich einfachen Frage. Das Ergebnis war das Gleiche. Kein Wort.
Ich wartete erst einmal ab. Ich wollte so cool wie möglich bleiben, Angst würde in dieser Situation nicht viel weiterhelfen und ihn nur bestätigen. Und den Gefallen wollte ich ihm nicht tun, zumindest vorerst nicht.

Er legte den Revolver vor sich auf den Tisch. Dann deutete er mit dem Messer auf einen Stapel Papier, der vor mir lag.
„Schreib!", sagte er kühl.
Jetzt war ich erst einmal sprachlos. Was wollte dieser Typ von mir? Ich sollte irgendetwas aufschreiben, aber was denn? Ich hatte keine Ahnung.
„Schreib!", wiederholte er.
„Was soll ich schreiben?", schrie ich ihn an. Er blieb ruhig und starrte mich an.
„Und vor allem wie soll ich denn schreiben?" Ich hob meine Hände hinter meinem Rücken etwas an. Mit diesen gefesselten Händen konnte ich doch kein einziges Wort auf Papier bringen, selbst wenn ich wollte.
„Du schreibst deine Geschichte weiter", sagte er mit scharfem Ton.
Na endlich, ein ganzer Satz.
„Mit diesem Typen kann man also doch in Kontakt treten", dachte ich.
„Ich habe deinen Kriminalroman mit großem Vergnügen gelesen", sagte er mit einem zynischen Unterton. „Ich will, dass du ihn weiter schreibst, und zwar jetzt und hier, sofort."
Der Kerl spinnt, war mein nächster Gedanke, und der war sicher recht zutreffend. Aber kann man mit einem Menschen diskutieren, der einen Revolver vor sich liegen hat und ein Messer in der Hand hält. Ich meine, nein.
„Was soll ich schreiben?", fragte ich, um ihn zu beruhigen.
„Du schreibst, wie ein Mörder, der schon zwei Frauen auf dem Gewissen hat, deine kleine Freundin hier entführt und quält."
„Du spinnst", sagte ich nur.
In der nächsten Sekunde hatte ich das Messer am Hals. Ich hatte wohl seinen wunden Punkt erwischt.
„Du machst, was ich dir sage", brüllte er mir ins Gesicht, das nur noch wenige Zentimeter von meinem entfernt war. Dabei spuckte er mir leicht auf die Nase. Ich zuckte unwillkürlich zurück.
„Und wenn nicht?", konterte ich.
„Dann geht es der Nutte hier schlecht." Der Umgangston wurde merklich rauer.
Jetzt drehte er sich um und ging zu Nelly, die mich aus ängstlichen Augen ansah. Er kniete sich nieder und fuhr mit dem Messer über ihren Körper. Mit der Messerspitze schob er langsam ihr T-Shirt nach oben und entblößte dabei ihren

Bauchnabel. Mit der Schneide ritzte er nun einen kleinen Strich in ihre Haut. Sofort zeigte sich etwas Blut.
„Okay, okay, schon gut, ich habe verstanden", rief ich.
„Das klingt schon besser, wesentlich besser", brummte er.
Doch ich war immer noch ratlos.
„Was soll ich schreiben?"
„Bist du schwerhörig. Du schreibst über Nelly und wie sie hierhergekommen ist. Und du darfst dich selbst mit in die Geschichte schreiben." Jetzt war er ja richtig geschwätzig geworden.
Er lachte wieder kurz.
Schön, ich schreibe einen Krimi im Krimi. Mal eine literarische Abwechslung. Metaebene und so.
Wieder hob ich meine Arme leicht an, um ihm deutlich zu machen, dass ich so nicht schreiben konnte.
„Auch noch Extrawünsche", sagte er und lachte wieder hämisch.
Solche Leute kann ich nicht leiden, die immer über ihre eigenen blöden Witze zuerst lachen.
„Ich werde dir einen Arm zum Schreiben frei machen, der andere bleibt gefesselt. Und wenn du Dummheiten machst, dann geht es deiner Nutte schlecht."
„Das sagtest du schon", meinte ich trocken.
Er machte meine Arme los, verdrehte sie aber so dabei, dass ich mich kaum rühren konnte. Dann band er mein linkes Handgelenk wieder an der Stuhllehne fest. Die andere war nun frei und bekam wieder eine regelmäßige Blutzufuhr, was in ein Kribbeln in der Hand mündete. Ich bewegte meine Finger. Gut. Sie waren noch zu allem zu gebrauchen. Vor allem um ihm in Form einer Faust eins auf die Nase zu geben. Doch damit wollte ich jetzt noch warten.
Im nächsten Augenblick lag ein Kugelschreiber neben dem Stapel Blätter.
„Ich hab hier keinen Computer. Sorry", meinte er mit trockenem Humor.
„Warum sind wir hier in der Fabrik von Bender. Was haben Sie mit ihm zu tun?" Ich versuchte es noch einmal mit meiner Fragerei.
„Schnauze", sagte er knapp und wischte mir mit dem Knauf des Revolvers übers Gesicht. Wie gesagt, mit so jemandem diskutiert man besser nicht lange.

„Was soll ich schreiben?"
„Lass dir was einfallen, du hast doch Phantasie."
Ich nahm den Kugelschreiber in die Hand und starrte das weiße Blatt Papier vor mir an.
Was blieb mir anderes übrig? Ich überlegte kurz, dann fing ich an, Nellys Geschichte zu schreiben.

# 20

Nelly war gerade auf der Rückfahrt von Frankfurt. Die Weiterbildung hatte sie mächtig gelangweilt. Es hatte nicht viel Neues gegeben, eigentlich hätte sie auch darauf verzichten können. Aber immerhin hatte sie Freundinnen von früher getroffen, mit denen sie vor Jahren einmal zusammengearbeitet hatte. Jetzt saß sie wieder im Fernzug Richtung Tübingen und schaute aus dem Fenster. Die Landschaft der Rheinebene raste an ihr vorbei. In der Ferne sah sie die Hügelkette des Pfälzer Waldes. Der Zug hielt kurz im Mannheimer Hauptbahnhof. Jetzt waren es nur noch ungefähr eineinhalb Stunden bis nach Tübingen. Sie dachte daran, was sie wohl dort erwartete. Luka Blum hatte sich nicht bei ihr gemeldet, also gab es wohl auch nicht viel Neues zu berichten. Sie war etwas enttäuscht, denn Luka gefiel ihr. Sie hätte gerne etwas von ihm gehört, gerne mit ihm gesprochen. Sie spürte, es fehlte ihr etwas, wenn er nicht bei ihr war.

Eine halbe Stunde später lief der Zug in den Stuttgarter Hauptbahnhof ein. Sie musste sich beeilen. In zehn Minuten ging der Regionalzug nach Tübingen weiter. Sie rannte den Bahnsteig entlang bis zum Kopfende des Bahnhofs. Auf dem Weg zum nächsten Bahnsteig, an dem der Zug nach Tübingen wartete, ging sie zu einem Kiosk und holte sich eine Zeitung. Dann rannte sie zum Bahnsteig am anderen Ende der Hauptbahnhofs-Halle. Der Zug mit seinen roten Doppelstockwagen stand schon abfahrbereit da. Sie stieg schnell ein und setzte sich in den oberen Stock. Nur kurze Zeit später war sie unterwegs nach Tübingen. Die Hochhäuser der Landeshauptstadt zogen an ihr vorbei. Hier lebten die Menschen doch sehr eng aufeinander, zu eng für sie. Nelly kam von der Westküste Irlands. Dort auf der Dingle Peninsula lebten nicht so viele Menschen auf engem Raum. Man konnte immer für sich bleiben, wenn man wollte. Sie vermisste die Landschaft, das raue Seeklima und die leuchtend grünen Berge. Sie bekam einen Anflug von Heimweh. Sie nahm sich vor, bald einmal wieder dorthin zurückzufahren. Ein Besuch in der Heimat, vielleicht mit Luka. Sie lächelte leise vor sich hin.

Der Zug hatte nun seine Höchstgeschwindigkeit erreicht. Sie blätterte die Zeitung durch, aber nichts schien ihr interessant. In Tübingen hatte es jedenfalls keine Sensationen gegeben, sonst wären sie sicher auch in einer Stuttgarter Zeitung erschienen. Sie legte das Blatt auf den Sitz gegenüber. Der Zug war

relativ leer. Sie lehnte sich entspannt zurück. Doch tief in ihr drin konnte sie ein Gefühl nicht abschütteln, ein Gefühl, das so etwas wie Angst war.
Nach einer Weile blickte Nelly wieder aus dem Fenster, nahm aber die sanfte Landschaft zwischen Nürtingen und Reutlingen nicht wahr. Sie dachte nach. In Tübingen wollte sie sich gleich mit Luka in Verbindung setzen. Sie wollte wissen, wie die Geschichte weitergegangen war. Jetzt im Augenblick aber sehnte sie sich nach Ruhe. Sie hatte für die Zugfahrt absichtlich ihr Handy ausgeschaltet. Sie brauchte den Moment für sich. Nichts sollte ihn stören.
Nach einer Stunde fuhr der Zug in den Tübinger Bahnhof ein. Leichter Nieselregen hatte eingesetzt. Die Regentropfen liefen schräg das Fenster hinunter. Sie hatte eigentlich schon am Vormittag in Tübingen sein wollen. Doch ihre Kolleginnen hatten in Frankfurt noch einen Einkaufsbummel gemacht und sie konnte sich ihnen schlecht entziehen. Außerdem gab es in Frankfurt interessantere Boutiquen als in der schwäbischen Provinz. Allerdings war in der Großstadt auch alles teurer.
Sie war erst am Nachmittag in Frankfurt losgefahren. Es war schon recht dunkel, als sie aus dem Zug in Tübingen ausstieg.
Bahnhofsunterführungen sind in allen Bahnhöfen grau, versifft und trostlos. Auch in Tübingen wirkten sie nicht gerade anheimelnd. Sie lief die Treppe hinauf zum Hauptgebäude. Über ihrer Schulter hing eine große Reisetasche.
Als sie aus dem Bahnhof trat, blickte sie auf die Reihe wartender Taxen. Sie hatte keine Lust mit dem Bus zu fahren. Sie wollte die Bequemlichkeit, Wärme und Einsamkeit des Taxis und nicht diese Mixtur von Gerüchen, die in Bussen entstehen, wenn viele Menschen unterwegs sind. Sie stieg in das erste Fahrzeug ein.
Mit dem Taxi war sie in wenigen Minuten vor ihrer Haustür. Sie bezahlte den Fahrer, stieg aus und sah dem cremefarbenen Auto nach, bis es in der beginnenden Dunkelheit verschwunden war.
Sie ging ins Haus. In ihrer Wohnung warf sie ihre Reisetasche in die Ecke, setzte sich aufs Sofa, streckte alle Viere von sich und atmete erst einmal tief durch.
„Das Auspacken kann warten bis morgen“, sagte sie laut vor sich hin.

Sie stand auf, lief in ihr Schlafzimmer, setzte sich auf ihr Bett und ließ sich nach hinten umfallen. Doch wieder spürte sie diese Unruhe. Sie versuchte schnell das Gefühl zu verdrängen, die Angst erst gar nicht aufzukeimen zu lassen.
Was war jetzt zu tun? Ich rufe Luka an und sage ihm, dass ich zurück bin. Und John muss ich auch Bescheid geben. Gerade als sie nach dem Telefon greifen wollte, klingelte es. Sie zuckte zurück.
Nach kurzem Zögern nahm sie den Hörer ab.
„Hallo."
Am anderen Ende der Leitung knisterte es laut. Sie konnte kaum ein Wort verstehen. Irgendjemand sprach ziemlich schnell, aufgeregt und undeutlich.
„Luka, bis du das?", fragte sie.
Sie hörte nur ein fernes und undeutliches „Ja".
Wieder knisterte es aus dem Telefonhörer.
„Was ist los, wo bist du?", fragte sie besorgt.
„Kannst du schnell kommen?", krächzte es unter lautem Knistern aus dem Hörer.
Diese Worte glaubte sie jedenfalls verstanden zu haben.
„Die Verbindung ist so schlecht, ich kann dich kaum verstehen."
Dann kam ein weiterer Sprachfetzen: „Komm schnell."
„Wo bist du? Was ist passiert?", fragte sie. Irgendetwas stimmte hier nicht.
Wieder war es nur ein unvollständiger, undeutlicher Satz, den sie zwischen dem Rauschen vernahm: „Komm. Zimmertheater. Bursagasse. Komm schnell." Dann war die Leitung tot.
Ohne zu überlegen warf sich Nelly eine Jacke über und stürmte aus dem Haus zu ihrem Auto. Es war inzwischen Nacht geworden, die durch die vielen Wolken am Himmel noch dunkler als sonst war.
Wieso Zimmertheater? Was wollte Luka dort von ihr? Sie wusste keine Antwort darauf. Aber sie hatte das Gefühl, sie müsste ihm helfen.
Sie fuhr durch den Schlossbergtunnel, bog zum Europaplatz ab und erreichte schließlich das Zinserdreieck. Ihr Auto stellte sie in der Uhlandstraße ab. Mit eiligen Schritten hastete sie über die Neckarbrücke und bog in die Neckargasse ab. Einige Menschen eilten an ihr vorüber, die Kragen hochgezogen. Es war kalt und ungemütlich. Der Nieselregen aber hatte immerhin kurz aufgehört, doch das Kopfsteinpflaster

war noch nass und rutschig. Sie lief die Neckargasse hoch und bog links ab. Schließlich stand sie vor dem Zimmertheater. An der Tür hing ein Schild: „Heute keine Vorstellung." Sie schaute nach oben. Die Fenster des Hauses waren dunkel.
Sie schaute sich um. Luka war nicht da. Es war überhaupt niemand da. In der Neckargasse hatte es noch einige Passanten gegeben, hier war es still. Die ungemütliche Nacht hielt die Menschen in ihren Häusern.
Hatte sie Luka falsch verstanden? Er hatte doch so aufgeregt am Telefon geklungen. Es musste irgendetwas Wichtiges vorgefallen sein. Langsam erfasste sie ein ungutes Gefühl. Irgendetwas stimmte hier nicht, dachte sie. Sie drehte sich nach allen Seiten um. Es war ruhig, nur die Bäume vor der Burse rauschten im Wind. Sie lief ein paar Schritte weiter. Nun stand sie an der kleinen, dunklen Gasse, die zum Hölderlinturm hinunterführte. War Luka dort unten? Was sollte sie nun tun? Zum Neckar hinunter wollte sie nicht, dort war es ihr um diese Zeit zu unheimlich. Sie ging zwei weitere Schritte und starrte in die nur spärlich beleuchtete Gasse. Im Dunkel sah sie den Neckar und die Bäume der Platanenallee.
Dann hörte sie plötzlich hinter sich ein Geräusch.
Sie drehte sich schnell um.
Plötzlich sah sie die Umrisse einer Gestalt. Und sie hörte eine raue Stimme: „Nelly, komm schell." Die Person winkte ihr zu, drehte sich um und rannte die Gasse entlang zur Burse, die sich auf der rechten Seite drohend auftürmte. Nelly beging in diesem Augenblick einen großen Fehler, den sie später sehr bereuen würde. Sie dachte nicht nach und lief ohne zu zögern der Person hinterher, die sie für Luka hielt. Sie war in dem Augenblick überzeugt, dass er ihr etwas Wichtiges zeigen wollte. Als sie ihren Irrtum bemerkte, war es zu spät.
Es ging alles sehr schnell. Als sie den Platz vor der Burse erreicht hatte, packte sie jemand von hinten um den Oberkörper und hielt ihr mit der anderen Hand ein Tuch vor die Nase. Im nächsten Augenblick verlor sie das Bewusstsein. Hinterher fragte sie sich, wie sie nur hatte so dumm sein können. Sie warf sich vor, nicht vorsichtig genug gewesen zu sein. Und sie wunderte sich, wie jemand mitten in Tübingen entführt werden konnte, obwohl in der Nähe so viele Leute wohnten.

*

Der ganz in Schwarz gekleidete Mann hatte die Überraschung genutzt und Nelly ein Tuch, das mit einem Betäubungsmittel getränkt war, vor die Nase gehalten. Danach hatte er sie sofort in den bereits geöffneten Kofferraum seines Wagens gelegt. Innerhalb einer Minute war alles vorbei. Er stieg zufrieden in sein Auto, startete den Motor und fuhr im Schritttempo durch die Bursagasse davon. Niemand hatte etwas bemerkt.
Es bereitete ihm ein besonderes Vergnügen und ein Gefühl der Macht, mit einer gefesselten Frau im Kofferraum langsam die Neckargasse hinunterzufahren, an den Leuten vorbei, die ihn immer wieder aggressiv anstarrten, weil er durch die Fußgängerzone fuhr und sie ihm deshalb ausweichen mussten. Er grinste überlegen zurück.
Er fühlte sich gut. Weil er Nelly eine Adresse mitten in Tübingen genannt hatte, hatte sie wohl keinen Verdacht geschöpft und war in seine Falle getappt. Die Gefahr, entdeckt zu werden, hatte ihn zusätzlich erregt. Er hatte so etwas nicht zum ersten Mal getan. Er hasste Frauen und sah sie am liebsten gedemütigt vor ihm auf dem Boden kriechen. Wieder grinste er.
Der Mann fuhr über die vierspurige B 28 nach Reutlingen. Kurz vor dem Ortsausgang Richtung Metzingen bog er ins Gewerbegebiet „Laisen“ ab. In einer etwas abgelegenen Straße hielt er vor einem dunklen Gebäude an. Er überlegte kurz, wie er weiter vorgehen sollte.
Im Rückspiegel sah er plötzlich die Lichter eines Wagens. Er erschrak. Der Wagen rollte langsam näher, hielt kurz an, wendete dann und fuhr wieder davon. Offensichtlich hatte sich der Fahrer in der Straße geirrt.
Trotzdem blieb der Mann misstrauisch. Er blickte weiter in den Rückspiegel, doch die Straße blieb dunkel. Er wartete noch fünf Minuten, dann griff er in seine Tasche und holte ein Handy heraus. Er wollte sein nächstes Opfer anrufen.
Wieder stieg dieses Gefühl der Lust in ihm auf. Er wollte die Angst in der Stimme auf der anderen Seite der Leitung hören. Diesen Augenblick wollte er ungestört genießen. Er genoss die Macht, die er ausübte. Wie zwei Marionetten hielt er die beiden Menschen in der Hand. Bestimmte ihren Lebensweg. Und ihren Weg in den Tod. Diesen Augenblick hatte er lange vorbereitet.
Doch das Telefongespräch lief nicht so, wie er es sich ausgemalt hatte. Er vernahm keine Angst an dem anderen Ende der Leitung, sondern Aggressivität. Der Journalist war auf der

richtigen Spur. Wie konnte das sein? Wie war Blum auf seinen Namen gekommen?
Eine Hitzewallung durchzog seinen Körper, die sofort in Aggressivität umschlug. Mit beiden Händen schlug er fest aufs Lenkrad und fluchte laut.
Doch es musste weitergehen. Aufgeben wollte er jetzt nicht. Niemals. Er musste schnell handeln. Es durfte nun nichts mehr schief gehen. Das würde es auch nicht, denn auch für diesen Notfall hatte er einen Plan bereit. Jetzt musste er sich zuerst um die Frau kümmern. Der Journalist konnte noch warten, den wollte er sich für den Schluss aufheben.
Der Mann riss die Fahrertür auf und stieg aus. Er hastete um das Auto herum und öffnete den Kofferraum. Als er sich nach vorne beugte, sah er für einen kurzen Augenblick nur Sterne. Nelly hatte ihn mit einem Tritt an der Stirn erwischt. Er taumelte nach hinten, sein Kopf schmerzte.
„Du verdammte Nutte", schrie er.
Doch er fing sich sofort wieder und schlug zurück. Er stürzte sich mit voller Wucht auf die Frau, die nur an den Händen gefesselt im Kofferraum lag, und fing sich dabei einen Kopfstoß in die Magengrube ein. Er schnappte nach Luft. Von der heftigen Gegenwehr der Frau war er doch überrascht. Das hatte er der schmächtigen Person gar nicht zugetraut. Er versuchte sie an den Armen festzuhalten. Doch sie drehte sich hin und her, so dass er sie wieder loslassen musste. Er griff in seine Tasche und holte einen Totschläger heraus, den er auf Nellys Kopf hämmerte. Der Schlag war nicht allzu hart, aber er reichte, um Nellys Widerstand zu brechen.
Er trug die halb bewusstlose und vor Schmerzen wimmernde Frau in eine Lagerhalle. Nelly nahm undeutlich Schemen einer großen Halle wahr, von der eine Stahltreppe zu einem höher gelegenen Büroraum führte. Sie vermutete, dass sie dorthin gebracht werden sollte. Doch sie lag falsch. Es ging vielmehr nach unten, über eine Treppe in den Keller.
Sie wollte sich wehren, doch sie hatte keine Kraft mehr dazu. Auch ihr Kopf schmerzte höllisch und sie spürte, wie ihre Haare nass geworden waren und nun an ihrem Kopf klebten. Dann wurde ihr wieder schwarz vor Augen.
Sie muss nur kurz ohne Besinnung gewesen sein, denn sie erwachte, als der Mann sie unsanft auf eine Matratze warf, die in einem Kellerraum lag.

„Du Nutte verhältst dich ganz still", raunzte er sie an. Die Unfreundlichkeit seiner Aufforderung unterstrich er mit zwei Schlägen in den Bauch. Nelly krümmte sich vor Schmerzen.
Er stand nun vor ihr und sah höhnisch auf sie herab. Hier war er wieder, dieser Moment, dieses Gefühl der Macht, die er so genoss. Er atmete tief durch.
„Das ging ja einfacher, als ich gedacht habe." Mit dieser ironischen Bemerkung, die er mit einem kurzen Kichern unterstrich, ließ er von Nelly ab.
Der Mann ging zu einem alten Tisch und nahm ein Klebeband herunter. Damit umwickelte er fest Nellys Hände und Füße.
Er hielt ihr nochmals ein Tuch vor die Nase. Nelly zappelte kurz mit ihrem ganzen Körper. Doch sie war zu schwach.
„Schlaf jetzt", zischte er sie an. Dann verlor Nelly das Bewusstsein. Danach verfiel sie in eine Art Halbschlaf. Sie kam immer nur kurz zu sich, für einige Sekunden, und schlief dann wieder ein. Als sie das nächste Mal länger die Augen öffnete, stand Luka vor ihr. Sie wusste nicht, ob es Realität war oder ob sie nur einen Traum hatte.
„Was macht Luka hier? Steckt er gar mit diesem Mann unter einer Decke?", durchfuhr es sie plötzlich. Doch das konnte nicht sein. So konnte sie sich nicht in einem Menschen getäuscht haben.
Im nächsten Augenblick sah sie hinter Luka einen Mann durch die Tür stürmen. Es war ihr Entführer. In der Hand hielt er diesmal einen Baseballschläger. Sie wollte etwas sagen, doch sie konnte ihre Lippen nicht öffnen. Mit einem angsterfüllten Blick versuchte sie, Luka Blum zu warnen. Doch er reagierte nicht. Sie zerrte an ihren Fesseln, aber es gelang ihr nicht, sich zu befreien. Sie musste mit ansehen, wie Luka Blum auf dem Hinterkopf getroffen wurde und in die Knie sackte. Dann schloss sie ihre Augen und drehte sich jammernd zur Wand. Sie verlor wieder das Bewusstsein.

# 21

Meinen schmerzenden Kopf auf meine Hände gestützt, starrte ich auf die Blätter, die vor mir lagen. Direkt hinter meinem Kopf hörte ich das heftige Atmen, das fast schon einem Hecheln glich. Wer war dieser Mensch? Eins wusste ich: Er war unberechenbar, und das machte mir Angst.
Ich überlegte mir eine Strategie. Ich musste ihn verunsichern, um so Zeit gewinnen.
„Was haben Sie mit Bender zu tun?“, versuchte ich es noch einmal.
Ein Clip hinter die Ohren war seine ganze Reaktion. Dies war offensichtlich nicht der richtige Weg. Es brachte mich jedenfalls nicht weiter und war eher schmerzhaft.
„Schreib lieber“, sagte er kühl.
Ich kam mir vor wie in der Penne beim Diktat.
„Fertig.“ Ich warf den Kugelschreiber auf den Tisch und lehnte mich zurück. Ich reagierte wie ein trotziges Kind, das lieber eine Strafarbeit aufgehalst bekam, als den Streber zu spielen.
Er riss mir die Blätter unter meinen Händen weg.
„Schreib weiter. Du schreibst doch so gut.“ In seiner Stimme lag etwas Bedrohliches. Er war jetzt direkt hinter mir. Offensichtlich wollte er mir etwas mitteilen. Jetzt waren wir auf dem richtigen Weg. Ich würde ihn zum Sprechen bringen. Die Aufklärung, die ich mir erhoffte, würde bald kommen. Jemand, der so etwas in sich trägt, muss es irgendwann loswerden. Ohne Zuschauer funktioniert das nicht. Immer nur runterschlucken, nein, der Mann brauchte ein Publikum, davon war ich überzeugt. Und das hatte er jetzt ja. Ich war sein Publikum. Und Nelly. Egal wie schlecht die Vorstellung auch war, wir mussten bleiben und zuhören. Aber den Beifall für seinen miesen Auftritt würde er sich in den Wind schreiben müssen.
„Was wollen Sie von mir? Ich bin nur ein mittelmäßiger Journalist, ein Schreiberling. Niemand von Bedeutung.“
Ich versuchte an der Schwachstelle, die ich bei ihm vermutete, weiter zu bohren. Ich musste herausfinden, warum wir hier waren. Vielleicht gab mir dies eine Gelegenheit, einen Ausweg aus dieser brenzligen Situation zu finden. Viel Hoffnung hatte ich nicht. Aber er brauchte uns noch, sonst hätte er schon längst ein Ende gemacht. Und dass er dazu in der Lage war, hatte er schon in der Vergangenheit bewiesen.
„Halt deine dumme Schnauze“, brüllte er mich plötzlich an.

Nun war er nur noch wenige Zentimeter vor meinem Gesicht. „Du bist gut, sehr gut, du kannst sogar töten. Das ist doch was. Darauf kannst du doch stolz sein.“ Er wurde mit jedem Wort wütender. Und seine Aussprache wurde feuchter. Fast bei jedem seiner Worte landete ein Spritzer Spucke in meinem Gesicht.

„Gib dich doch nicht so zurückhaltend. Hier, du verstehst es doch über andere zu schreiben und dir keine Gedanken zu machen, was du eigentlich damit anrichtest.“ Er wedelte mit den Blättern vor meiner Nase herum. Dann warf er sie mir ins Gesicht.

Ich hatte ihn. Ich hatte den wunden Punkt gefunden. Doch was jetzt?

„Das muss noch spannender werden. Da muss noch mehr passieren. Da muss noch mehr Blut fließen“, sagte er gleich darauf mit einem sarkastischen Unterton in der Stimme.

Spannender? Das war mir hier spannend genug.

„Wen habe ich getötet? Ich habe niemanden getötet“, schrie ich ihn an. Ich musste dranbleiben. Es ging nicht mehr um meinen Roman, das war eindeutig. Es ging nicht um Fiktion, es ging um die Realität.

Er sah mir direkt in die Augen.

„Doch, du hast einen Menschen auf dem Gewissen, du mieses, kleines Journalisten-Schwein.“

Er griff mir mit einer Hand an die Kehle. Mit der anderen zerrte er an meinem Kragen und zog mich hoch. Mein Arm, der immer noch an der Lehne festgebunden war, schmerzte heftig.

Sollte ich jetzt etwas sagen oder ihn lieber austoben lassen, falls ich es überhaupt überlebte? So viel Kraft hätte ich diesem Mann gar nicht zugetraut.

Ich brauchte allerdings keine Entscheidung zu treffen, was ich nun tun sollte, weil er mich wieder auf den Stuhl fallen ließ.

„Wir sind noch nicht fertig“, sagte er barsch und drehte sich kurz zur Seite. Ich glaubte, ein Glitzern in seinen Augen erkannt zu haben.

Ich überlegte rasend schnell. Was hatte ich nun erfahren? Seiner Meinung nach hatte ich jemanden getötet. Mit etwas, das ich geschrieben hatte. Aber was war passiert? Bender hatte meinen Artikel doch überlebt, oder etwa nicht? Bei ihm musste aber in jedem Fall der Schlüssel zur Lösung liegen. Doch was hatte dieser Mensch mit Bender zu tun?

„Wen habe ich getötet?", fragte ich leise und vorsichtig.
Doch es blieb ruhig. Er ging nicht auf meine Frage ein.
„Wie kann ich jemanden töten mit etwas, das ich geschrieben habe?"
Er starrte mich nur wortlos an. Nun waren Tränen in seinen Augen. Aber sein Gesicht blieb hart. Weitere Fragen erschienen mir zwecklos. Ich spürte, er verlor die Fassung. Es war ein Augenblick der Schwäche. Er konnte mir jetzt nicht antworten.
Die Stille war fast unerträglich. Die Sekunden, die sehr langsam verrannen, kamen mir wie eine Ewigkeit vor.
„Sei ruhig. Ich muss das hier lesen." Seine Stimme war wieder leiser geworden, hatte einen fast depressiven Unterton erhalten. Er war aufgestanden und hatte Blatt für Blatt vom Boden aufgesammelt. Er legte sie auf den Tisch und glättete sie. Dann holte er seinen Revolver aus der Tasche, knallte die Waffe auf den Tisch und sah mich mit durchdringendem Blick an. Er hatte offensichtlich seinen Augenblick der Schwäche überwunden. Jetzt wollte er mir wieder seine Macht zeigen. Er nahm die Waffe vom Tisch und fuchtelte mir damit vor der Nase herum. „Bleib ruhig sitzen. Ganz ruhig. Rühr dich nicht." Er hielt mir den Revolver an die Stirn.
Ich saß ruhig. Ich tat nichts. Aber vielleicht sollte ich etwas unternehmen, ging es mir durch den Kopf. Schließlich war zumindest eine Hand noch frei. Ich versuchte seine Körperstärke einzuschätzen. Ich war nicht gerade ein Kämpfertyp. Das letzte Mal, dass ich mich mit einem Menschen geprügelt habe, war in meiner Kindheit. Und das war schon sehr lange her. Und Gewalt ist eigentlich nicht mein Ding. Ich war in der Vergangenheit jedem körperlichen Streit aus dem Weg gegangen. Lieber hatte ich am Ende nicht Recht als eine blutige Nase. Und die würde ich mir sicherlich jetzt holen, sollte ich einen Überraschungsangriff starten. Vielleicht würde ich mir sogar noch mehr als eine blutige Nase holen. Meine Angst kämpfte mit meinem Überlebenswillen. Ich konnte mich nicht entscheiden. Wie so oft. Greife ich ihn an, bringt er mich vielleicht um. Bleibe ich ruhig, bringt er mich auch um. Nun, die Auswahl erschien mir nicht groß.
Doch mein deprimierendes Gedankenspiel war jetzt sowieso zu Ende. Er hatte sich zurückgezogen, war außer Reichweite. So hatte ich keine Chance.

Während ich weiter mit mir selbst diskutierte, las er meine Story.
„Du hast schon besser geschrieben“, sagte er plötzlich brüsk.
Er sprang abrupt auf und knallte mir die sieben Seiten auf den Tisch. Mit seinem Ausbruch hatte er mich überrascht. Ich hatte wieder einmal den richtigen Zeitpunkt zum Handeln verpasst.
Im nächsten Augenblick hatte ich seinen Revolver vor der Nase. Angstschweiß stieg mir auf die Stirn. Er nutzte den Revolver dazu, um mich ungestört wieder an beiden Händen fesseln zu können.
Er ging um den Tisch herum, starrte mich böse an und lief dann hastig Richtung Tür. Im Türrahmen drehte er sich noch einmal um und zielte mit dem Revolver auf Nelly, die ich während meiner inneren Zwiesprache völlig vergessen hatte. Sie war wieder bei Bewusstsein und hatte offensichtlich die ganze Zeit die Situation beobachtet. Es schien ihr etwas besser zu gehen. Ihr Gesicht hatte etwas an Farbe gewonnen.
Ich sah wieder Richtung Tür. Der Revolver war noch immer auf Nelly gerichtet. Dann drehte er die Waffe zur mir und grinste.
„Peng“, sagte er laut, lachte kurz auf und verschwand durch die Tür. Ein paar Schweißperlen liefen mir die Schläfe hinunter. Ich atmete tief durch. Was für ein gestörter Komiker, dachte ich.
Die Zweisamkeit mit Nelly sollte aber nur von kurzer Dauer sein.
„Wie geht es dir?“, fragte ich sie. Eigentlich eine blöde Frage, denn es konnte ihr nicht gut gehen.
Sie versuchte, mich anzulächeln. Es fiel ihr schwer. Ich glaubte, ein leises „ganz prächtig“ zu vernehmen.
„Oh, Nelly, was hab ich dir angetan?“
Doch wir hatten keine Zeit mehr, weiterzureden. Wieder sprang die Tür heftig auf und unser sadistischer Gastgeber stand erneut in unserem Rattenloch.
„Wie lange wollen Sie uns hier festhalten?“ Ich wollte im Gespräch bleiben. Jemand der redet, tötet nicht.
Er antwortete mir nicht, sondern ging direkt zu Nelly. Er kniete sich neben ihre Matratze. Mit einer Hand strich er ihr übers Gesicht, dann über ihre Brüste.
Ich musste ihn ablenken.
„He, hier bin ich. Ich will eine Antwort.“
Er drehte sich plötzlich um und warf einen Schraubenschlüssel

nach mir, den er offensichtlich in der Tasche mit sich herumgetragen hatte. Ich konnte gerade noch meinen Kopf zur Seite drehen. Der Schraubenschlüssel verfehlte mich nur knapp und donnerte krachend gegen die Wand. Seine Überraschungshandlungen gingen mir langsam auf die Nerven.
Er stand wieder auf und kam direkt auf mich zu.
„Du sollst weiterschreiben."
„Nicht schon wieder", dachte ich, sagte aber: „Was soll ich schreiben?"
Er sah mich bedrohlich an.
„Schreib auf, wie es mit dir weitergeht. Und mit ihr hier, mit deiner kleinen Freundin." Er deutete auf Nelly. „Das wird richtig spannend. Du schreibst und ich schaue, ob's mir gefällt."
Nun war er wohl völlig durchgedreht.
„Ich verstehe nicht." Ich versuchte, Zeit zu schinden.
„Du schreibst, wie die Geschichte hier weitergeht. Ich das so schwer zu verstehen?"
„Aber ..."
„Du darfst dir deinen Tod selbst aussuchen. Du hast meinen Bruder umgebracht mit deiner Schreiberei. Jetzt wirst du dich selbst damit umbringen", brüllte er. Er kam auf mich zu. So viel Aufmerksamkeit wollte ich nun auch wieder nicht. Aber ich machte weiter. Packte meinen ganzen Mut zusammen.
„Bruder?"
Er antwortete nicht.
„Sie sind Benders Bruder?"
Wieder gab er keine Antwort.
Ich gab nicht auf.
„Was ist mit Ihrem Bruder geschehen?"
„Frag nicht so viel. Schreib!" Er blickte mich mit kaltem Blick an. Ich spürte, ich war nun nahe dran an der Lösung. Ich musste wissen, was ich mit der Geschichte zu tun hatte.
„Ich habe nur einen Artikel über Ihren Bruder geschrieben. Was hat der mit seinem Tod zu tun?", fragte ich.
„Viel. Sehr viel. Ich habe meinen Bruder durch dich verloren, du elender Drecksack", brüllte er mich an.
Wir schauten uns einige Sekunden mit starrem Blick an. Dann sank er plötzlich in sich zusammen.
„Er war mein ...", stammelte er undeutlich, den Rest verstand ich nicht mehr. Er hielt seine Hände vors Gesicht und fing an zu weinen.

„Das kann nicht sein. Nicht durch einen einzigen Artikel", sagte ich. Vielleicht hatte ich eine Chance, ihn von seiner Wut wegzubringen. Sollte er weinen, sollte er seine innere Anspannung, die gewaltig sein musste, auf die Weise los werden.
Doch ich hatte kein Glück. Seine Stimmung kippte im nächsten Augenblick wieder ins Gegenteil um.
„Halt's Maul. Ich will nicht mit dir reden. Du sollst schreiben. Du sollst deine Geschichte fertig schreiben. Ich will dich zittern sehen. Ich will dich um dein Leben winseln sehen. Ich mach dich fertig, wie du meinen Bruder fertig gemacht hast."
Ich nahm meinen ganzen Mut zusammen. Ich hatte eine Idee, was hatte ich schließlich schon zu verlieren.
„Lassen Sie vorher Nelly gehen. Dann schreibe ich weiter."
„Du hast hier nichts zu fordern", schrie er mich sofort an. Er hielt mir wieder seinen Revolver vor die Augen.
„Schreib. Hier ist dein Papier. Sonst knall ich dir ein schönes, rundes Loch in die Stirn. Und danach mach ich mich über deine Schlampe her."
Ich gab nicht auf.
„Aber Nelly hat mit allem nichts zu tun. Lass sie laufen."
„Sie bleibt."
Wir starrten uns wieder an.
Dann kam die Kälte in seine Stimme zurück. Seine Augen blitzten.
„Ich helfe dir bei deiner Geschichte. Sie wird vor dir sterben. Du sollst es mit ansehen. Du sollst sehen, wie sie leidet." Er hielt kurz inne.
„Aber vielleicht überzeugst du mich auch mit einer anderen Version. Schreib es auf. Wenn's mir gefällt, wird es so ablaufen. Du hast es in der Hand. Schreib ihr einen schnellen und humanen Tod. Das kannst du doch zumindest für sie tun. Wenn du sie liebst." Er fing an zu lachen, als ob er einen schlechten Witz erzählt hätte.
Ich starrte die leeren, weißen Blätter vor mir an. Was sollte ich tun? Ich hielt ihm meine gefesselten Hände hin.
„So kann ich aber nicht schreiben."
Er kam zu mir und löste meine Fesseln. Meine Handgelenke schmerzten. Ich drehte sie hin und her, um wieder ein Gefühl in die Hände zu bekommen.
Er ging um den Tisch herum und nahm sich eine Kiste, die in

der Ecke gestanden hatte. Er setzte sich mir gegenüber und schaute mich an.
„Los, schreib! Oder es ist gleich vorbei."
Ich musste einen anderen Weg finden. Ich musste irgendwie Zeit gewinnen. Aber mir fiel nichts ein. Im Augenwinkel sah ich, wie Nelly an ihren Fesseln arbeitete. Sie schienen etwas lockerer zu werden. Ich musste ihn weiter ablenken. Vielleicht können wir ihn zu zweit überrumpeln. Ich musste bereit sein. Meine Muskeln spannten sich an, aber ich gab Ratlosigkeit vor.
„Was soll ich schreiben?" Ich sah ihn an und versuchte, ihn auf diese Weise auf mich zu fixieren.
„Lass dir was einfallen", herrschte er mich an.
Mit einem überraschenden Ruck drückte ich den Tisch mit meinem Körper nach vorne. Doch er hatte wohl mit meinem Angriff gerechnet. Er wich zurück, allerdings erwischte ich ihn doch noch mit der Tischplatte. Er schrie auf. Dann sprang er von seinem Hocker und schob den Tisch mit Wucht zurück. Mit den Unterarmen hielt ich dagegen. Die Schmerzen in meinen Armen waren zu groß. Es hatte keinen Sinn, ich gab auf und wartete auf seine Reaktion. Für einen Augenblick hatte ich ihn wenigstens abgelenkt. Nelly hatte in der Zwischenzeit eine Hand freibekommen und versuchte damit, auch die zweite Fessel zu lösen.
„Versuch das nicht noch einmal", sagte er mit durchdringender Stimme. Plötzlich stürzte er über den Tisch und schlug mir mit der Faust auf den Kopf. Ich fiel mit dem Oberkörper auf die Tischplatte und stöhnte laut auf.
„Okay, warte, ich schreibe ja", versuchte ich ihn zu beruhigen. Nelly hatte inzwischen wieder die Hände unter ihrem Körper versteckt, so konnte er nicht sehen, was sie in den vergangenen Minuten unternommen hatte. Er blickte nur kurz zu ihr hinüber, dann wandte er sich wieder mir zu.
„Du tust, was ich dir sage."
Ich nickte zögernd. Ich nahm den Kugelschreiber in die Hand. Jede Zeile brachte mir mehr Zeit.

22 Nelly lag bewegungslos auf der Matratze. Sie hatte die Augen fast ganz geschlossen. Aus schmalen Schlitzen aber beobachtete sie ihren Peiniger, der sich allerdings gerade mehr für Luka Blum interessierte. Das musste sie nutzen. Ihre Schmerzen hatten nachgelassen. Langsam war auch ihr Mut zurückgekehrt. Sie musste sich etwas einfallen lassen, um hier herauszukommen. Immer wieder hatte sie ihre Hände leise hin und her bewegt und dabei mehr und mehr Bewegungsfreiheit gewonnen. Schließlich fielen die Bänder ab. Ihre Hände waren frei.
Sie rückte ihren Körper in eine Position, in der sie mit einem schnellen Vorstoß ihrer Beine ihren Gegner überraschen konnte. Vielleicht war Luka in der Lage, ihr zu helfen. Sie mussten die Gelegenheit nutzen und diesen verrückten Mann überrumpeln, der sie in diesem Loch wegen irgendeines Artikels, den Luka geschrieben hatte, festhielt. Sie musste Luka irgendein Zeichen geben. Sie suchte den Augenkontakt, doch er war über seine Blätter gebeugt. Was er wohl gerade schrieb?
Der fremde Mann, den sie noch nie zuvor in ihrem Leben gesehen hatte, stand nun direkt hinter Luka und schaute ihm über die Schultern. Seine Augen hatte er zusammengepresst. In der rechten Hand hielt er noch seinen Revolver, der auf den Boden zeigte.
Nelly wollte ihren Kopf etwas aufrichten. Vielleicht bemerkte Luka sie. Sie spannte ihren Körper an und bewegte sich langsam nach vorne.
Sie starrte nun Luka an, doch noch ehe sie weiter handeln konnte, überschlugen sich die Ereignisse. Der Angriff kam für sie aus heiterem Himmel. Nelly hatte nicht damit gerechnet. Der Fremde drückte den Revolver in Lukas Rücken. Er beugte sich dabei über seinen Rücken und las, was er gerade schrieb. Er schien lockerer, gelöster zu werden, doch plötzlich spannten sich seine Körpermuskeln an. Eine unkontrollierte Wut ergriff seinen Körper. Er blickte irritiert zu Nelly und packte Luka plötzlich mit einem Arm um den Hals und zog ihn nach hinten. Mit der anderen Hand schlug er ihm den Revolvergriff auf den Hinterkopf. Luka schrie kurz auf.
Schließlich zog der Mann, der offensichtlich Benders Bruder war, Luka Blum vom Stuhl. Luka schnappte nach Luft, sein Gesicht lief rot an. Wie einen wertlosen Sack Kartoffeln schleppte er Luka zur Matratze, auf der Nelly lag, und warf

ihn auf den Boden. Dann trat er zu. Zweimal, dreimal. Luka krümmte sich vor Schmerzen. Er kroch auf allen Vieren zu Nelly und sank neben ihr nieder. Sein Atem ging schwer. Sein Gesicht zeigte Angst und Verwunderung über das, was gerade geschehen war. Im nächsten Moment war der Mann über ihm.
„Ich werde dich töten, du Schmierfink. Du wirst niemandem mehr irgendwelche Schwierigkeiten bereiten. Du Schwein." Er geriet mehr und mehr in Rage.
Er sprang auf, lief zum Tisch und griff nach einigen Blättern. In zwei Schritten war er wieder bei Luka. Er drückte ihm das Papier hart ins Gesicht.
„Schreib weiter", schrie er. Er holte einen Stift aus der Tasche und schob ihn mit Gewalt in Luka Blums Hand.
„So wird es weitergehen", plärrte er Luka an.
Benders Bruder bäumte sich auf und holte aus, um mit der Pistole zuzuschlagen. Doch Luka rollte sich im entscheidenden Moment zur Seite, so dass der Schlag ins Leere ging. Der Mann verlor das Gleichgewicht und fiel nach vorne. Diesen Augenblick nutzte Nelly für ihren Überraschungsangriff und trat mit voller Wucht zu. Sie traf den Mann in die Magengrube. Er krümmte sich schmerzverzerrt zusammen und rang einen Moment nach Luft. Doch dann löste sich ein Schuss. Er verfehlte Nelly nur knapp. Ihre Ohren dröhnten, der Schreck saß ihr tief in den Gliedern. Sie wich zurück. Doch bevor der Mann wieder auf die Beine kam, war Luka zur Stelle. Er warf sich mit voller Wucht gegen den Mann, der zurücktaumelte und mit dem Rücken gegen die Wand krachte. Doch bevor Luka Blum nachsetzen konnte, war sein Gegner wieder auf den Beinen. Er war wohl doch besser in Form, als Luka gedacht hatte. Der Mann zielte mit dem Revolver auf Nelly. Einige Sekunden verharrten alle drei in dieser bizarren Situation. Eine tödliche Stille breitete sich aus.
Luka dachte blitzschnell nach. Beide konnte er nicht auf einmal erschießen. Wenn sie gleichzeitig den Angriff starteten, hatte mindestens einer von ihnen eine Chance zu überleben. Nelly schien das Gleiche zu denken. Ihr Körper spannte sich an, sie war bereit zuzutreten. Das Knistern der Spannung war unerträglich und füllte die stickige Luft des tristen Kellerraums. Bender stand auf der einen Seite, Luka und Nelly auf der anderen. Es war die Zehntelsekunde, die nun über Leben und Tod entscheiden konnte.

Dann brach plötzlich ein Höllenlärm los. Ein greller Blitz setzte den kleinen Raum in gleißendes Licht. Für einen Augenblick waren alle drei völlig geblendet und geschockt. Luka und Nelly fielen zurück auf die Matratze. Zwei Schüsse krachten. Bender machte eine merkwürdige Drehung nach links und sackte dann in sich zusammen. Der Revolver fiel aus seiner Hand auf den Boden. Nelly hatte sich zu Luka gedreht und bei ihm Schutz gesucht. Beide konnten sich kaum bewegen. Sie waren starr vor Schreck. Überall hörten sie laute Stimmen, die wie durch einen Filter zu ihnen durchdrangen. Es war eine gespenstische Szenerie. Innerhalb von Sekunden war der Raum mit hektisch agierenden Menschen gefüllt, die Westen und Helme trugen und Waffen in ihren Händen hielten. Nelly und Luka zitterten am ganzen Körper. Zwei Männer hoben sie vom Boden auf und warfen ihnen Decken über. Sie wurden innerhalb von Sekunden aus dem Raum gezerrt. Aus dem Augenwinkel sah Luka Blum zwei Männer, die ihre Waffen auf den blutenden Mann am Boden richteten. Doch der bewegte sich nicht mehr.
Als sie durch den Lagerraum geführt wurden, kamen ihnen Männer in Weiß entgegen. Zwei hielten bei ihnen an und übernahmen sie von den Westen-Männern. Die anderen gingen weiter Richtung Kellerraum.
Als sie vor der Lagerhalle standen, Decken über ihre Schultern gelegt, war die Nacht in ein gespenstisches Blau getaucht. Es standen mehrere Polizei- und Krankenwagen auf dem Hof der Bender'schen Firma. Sie waren gerettet, im letzten Augenblick. Doch ihr Schock saß noch tief und sie begriffen erst ganz langsam, dass der ganze Spuk vorüber war. Die Polizei hatte sie aus dem Rattenloch herausgeholt.
Einige Sekunden später saßen Nelly und Luka aneinander gelehnt in der offenen Tür eines der Rettungswagen. Ein Notarzt kümmerte sich jetzt um sie und bestrich ihre Wunden mit einer brennenden Flüssigkeit. Die Schmerzen kamen zurück, aber das war jetzt nicht mehr so wichtig. Sie waren frei, und nur das zählte.
Luka streckte seine Schultern, drehte seinen Kopf und blickte über den Hof zum Tor der Lagerhalle. Er sah gerade noch, wie eine Katze mit schnellen Sprüngen in der Dunkelheit verschwand.

23 Ich lehnte mich auf meinem Stuhl zurück, drehte mich zur Seite und sah Nelly an. Sie trug einen großen Verband um ihren Kopf und sah noch reichlich ramponiert aus. Aber ich selbst machte sicher auch nicht den besten Eindruck. Es waren zwei Tage seit den Vorkommnissen in unserem Rattenloch verstrichen. Die vergangenen 48 Stunden hatten wir im Krankenhaus verbracht. Es war ein Albtraum gewesen, aus dem wir nur ganz langsam wieder erwacht waren. Die Ärzte hatten uns streng abgeschirmt und niemanden zu uns gelassen, auch nicht die Polizei. Wir sollten uns ungestört von den schrecklichen Erlebnissen erholen. Doch wir fanden nur mit Mühe wieder in die Normalität zurück. Dabei hatten wir noch Glück gehabt. Unsere Verletzungen hatten sich als weniger schwer erwiesen, als ursprünglich befürchtet.
Nun saßen wir hier im Polizeihochhaus und harrten der Dinge, die da kamen. Da ging die Tür auf und ein freundlich dreinblickender, etwas rundlicher Mann kam herein. Er hatte die Haare streng nach hinten gekämmt und trug eine große, auf modisch getrimmte Brille. Er mochte so um die Vierzig sein, vielleicht auch etwas älter. Er schritt langsam auf uns zu und streckte zuerst Nelly, dann mir die Hand entgegen.
„Mein Name ist Hemmerle. Ich bin der Leiter der Sonderkommission ‚Ulrike'. Bitte setzen Sie sich doch wieder."
Ein Polizeiauto hatte Nelly und mich am Vormittag aus dem Krankenhaus abgeholt und ins Polizeipräsidium gebracht. Der Raum, in dem wir saßen, wirkte wie fast jedes Dienstzimmer, von der obligatorischen Zimmerpflanze einmal abgesehen, kahl und unpersönlich. Wir warteten ungeduldig darauf, nun endlich zu erfahren, welche wirre Geschichte sich hinter Bender und dessen gewalttätigem Bruder eigentlich verbarg.
„Wissen Sie eigentlich genau, wer Sie überfallen hat?", fragte Hemmerle, der unsere Ungeduld gespürt hatte.
Die Antwort fiel mir zuerst nicht leicht. Einiges von dem, was vor zwei Tagen vorgefallen war, lag für mich noch in einem tiefen schwarzen Loch. Ich konnte mich nur an Bruchstücke des Geschehens erinnern. Doch Minute für Minute kam die Erinnerung zurück.
„Ich glaube, ja", sagte ich zögernd.
„Sagt Ihnen der Name Bender etwas?", fragte Hemmerle sofort und sah mich dabei interessiert aus seinen neugierigen Augen an.
„Ja", sagte ich etwas unsicher.

Ich wusste nicht so recht, wie ich auf diese Frage antworten sollte. Natürlich sagte mir der Name etwas. Über Bender hatte ich doch den Artikel geschrieben, der wohl alle Überfälle ausgelöst hatte. Der Artikel, der letztlich auf irgendeine Weise schuld daran gewesen war, dass es nun eine Tote und zwei schwer verletzte Frauen gab. Würde der Kommissar mir dies nun vorhalten? Ich sah auf den Boden.
Weil ich nichts mehr sagte und nun eine unangenehme Stille im Raum lag, fuhr der Kommissar fort.
„Bender war früher ein berühmter Reutlinger Motorradrennfahrer gewesen, das wissen Sie doch?“
Ich nickte.
„Ich kann mich an seinen Namen erinnern, aber Motorradrennen haben mich noch nie so recht interessiert“, sagte ich.
„Nicht? Da haben Sie aber etwas verpasst. Bender war hier einmal eine große Nummer gewesen. Jeder hat ihn gekannt. Es gab sogar einmal einen Autokorso durch Reutlingen, als er einen großen Erfolg eingefahren hatte. Autogramme hier, Autogramme da. Die Mädchen sind ihm nachgelaufen. Ich glaube, das ist ihm manchmal auch etwas zu Kopf gestiegen. Er hat sich schon ab und zu mehr herausgenommen, als richtig war. Und die Polizei hat manchmal ein Auge zugedrückt.“
Es entstand wieder eine kleine Pause.
„Aber er war es doch gar nicht, der uns überfallen hat“, sagte ich schließlich.
„Nein. Es war sein Bruder.“ Der Kommissar sah mich viel sagend mit seinen aufgeweckten Augen an. Es freute ihn sichtlich, dass er mehr wusste als wir und dass er nun die Neuigkeiten Stück für Stück vor uns ausbreiten konnte.
„Sein Bruder?“ Diese Information hatten wir schon von unserem Peiniger erfahren, doch ich wollte dem Kommissar nicht vorgreifen. Wieder schwieg ich einige Sekunden. Diesmal wartete aber der Kommissar, bis ich etwas sagte. Um die Stille nicht unerträglich werden zu lassen, antwortete ich.
„Aber warum hat er uns überfallen?“
Wieder Schweigen. Hemmerle wartete geduldig.
„Hat es mit einem Artikel zu tun, den ich geschrieben habe? Er hat mir so etwas vorgehalten“, fuhr ich unsicher fort.
„Ja, das stimmt.“ Hemmerle beugte sich nach vorne über seinen Schreibtisch und zog einen Aktenordner zu sich her.
„Sie waren wirklich der eigentliche Auslöser für das ganze

Geschehen, wenn man so will.“ Hemmerle blickte mich nun ernst an.
Weil ich es vorzog, nicht zu antworten und ihn eine Weile nur fragend ansah, fuhr er fort.
„Sie haben einmal einen Artikel über seinen Bruder, den Motorradrennfahrer, geschrieben. Es ging dabei um eine Gerichtsverhandlung, nicht wahr?“
„Ja, ich erinnere mich. Aber ich habe viele Gerichtsberichte geschrieben und niemand hat mich deshalb jemals verfolgt oder gar überfallen.“
„Davon bin ich überzeugt“, sagte der Kommissar freundlich.
Er öffnete seinen Aktenordner und holte eine Klarsichtfolie heraus, in der die Kopie eines Zeitungsartikels steckte.
„Aber der hier hatte eine besondere Wirkung“, klärte mich Hemmerle auf und hielt mir die Folie mit meinem Artikel unter die Nase.
Bevor ich etwas sagen konnte, ergriff der Kommissar wieder das Wort und überflog dabei die Kopie.
„In dem Artikel haben Sie Benders vollen Namen genannt. Das ist doch normalerweise nicht üblich, oder? Sonst bleiben doch die Angeklagten in Ihren Artikeln anonym?“
„Ja, das stimmt. In diesem Fall war es aber anders gewesen. Wir haben damals in der Redaktion darüber diskutiert. Ich war eigentlich dagegen, seinen Namen zu nennen. Schließlich ging es doch auch nicht um besonders viel.“
„Für Sie vielleicht nicht“, unterbrach mich Hemmerle abrupt.
Doch ich fuhr unbeirrt fort.
„Mein Ressortchef bestand damals allerdings darauf, den Namen nicht zu verschweigen. Bender sei doch eine Person der Zeitgeschichte, sagte er. Und wenn ein reicher Rennfahrer, der Geld bis zum Abwinken hat, bei Boss in Metzingen ein Herrenjackett klaut, dann sei das doch ganz amüsant. Und schließlich sei jede Gerichtsverhandlung öffentlich. Was sollte ich tun? Als freier Journalist werde ich mich kaum gegen meinen Chef stellen. Ich will schließlich noch weitere Aufträge.“
„Hätte Ihr Chef damals nur auf Sie gehört.“
„Wieso? Was ist passiert?“
„Es gab eine unglückselige Kettenreaktion.“ Hemmerle setzte sich in seinem Sessel zurecht. Nun sollte offensichtlich die Auflösung des Falles kommen, und dafür wollte er sich Zeit nehmen.

Nelly verstand kein Wort. Sie hörte nur interessiert zu, während der Kommissar den Aktenordner nun wieder zur Hand nahm und ihn erneut aufschlug. Er las ein paar Zeilen, dann schaute er über den Rand der Brille auf mich.

„Ja. Bender hatte sich damals verspekuliert. Das ganze Geld, das er durch seine Rennfahrerei verdient hatte, steckte er in dubiose Bauherren-Modelle im Osten. Wie viele andere übrigens auch. Doch der Aufbau Ost ging ordentlich in die Hose, er lief finanziell längst nicht so, wie viele gehofft hatten. Von wegen „blühende Landschaften". „Viele Westler wollten dort nur die dicke Kohle machen, doch das ging schief. Niemand wollte die Wohnungen. Es waren plötzlich zu viele da und sie waren zu teuer. Glauben Sie mir, viele haben dort eine Menge Geld verloren. Ich könnte Ihnen von einigen Schicksalen erzählen. Bender hat sogar alles verloren. Er wollte sich mit Krediten über Wasser halten, wollte damit die Durststrecke überbrücken. Fast hätte er es geschafft. Nun ja, fast. Das Ganze hatte jedenfalls auf sehr wackeligen Beinen gestanden."

Das Telefon klingelte. Hemmerle nahm den Hörer ab und sagte nur kurz: „Jetzt nicht." Dann legte er sofort wieder auf.

„Wo waren wir? Ach ja, die Schulden. Benders geplante Finanzierung ging in die Binsen. Als die Banken von dem Artikel erfuhren, drehten sie überraschend schnell den Geldhahn zu. Sie waren plötzlich der Meinung, Bender sei nicht mehr zuverlässig, sei nicht mehr kreditwürdig, wenn er Sakkos bei Boss klaut. Es war der berühmte Tropfen, der das Fass zum Überlaufen gebracht hatte. So etwas haben schon viele zu spüren bekommen. Die Banken können in solchen Situationen knallhart sein. Vielleicht schielten sie auch auf den Grundbesitz Benders und suchten nur nach einem Grund, Bender kaltstellen zu können."

Der Kommissar blickte wieder kurz in seine Akte, dann auf Nelly. Er wollte sicher gehen, dass sie noch folgen konnte. Dann fuhr er fort.

„Sie strichen jedenfalls jede weitere Mark. Bender war von einem auf den anderen Tag bankrott. Alles ging verloren. Seine Klitsche im Laisen übernahmen die Banken und die verkauften die Fabrik später an eine andere Firma, die nichts Besseres zu tun hatte, als die Produktion sofort stillzulegen. Ihr war es nur darum gegangen, einen lästigen Konkurrenten auszuschalten. Das ganze Gelände wurde ausgebeint, alles, was nicht niet- und nagelfest war, hat der Käufer zu seinem Hauptsitz transferiert oder verkauft. Die Gebäude blieben ohne Inhalt stehen. Die Firma war nur hinter dem Namen, der Hardware und den Kunden her. Das war's dann. Das Gelände sollte erst als finanzielle Reserve dienen, später einmal verkauft werden, doch niemand interessierte sich so recht dafür. Die Gebäude waren wohl zu marode und hätten abgerissen werden müssen. Das war allen Interessenten zu teuer. Schließlich hielt die Firma das Gelände für eine eventuelle Erweiterung zurück, doch die schlechte Konjunktur schlug auch hier zu. Benders Branche fuhr schwere Verluste ein. Bis heute steht in Benders alter Firma noch immer alles leer."

„Was geschah mit Bender?", fragte ich.

„Haben Sie nichts davon gehört?"

„Nein, nichts. Ich habe nur den einen Artikel geschrieben. Danach haben sich unsere Wege nie wieder gekreuzt", sagte ich.

Hemmerle legte den Aktenordner zurück auf den Tisch.

„Wollen Sie eine Tasse Kaffee?", fragte er aus heiterem Himmel.

Ich schüttelte den Kopf.

„Sie vielleicht?", wandte er sich höflich Nelly zu, die die ganze Zeit sprachlos neben mir gesessen hatte. Sie brauchte eine Sekunde, bis sie realisiert hatte, dass sie gemeint war.

„Ja, das wäre nett", sagte sie nur leise.

Hemmerle nahm wieder den Telefonhörer in die Hand.

„Frau Wegener, könnten Sie uns bitte einen Kaffee bringen", sprach er in den Hörer, dann legte er wieder auf.

Ich wartete ungeduldig, dass er fortfuhr. Ich wollte nun endlich auch den Rest der Geschichte erfahren.

Hemmerle lehnte sich in seinem Sessel zurückt. Er hatte einen Kugelschreiber in der Hand, den er immer hin und her drehte. Er überlegte kurz, dann stand er auf, lief ein paar Schritte zum Fenster und schaute hinaus. Das Wetter war inzwischen etwas besser geworden. Zwischen den Wolken blickte sogar manchmal die Sonne hervor.

Dann wandte er sich wieder uns zu.

„Nun, Bender verlor nicht nur seine Firma." Er ließ den Satz kurz im Raum hängen.

„Weil kein Geld mehr da war, verließ ihn auch seine Frau. Er war als arme Kirchenmaus offensichtlich nicht mehr interessant für sie. Sie wollte den Lebensstandard, den sie gewohnt war, nicht so einfach aufgeben. Und für seine Schulden wollte sie erst recht nicht geradestehen. Sie nahm auch gleich die beiden Kinder mit, als sie ihn verließ.“

Hemmerle ging langsam zu seinem Schreibtisch zurück. Er sprach nun weiter, ohne uns anzusehen.

„Bender hatte nichts mehr. Das ganze Vermögen war futsch, die Frau, die er wohl, wie ich hörte, sehr geliebt hatte, war auf und davon. Sie ist ins Ausland gegangen, hat dort nach der Scheidung gleich wieder geheiratet. Irgend so einen Industriellen mit viel Kohle, da hat sie sich gleich wieder ins gemachte Bett gesetzt. Und was mit Bender geschehen war, hat sie offensichtlich gar nicht viel interessiert. Die Kinder, die Bender abgöttisch verehrt hatte, konnte er auch nicht mehr sehen. Kein Umgangsrecht, die Frau war da knallhart. Das hatte sie mithilfe des Jugendamts und eines guten Anwalts durchgesetzt. Ach ja, seine tolle Villa an der Achalm wurde übrigens auch von der Bank versteigert. Er saß danach förmlich auf der Straße.“

Ich hörte aufmerksam zu.

Gerade als er Atem holte, um fortzufahren, klopfte es an der Tür.

„Ja“, sagte Hemmerle nur kurz.

Eine Frau kam herein. Mit beiden Händen trug sie ein Tablett, auf dem eine Thermoskanne und drei Tassen mit Untersetzer standen. Sie nickte uns zu und lächelte uns kurz an. Offensichtlich wusste sie, was mit uns passiert war.

„Stellen Sie das Tablett nur hierher.“ Er deutete auf ein kleines Tischchen, das hinter uns stand.

Frau Wegener stellte das Tablett ab und ging lautlos wieder aus dem Zimmer. Bevor sie durch die Tür ging, warf sie uns noch einen kurzen, mitfühlenden Blick zu.

„Setzen wir uns doch dort hinüber. Dort ist es bequemer. Hemmerle deutete auf eine kleine Sitzgruppe mit umwerfendem Bürocharme.

Wir standen auf und Nelly und ich setzten uns auf eine Couch, die deutlich unter unserem Gewicht nachgab. Sie hatte schon bessere Zeiten gesehen, allerdings sicher auch schon einiges erfahren. Auf ihr hatten sicher schon viele Menschen, vielleicht Opfer wie wir, gesessen. Ein eigenartiges Gefühl, das mich nachdenklich machte.

Als Hemmerle Nelly und sich selbst eine Tasse Kaffee eingeschenkt hatte, setzte er sich uns gegenüber auf einen Sessel.

„Und Sie wollen wirklich nichts? Ein Glas Wasser vielleicht?“, fragte er mich.
„Nein, danke.“ Ich wurde ungeduldig. Hemmerle stand wieder auf, ging zu einem hüfthohen Schrank, auf dem eine Flasche Mineralwasser und mehrere Gläser standen. Er brachte die Flasche und zwei Gläser zurück und stellte sie vor uns hin.
„Hier, bitte, bedienen Sie sich einfach, wenn Sie wollen.“
„Danke.“ Ich schaute zu Nelly. Auch sie schien jetzt ungeduldig zu werden. Die ganze Geschichte drehte sich immer noch um Bender, den Rennfahrer. Doch was war mit Benders Bruder? Er war es doch gewesen, der uns überfallen und in das Rattenloch gesteckt hatte. Wann kam Hemmerle endlich zur Sache.
„Ja, Bender hat wirklich alles verloren. Er ging aus Reutlingen weg, was hätte ihn auch hier halten sollen. Er hat tatsächlich einige Zeit auf der Straße gelebt, wie ich gehört habe. Er ist mehr und mehr verwahrlost. Schließlich landete er in einer psychiatrischen Klinik. Hat völlig durchgedreht. Nun, das liegt wohl in seiner Familie. Auch sein Vater hatte einen Dachschaden, um es einmal so deutlich zu sagen.“ Der Kommissar sah uns an. Hemmerle bemerkte meinen kritischen Blick und verbesserte sich sofort.
„Er war psychisch krank. Später pflegebedürftig. Der Vater.“ Hemmerle trank einen Schluck aus seiner Kaffeetasse und suchte dabei nach einer Möglichkeit, wie er mit Benders Geschichte weitermachen konnte. Nachdem er die Tasse wieder zurück auf den Tisch gestellt hatte, war er soweit. Er legte seinen rechten Unterarm auf die Lehne des Sessels und beugte sich nach vorn.
„Bender kam wieder aus der Anstalt raus. Hat aber nie mehr richtig Fuß gefasst. Sein Bruder hat sich um ihn gekümmert. Nicht gerade die beste Konstellation, denn auch er war psychisch labil. Der große Rennfahrer war früher immer sein Vorbild gewesen. Er hat immer versucht, ihm nachzueifern, hat es aber nie weit gebracht. Das war dann seine Chance, als Bender aus der Klinik kam. Nun war er der große Bruder, der sich um den Kleinen kümmern konnte. Er hat alles versucht, ihn wieder auf die Beine zu stellen. Aber Bender war fertig und sein Bruder musste hilflos mit ansehen, wie es ihm gesundheitlich immer schlechter ging. Er hat wohl die Lebenslust völlig verloren. Als seine Frau die Scheidung durchgesetzt hatte, war

es ganz aus. Er hat sich schließlich das Leben genommen. Im Haus seines Bruders, praktisch vor seinen Augen."
Ich war entsetzt. Was hatte mein Artikel alles angerichtet. Dass ein paar Worte so viel bewirken konnten, darüber hatte ich mir nie Gedanken gemacht.
„Was passierte dann?", fragte ich ernüchtert.
„Nun, das gab auch Benders Bruder den Rest. Er war danach völlig von der Rolle. Der Schock, als er seinen Bruder erhängt im Schlafzimmer fand, war wohl zu groß gewesen. Wie unsere Ermittlungen ergeben haben, musste er selbst in eine Anstalt. Damit war auch seine Familie, die sowieso am Auseinanderbrechen war, endgültig kaputt."
„O Gott, das wollte ich nicht", murmelte ich vor mich hin.
Nelly legte ihre Hand auf meine.
Es wurde mir heiß und kalt.
„Möchten Sie eine Zigarette?", fragte mich Hemmerle.
„Nein, ich rauche nicht", antwortete ich.
„Sie vielleicht?", fragte er Nelly. Doch auch sie schüttelte den Kopf.
Hemmerle holte eine Schachtel Zigaretten aus seiner Jackentasche und legte sie vor sich auf den Couchtisch. Danach stand er auf und ging zwei Schritte zu seinem Schreibtisch. Er hob den Aktenordner auf und blätterte zielstrebig durch die Seiten. Offensichtlich suchte er nach einem bestimmten Bericht.
„Ach ja, hier haben wir es ja. Wir haben ausführlich mit den Ärzten gesprochen. Die haben uns ein gutes Bild von Benders Bruder verschafft."
Hemmerle setzte sich wieder in den Sessel. Den Aktenorder hielt er aufgeschlagen vor sich.
„In der Anstalt bekam er offenbar die fixe Idee, dass der Zeitungsartikel alles ausgelöst hatte, dass der allein am Tod seines Bruders Schuld gewesen war. Weil die Manie so konkret war, glaubten die Ärzte wohl, den Fall leicht in den Griff zu bekommen. Irgendwann waren sie dann überzeugt, es geschafft zu haben. Benders Bruder wurde schließlich als angeblich geheilt aus der Klinik entlassen, mit der Auflage, jeden Tag eine bestimmte Anzahl von Tabletten zu nehmen. Er sollte zu einem Psychiater gehen, der alles kontrollieren sollte. Am Anfang klappte das noch ganz gut, doch dann nahm er die Tabletten nicht mehr und ließ sich auch nicht mehr bei seinem Psychiater blicken. Der hat zwar sofort die Klinik

informiert, doch Benders Bruder war bereits abgetaucht. Keiner wusste, wo er war."
Hemmerle nahm sich eine Zigarette aus der Schachtel, zündete sie sich aber nicht an.
Er lächelte mich an.
„Ich habe vor einer Woche eigentlich aufgehört zu rauchen. Aber manchmal muss ich eine Zigarette in den Fingern halten, um zu spüren, wie sich das anfühlt. Ja, ja, die Sucht." Er sah vor sich hin und lachte.
„Was ist mit ihm passiert? Wie kamen Sie auf seine Spur?", fragte ich. Ich nahm die Sprudelflasche und schenkte mir ein.
Hemmerle lehnte sich zurück und sah mir in die Augen.
„Es ging bei ihm alles wieder von vorne los. Seine fixe Idee wurde zum Wahn. Er war nun hinter Ihnen her. Er wusste ja nicht, dass es eigentlich Ihr Ressortchef gewesen war, der letztlich die Entscheidung getroffen hatte, Benders Namen zu nennen. Er kannte nur Ihren Namen von dem Artikel her, den er die ganzen Jahre aufgehoben hatte. Er beschloss, sich zu rächen. Er wollte Sie völlig fertig machen. Sie sollten auch so viel erleiden wie er und sein Bruder. Dabei kam ihm eine recht perfide Idee in den Sinn, die ihm am Ende aber völlig aus dem Ruder lief. Menschen, von denen er glaubte, dass sie wichtig für Sie waren, sollten zuerst dran glauben. Er wollte Sie damit in panische Angst versetzen und sich wie ein Jäger immer mehr an seine Beute heranschleichen. Doch in seinem Kopf vermischten sich wohl auch einige Erlebnisse aus der Vergangenheit, wie mir einer der Psychiater erklärt hat. Nicht nur Sie waren ein rotes Tuch für ihn. In seinem kranken Hirn ging alles durcheinander. An der ganzen Welt wollte er sich rächen. Vor allem auch an Frauen, auf die er einen Hass verspürte. Sie hatten in seinem Leben eine große Rolle gespielt. Und nicht gerade die beste. Sie hatten seinen Bruder, sie hatten ihn selbst im Stich gelassen, gerade als es beiden schlecht gegangen war. Übrigens war es zufälligerweise auch eine Frau gewesen, die Benders Bankkredit gestrichen hatte. Das haben wir aus der Krankenakte seines Bruders. Dort hat er schon vieles offenbart. Doch die Klinikärzte dachten wohl damals, sie hätten alles unter Kontrolle. Ein folgenschwerer Fehler."
Hemmerle legte die Zigarette wieder zurück in die Schachtel und griff zur Kaffeetasse.
„Wie hat er mich gefunden?", fragte ich.

„Das war nicht schwer. Sie stehen im Telefonbuch. Und Sie schreiben ja immer noch für dieselbe Zeitung. Er hat danach alles sorgfältig vorbereitet, Sie tagtäglich beschattet, Sie nie mehr aus den Augen gelassen. So sind wir schließlich auch auf ihn gekommen. Es war nicht schwer, die ganze Geschichte danach zusammenzusetzen."
Ich schaute Hemmerle groß an. Dann erzählte ich ihm von dem Trojaner und der Back Door. Und von meinem Kriminalroman, der so viele Ähnlichkeiten mit der Realität hatte.
„Hm. Jetzt verstehe ich einiges." Hemmerle schaute mich an.
„Wie Sie auf seine Spur gekommen sind, das müssen Sie mir genauer erzählen", forderte ich Hemmerle auf.
„Oh, das ging wirklich recht schnell. Zuerst waren wir ja hinter Ihnen her." Hemmerle lächelte mich viel sagend an.
„Nach dem Mord an der jungen Frau gingen wir halt alle Möglichkeiten durch. Ich weiß nicht, ob Sie wissen, dass wir bei ihr eine kleine Armkette, so ein Freundschaftskettchen, gefunden haben. Darauf stand Ihr Vorname. Wir haben das ganze Umfeld der Toten durchgekämmt. Und wir haben dabei auch alle ihre Jobs, die sie einmal hatte, abgeklappert. So kamen wir auch auf die Zeitung, wo sie kurz gearbeitet hatte. Die Zeitung, für die auch Sie schreiben. In unseren Gesprächen mit den Redakteuren fiel schließlich auch Ihr Name. Es gingen wohl auch Gerüchte in der Zeitung um, Sie hätten ein Verhältnis mit der Frau gehabt." Er lächelte. „Hatten Sie?", fragte er süffisant.
„Nein", sagte ich nur kurz.
„Nun ja, egal. Die Frau muss er später irgendwann mit Ihnen zusammen gesehen haben. Vielleicht war sie bei der Verhandlung dabei gewesen?"
Ich versuchte mich zu erinnern, doch es fiel mir nicht ein, ob sie mich damals begleitet hatte. Es war zu lange her.
„Aber so richtig auf Sie kamen wir erst durch den zweiten Überfall", fuhr der Kommissar ohne zu warten fort.
„Durch die Jacke?", fragte ich.
„Ja. Wir merkten schnell, dass die Jacke nicht der überfallenen Frau gehörte. In der Innentasche stecken viele alte, abgewetzte Zettel."
Das stimmte. In all meinen Jacken häufte sich alles Mögliche von meinen Terminen an. Erst wenn ich keinen Platz mehr hatte, mistete ich die Taschen aus.

„Was Sie so alles sammeln“, sagte Hemmerle plötzlich.
Seine Aussage war mir peinlich. Ich sah etwas verstört zu Nelly hinüber. Doch sie lächelte mich an. Gerade als ich eine Erklärung für mein Zettelchaos geben wollte, fuhr Hemmerle fort.
„Wir fanden in dem Sammelsurium zwar nicht Ihren Namen, aber es war wie bei einem Mosaik: Wenn man alles zusammenfügte, wies letztlich alles auf Sie hin.“
„Auf mich? Aber Sie waren nie bei mir“, sagte ich.
„Nein. Natürlich nicht. Mir war das alles zu deutlich. Ich wollte noch abwarten. Noch mehr Beweise sammeln.“
Ich sah Hemmerle an. Er zuckte mit den Schultern.
„Nennen Sie es Intuition oder Erfahrung. Ich war mir jedenfalls sicher, dass wir noch nicht auf der richtigen Spur waren. Natürlich ließ ich Sie beschatten. Wir ließen Sie nicht aus den Augen. Unseren Beamten fiel schließlich ein Auto vor Ihrem Haus auf. Es machte sie stutzig, weil es immer wieder dort stand, aber eigentlich nicht dorthin gehörte. Sie beobachteten eine Weile den Mann, der stets darin saß. Sie sahen, wie er in Ihr Haus und in Ihre Wohnung ging. Die Beamten gaben die Autonummer durch und kamen so auf Benders Bruder. Man kann sagen: Er hat sie beschattet und wir dann ihn.“ Hemmerle lächelte. Der Gedanke schien ihm zu gefallen.
„Er wollte uns umbringen“, sagte plötzlich Nelly neben mir.
„Ja, richtig. Wir haben ihn, wie gesagt, genau observiert, später auch heimlich seine Wohnung durchsucht, was zugegebenermaßen nicht ganz legal war. Aber Sie werden uns sicherlich nicht verraten.“ Hemmerle zwinkerte vertrauenswürdig mit den Augen und fuhr unbeirrt fort.
„Dabei haben wir herausbekommen, warum er hinter Ihnen her war. Er ist uns dann aber leider entwischt. Jedenfalls wussten wir eine Zeit lang nicht, wo er sich aufhält. Er muss wahrscheinlich gemerkt haben, dass wir ihn beschatten. Wir haben seine ganze Vergangenheit durchleuchtet. So kamen wir ihm wieder auf die Spur. Allerdings hat dies einige Zeit gedauert. Und er schlug schließlich schneller zu, als wir erwartet hatten. Sie hatten übrigens viel Glück, dass wir gerade noch rechtzeitig gekommen sind.“
Nelly und ich schauten uns viel sagend an.
„Wie haben Sie uns in der Lagerhalle gefunden?“, fragte Nelly, die inzwischen ihren Kaffee ausgetrunken hatte.

„Möchten Sie noch eine Tasse?“, fragte Hemmerle höflich.
Nelly schüttelte den Kopf.
„Nun, eine Streife hat Ihren Freund rund um die Uhr beschattet“, sagte Hemmerle. Ihren Freund? Er meinte mich. Ich musste schmunzeln. Nelly sagte nichts dazu. Sie blickte nur weiter in Hemmerles Gesicht.
„Die Beamten folgten Ihnen nach Reutlingen in den Hohbuch. Sie hatten sofort das Gefühl, dass dort etwas im Busch war. Das war Ihr Glück.“ Hemmerle sah nun mich wieder an.
„Ja“, sagte ich leise.
„Als Sie zu Benders Fabrik fuhren, war auch die Polizei wieder hinter Ihnen her. Die beiden Beamten forderten schnell Verstärkung an. Als sie merkten, dass Sie nicht mehr auftauchten, wussten Sie, dass es jetzt ernst wurde. Sie sahen Benders Bruder und konnten sich das, was sich im Lagerraum nun abspielte, an den Fingern abzählen. Allerdings wussten sie zu diesem Zeitpunkt noch nicht, dass auch Ihre Freundin von ihm entführt worden war. Sie schlichen sich in die Lagerhalle und entdeckten schließlich den Keller, in dem Sie gefangen gehalten wurden.“
„Und Sie haben uns befreit, gerade noch im rechten Augenblick“, sagte Nelly.
„Ja, wir mussten schnell zugreifen. Die Situation war in unseren Augen sehr brenzlig geworden. Wir durften keinen Augenblick mehr zögern. Wir haben uns zum sofortigen Einsatz entschlossen und als Überraschungsmoment Blendgranaten eingesetzt. Das war der helle Blitz, den sie gesehen haben. Das macht auch einen Höllenlärm, nicht wahr? Ich hoffe, der Schock war nicht zu schlimm.“ Bei den letzten Sätzen hatte er sich etwas in Erregung geredet, so als ob er den Einsatz noch einmal miterleben würde.
Nelly und ich blieben eine Antwort schuldig. Die Erinnerung an die Geschehnisse steckte noch tief in unseren Knochen.
„Danke, dass Sie uns gerettet haben“, sagte Nelly schließlich.
„Keine Ursache, dazu sind wir nun einmal da.“
„Was ist aus Benders Bruder geworden?“, fragte ich schließlich.
„Erst dachten wir, er hätte es nicht überlebt. Doch die Mediziner haben ihn wieder ins Leben geholt. Die schaffen heute die unmöglichsten Fälle. Aber er ist offensichtlich auch sehr zäh. Allerdings wird er nicht mehr auf die Beine kommen.

Ein Schuss hat ihn an der Wirbelsäule getroffen. Wie die Ärzte meinen, wird er wohl für immer im Rollstuhl sitzen. Und auch hinter Gittern. Ich glaube kaum, dass er bei seiner Vorgeschichte und seinen Taten noch einmal rauskommt. Er wird wohl nicht um die Sicherungsverwahrung herumkommen."

Hemmerle nahm sich wieder die Zigarette aus der Schachtel und steckte sie sich in den Mund, ohne sie anzuzünden.

„Oh, reine Gewohnheit", sagte er, zuckte entschuldigend mit den Schultern und steckte die Zigarette wieder zurück.

Jetzt hatten wir die Geschichte gehört. Ich konnte immer noch nicht recht glauben, was alles geschehen war. Es war ein Albtraum gewesen, der nun endlich für uns vorüber war. Es würde sicher noch einige Zeit dauern, bis wir alles verarbeitet hatten. Außerdem stand ja auch noch die Gerichtsverhandlung an, bei der wir als Zeugen auftreten mussten. Dann würde der ganze Fall noch einmal aufgerollt werden. Ein fürchterlicher Gedanke.

Den unterbrach Hemmerle abrupt.

„Übrigens, ich habe noch eine gute Nachricht für Sie. Ihrer schwer verletzten Bekannten, Vanessa Sperlich heißt sie doch, geht es wieder deutlich besser. Sie ist schon einige Zeit aus dem Koma erwacht und spricht auch wieder. Und das kann sie wirklich gut." Hemmerle lächelte viel sagend. „Die Verletzungen werden wohl völlig ausheilen, wie mir die Ärzte versicherten. Aber an den psychischen Folgen wird sie wohl noch einige Zeit zu knabbern haben", fügte er noch schnell etwas ernster hinzu.

Dass sie nun über den Berg war, wird Bernd König freuen, dachte ich. Und auch ich war glücklich. Durch die ganzen Vorfälle hatte ich Vanessa fast vergessen. Dass sie alles so gut überstanden hatte, erleichterte mich. Ich werde mich nie mehr über sie aufregen, nahm ich mir vor.

Nachdem nun alles besprochen war, standen wir auf und verabschiedeten uns.

Als wir hinausgingen, nahm Nelly meine Hand.

Sie sah mich an, und diesmal war ich es, der lächelte.

# 24

Als wir nebeneinander vor dem blauen Hochhaus der Polizeidirektion standen, hakte mich Nelly unter. Ich spürte ihren Körper an meinem. Ein angenehm warmes Gefühl stieg in mir auf.
„Das war doch spannend. Genug Stoff für einen ganzen Roman", sagte sie.
Nelly sah mich an.
„Was ist jetzt? Schreibst du deine Geschichte weiter?", fragte sie frech.
„Nein", sagte ich, „das war's. Ich habe genug. Jetzt ist Schluss."